FEDERHERZ
VERLAG

CRUEL BOSS

ER WIRD DICH LIEBEN

MAFIA LIEBESROMAN

LIZ ROSEN

Enthält sensible Themen

Eine genaue Auflistung aller in diesem
Buch enthaltenen Triggerthemen findest du auf:
www.federherzverlag.de/trigger

CRUEL BOSS 3
Er wird dich lieben

Bildmaterial: Shutterstock, Freepik
Korrektorat: Anna Schlutter

ISBN: 978-3-947290-65-9

PRINT GROUP Sp. z o.o.
ul. Księcia Witolda 7
71-063 Szczecin (Polen)

Federherz Verlag
Süntelstraße 70
31848 Bad Münder
www.federherzverlag.de
Instagram: @federherz.verlag

Für alle Menschen, die denken, sie hätten keine Wahl:
Ihr habt als Kind nicht laufen gelernt, um euer
restliches Leben vor anderen zu kriechen.

VS

TRIGGERWARNUNG

Wir spielen ein Spiel. Du wirst es hassen und gleichzeitig lieben. So wie mich. Ich verspreche es. Aber du wirst mitspielen müssen, weil du gar nicht anders kannst. Es gibt kein Entrinnen. Keinen Ausweg. Und wenn du ganz ehrlich zu dir selbst bist, willst du auch gar keinen. Gib es zu, Zuckerpuppe. Schmerz, Lust und Angst regieren in deinem Inneren. Sie beherrschen dich und das gefällt dir. Hör auf dagegen zu kämpfen, oder gar vor mir zu fliehen. Du hast das Buch aufgeschlagen. Du und niemand sonst. Steh dazu und leugne es nicht. Ab jetzt gibt es kein Zurück. Du bist lange genug vor dir selbst weggelaufen, hast verleugnet, wer und was du bist. Mein. Alles an dir gehört mir. Die Panik in deinen Augen, wenn ich dich mit dem Messer aufschlitze, der Angstschweiß auf deiner Haut, wenn ich dich foltere und die Liebesschwüre auf deinen Lippen, wenn ich dir gebe, was du verdient hast. Ich habe dich in Ketten gelegt, dich ausgepeitscht und mich an deinen Tränen erfreut. Jetzt wird es Zeit, es zu Ende zu bringen. Ein für alle Mal. Ich werde meine Pranken um deinen Hals legen, dir die Luft abschnüren und zudrücken, bis auch dein erbärmliches Leben mir gehört. Und wenn das nicht reicht, werde ich von vorn beginnen. Also atme noch einmal tief durch. Bist du bereit mit mir zu spielen?

VS

PLAYLIST

Monsters – Shinedown
Bang Bang Bang – Dorothy
Kill Me – The Pretty Reckless
Here's to Us – Halestorm
Heart-Shaped Box – Nirvana
Only love can hurt like this – Paloma Faith
Fools – Lauren Aquilina
Darkness – Fate
Making bad decisions – Bea Miller
Never Say Die – Neoni
Mad Hatter – Melanie Martinez
Keep on loving you – Cigarettes After Sex
Young blood – Birdy
If you only knew – Shinedown
Pride – Amy McDonald
Dollhouse – Melanie Martinez

PROLOG

AURORA

Es heißt, Menschen wären wie Tiere. Auf den ersten Blick gibt es auch nicht viel, was uns voneinander unterscheidet. Der aufrechte Gang, die Sprache und eventuell die Tatsache, dass wir nicht mit Scheiße um uns werfen, wenn uns etwas nicht passt. Wobei ich Letzteres nicht unterschreiben würde, wenn ich mir anhöre, was aus den Mündern mancher Artgenossen kommt, wenn sie aufgebracht genug sind. Doch wären wir wirklich wie sie, wäre vieles einfacher. Zumindest glaubte ich fest daran. Wir würden sagen, was wir denken, ohne uns darüber Gedanken zu machen, ob es jemand anderes hören will. Jeder von uns hätte einen perfekten Körper, weil wir unser Fleisch nicht in zu knappe Kleidung stecken und uns gegenseitig begaffen müssten. Und wir könnten zu unseren Gefühlen stehen. Uns an demjenigen reiben, für den unser Herz schlägt, und kein Schamgefühl oder verletzter Stolz würde uns davon abhalten. Denn so sind Tiere nicht. Sie weinen auch nicht stundenlang, wenn sie ein Familienmitglied verlieren. Nein, sie essen es. Zugegeben, nicht die beste Möglichkeit, um mit Verlust umzugehen, aber sie ersticken wenigstens nicht an all den Erinnerungen, die zurückbleiben. Im Gegensatz zu mir. Ich hatte das Gefühl, keine Luft mehr zu bekommen. Jeden Tag aufs Neue starb ich. Weil ich allein war und die Vergangenheit mir im Kopf herumspukte. Sie ließ mich einfach nicht los. Egal, was ich tat. Ich vermisste Mom. So sehr, als wäre es erst gestern gewesen, dass sie mir meine Haare aus dem Gesicht gestrichen hatte. Noch heute konnte ich ihre Stimme hören. Sie sang wie ein Vogel und lächelte mich dabei an. Immer und immer wieder dasselbe Lied. *Lauf, Mäuschen, lauf. Lauf um dein Leben, bevor die Wände beben. Bleib auf keinen Fall stehen, du musst immer weiter gehen. Lauf um dein Leben, Mäuschen, lauf, oder Daddy nimmt ein Messer und schneidet dich damit auf.* Ich hatte den Reim geliebt und ihn als Kind nachgesungen. Am Ende war es immerhin nur das für mich: ein Lied. Bis mir klar wurde, dass Moms Lächeln traurig aussah und die Warnung der Wahrheit entsprach. Ich hatte es nicht kommen sehen, aber irgendwann lief ich genau in das Messer. Es war groß, scharf und es zertrennte mich in tausend Teile. Und zurück blieb nichts anderes als eine kleine Maus, die in ihrem eigenen Blut lag und auf den Tod wartete. Still und leise. Und mutterseelenallein.

EINS

DOMENICO

Sollte es mich nicht überraschen? Oder zumindest schockieren? Vielleicht sollte ich auch wehmütig auf das Dokument sehen, das vor mir auf meinem Schreibtisch lag und offenkundig zur Beerdigung von Francesco Santis einlud. Mit dicker schwarzer Tinte war die Einladung gedruckt worden, die über Umwege ihren Weg zu mir gefunden hatte. Ein weiteres Mitglied des Santis-Clans war tot. Wenn ich es nicht besser gewusst hätte, hätte ich gesagt, dass irgendwer es auf die Familie abgesehen hatte. Zuerst starb die Mutter der Santis-Kinder, weil sie sich selbst das Leben nahm, um von ihrem Mann wegzukommen. Dann erschoss sich der jüngere Bruder beim Russisch Roulette selbst. Und nun das ... ein Mord. Grundsätzlich nichts Ungewöhnliches bei der Mafia, immerhin konnte ich selbst die Anzahl der Männer nicht zählen, die durch meine Hand umgekommen waren. Doch das hier war anders. Es war kein Eindringling im Haus der Santis gewesen. Niemand, der ihnen hätte schaden wollen. Und dennoch war das Oberhaupt jetzt tot. Er hinterließ drei Kinder und ein millionenschweres Erbe, stand in großen Buchstaben im untersten Absatz. Ich seufzte. Kinder. Das hörte sich falsch an. Tarrant und Lynn waren Kinder – Alessios und Antonios Kinder, um genau zu sein –, aber Davide, Isabella und Aurora waren erwachsen, auch wenn Aurora knapp zehn Jahre jünger war als ich.

»Du solltest aufhören, auf den Zettel zu starren, bevor er in Flammen aufgeht. Es ist beängstigend. Du machst das schon seit Stunden.« Alessio stieß sich von der gegenüberliegenden Wand ab und verschränkte die Arme vor der Brust. Sein dunkles Haar war zerwühlt, als wäre er gerade erst aus seinem Ehebett gestiegen, nachdem Lyra mit ihm fertig geworden war. Oder er mit ihr. Doch seitdem war einige Zeit vergangen. Ich konnte mich kaum noch daran erinnern, wie er in mein Büro spaziert war, als gehörte es ihm und mir grinsend die Beerdigungseinladung überreicht hatte.

»Und du siehst mir seit Stunden dabei zu. Um wen von uns sollte ich mir nun Sorgen machen?« Es war ein Scherz, wenn auch kein guter. Wir beide waren wohl nicht ganz normal, keiner bei der Mafia, und mein Bruder am allerwenigsten, aber um uns sorgte ich mich tatsächlich nicht. Nein, es ging um das Mädchen von nebenan, das mich dazu brachte, meine Arbeit zu vernachlässigen und immer wieder von dem Zettel zum Fenster und wieder zurückzusehen. Wenn ich durch die Scheibe blickte, konnte ich das riesige Anwesen der Familie Santis sehen. Es war pompös und noch größer als unseres, obwohl sie weniger Geld besaßen als wir. Doch für die Santis war es immer ein Statussymbol gewesen, während es für uns nur ein Haus war. Ein wichtiges, aber bei uns ging es eher um die Menschen, die darin wohnten. Meine Brüder, Alessio und Antonio, die mich immer unterstützt hatten und gleichzeitig meine besten Freunde waren. Lyra – Alessios Frau –, die unermüdlich dafür sorgte, dass die Witze meines jüngsten Bruders sich in Grenzen hielten. Sie erdete ihn und zwang ihn, nicht ständig ein Vollidiot zu sein. Und Alice, die nicht nur der warmherzigste Mensch war, den ich kannte, sondern auch die Schwester für mich geworden war, die ich nie gehabt hatte. Diese Menschen waren meine Familie und das würden sie auch bleiben, egal in welchem Gebäude wir lebten.

»Was werden wir tun?« Alessio ließ die Schultern sinken und sah ebenfalls auf den Zettel hinab, der auf meinem Schreibtisch lag. Eine Falte bildete sich über seiner Nase, als er die Augenbrauen zusammenzog. »Ich weiß, wir mussten sie loswerden, aber ich dachte nicht, dass sie sich selbst zerstören würden.« Seine Stimme nahm eine düstere Färbung an, dabei hätte ich am liebsten losgelacht. *Wir mussten sie loswerden.* Das war untertrieben. Diese Arschlöcher hatten uns das Leben zur Hölle gemacht. Sie hatten Alice entführt, Lyra an Menschenhändler verkauft und behandelten auch ihre eigene Belegschaft wie Dreck. Frauen waren bei ihnen nichts wert, weshalb Elvira Santis – Auroras Mom – ihrem Leben lieber selbst ein Ende bereitet hatte, als nur einen weiteren Tag mit ihrem Mann verbringen zu müssen. Es wäre ein würdiges Ende gewesen, wenn eine von ihnen Francesco eine Lektion erteilt hätte und er daran verreckt wäre. Doch so war es nicht gekommen. Stattdessen hatte jemand ihn abgestochen. Hinterrücks in seinem Schlafzimmer. Einfach so.

»Egal, wer ihn am Ende umgebracht hat, die ganze Belegschaft ist somit in Gefahr«, sprach ich aus, was er wahrscheinlich schon wusste. Es musste ein Verräter gewesen sein oder ein Spitzel und vermutlich war er in diesem Moment im Santis-Haus und wartete nur darauf, den Nächsten aus der Linie zu töten. Oder war wirklich nur Francesco das Ziel? Es war schwer vorstellbar, aber vielleicht hatte auch jemand eine persönliche Rechnung mit ihm offen gehabt. So wie ich. Mir hatte er nie etwas getan, doch mit jedem Jahr, das Aurora älter wurde, wurden die Male stärker. Blaue Flecken, Schnitte, Narben. Und die Tränen. Fuck, die Tränen, die im Licht der Sonne schimmerten und sie wunderschön aussehen ließen. Doch sie sollte nur wegen mir und vor Glück weinen und nicht wegen ihres Dads. Ich wollte ihn dafür leiden lassen. Aber das blieb mir nun verwehrt. Irgendwer hatte mir diese Chance genommen. Niedergeschlagen stützte ich mich auf der Tischplatte ab.

Alessio sah sich in meinem Büro um, obwohl er es besser kannte als irgendjemand sonst. Dann grinste er. »Und? Das geht uns nichts an. Wir sind sie los. Lass uns eine Party schmeißen.« Er lachte, aber es klang nicht so fröhlich wie sonst, was entweder daran lag, dass er kaum noch zum Schlafen kam, oder er die gleichen Bedenken hatte wie ich. Die Santis waren harte

Gegner gewesen, aber wir hatte sie gekannt. Wir wussten nicht, welche Probleme uns blühen würden, wenn irgendwer den Platz von Francesco einnahm.

»Francesco war ein Arschloch ...«, begann ich und erhob mich aus meinem Stuhl. Ich konnte nicht mehr länger hier sitzen, sonst würde ich wirklich noch durchdrehen, dabei war ich der Letzte, der sich das leisten konnte. Auf meinen Schultern lag die Verantwortung für unseren gesamten Clan. Ein Aufenthalt in der Psychiatrie wäre auch eher etwas für Alessio. Ich musste stark sein und bleiben. Egal, wie oft ich an Aurora dachte. An ihr schmales Gesicht mit der kleinen Stupsnase und den Tränen, die von der Spitze auf den Boden tropften. Fuck! Nicht schon wieder.

»Das ist noch nett ausgedrückt«, rief Alessio dazwischen und schnalzte abfällig mit der Zunge. Die Furche über seiner Nase wurde noch tiefer. Das konnte auch das Lächeln auf seinen Lippen nicht ausbügeln, auch wenn es eigenartig war, dass er gleichzeitig glücklich und besorgt aussah. Doch jetzt ging es schließlich nicht mehr nur um ihn. Nein, es ging auch um Lyra und das Baby, das sie erst vor einem Monat bekommen hatte.

» ... aber dort leben Menschen, Alessio. Leute, die es sich nicht ausgesucht haben, bei ihm bleiben zu müssen. Wir können sie nicht einfach ihrem Schicksal überlassen. Du kanntest den alten Santis, selbst wenn er tot ist, kann er noch Schaden anrichten.« Und das würde er. Hatte er genau genommen schon. Er hatte seine Leute zu einem Leben in Sklaverei verdammt – sogar über seinen Tod hinaus. Für ihn waren sie Gegenstände. Dinge, die ihm gehört hatten und deshalb vererbte er sie. Es war widerlich. Fahrig fuhr ich mir übers Gesicht und unterdrückte ein Gähnen. Ich musste mir dringend angewöhnen, früher ins Bett zu gehen, oder später aufzustehen.

»Es geht um sie, richtig?« Alessio trat näher an mich heran und legte mir über den Schreibtisch eine Hand auf die Schulter, sodass ich seinem Blick nicht ausweichen konnte. Deshalb versuchte ich, meine Miene so starr wie möglich zu halten. Doch ich schaffte es nicht. Ich war müde. Die letzten Wochen und das Kindergeschrei hatten auch mich um meinen Schlaf gebracht. Außerdem hatte ich mehr Arbeit, als ich allein bewältigen konnte. Es war anstrengend und hörte nicht auf. Es war, als hätten es sich unsere Händler zur Aufgabe gemacht, mich zur Weißglut zu treiben. Ständig platzten unsere Deals, irgendwer wurde verhaftet oder verstarb, weil sie dumm genug waren, sich von unseren Feinden erwischen zu lassen. Es war zum Kotzen. Also log ich nicht. Diesmal zumindest. Wenn ich bei meinen Brüdern nicht ehrlich wegen dieser Sache sein konnte, bei wem sonst? Sie würden mich nicht verurteilen, richtig? Ja, Aurora war genau genommen unsere Feindin, aber ... ich schaffte es trotzdem nicht, sie nicht zu wollen.

»Ich habe sie seitdem nur einmal wiedergesehen und das war kurz vor deiner Hochzeit. Sie hatte sich extra herausgeschlichen, um Alice mit Lyras Haaren zu helfen, aber wenn Francesco sie erwischt hat, dann ... Wenn sie noch lebt ...« Vielleicht tat sie es nicht mehr. Wahrscheinlich hatte Francesco sie töten lassen, oder es vielleicht sogar selbst getan, nachdem er von Auroras Hilfe bei Alice' Rettung erfuhr. Und ich? Jagte nun einem Gespenst hinterher, weil mein kaltes Herz bei dem Anblick ihrer Tränen zum ersten Mal wieder aufgetaut war. Dabei gab es genug hübsche Frauen, die sich mir an den Hals warfen. Jede von ihnen hätte ich in mein Bett mitnehmen können. Doch stattdessen wollte ich das Mädchen mit den rabenschwarzen Haaren und den blutroten Lippen, mit denen man sie besser Schneewittchen genannt hätte.

»Sobald Davide den Clan übernimmt, ist sie tot.« Alessio legte den Kopf schief und verzog zerknirscht die Mundwinkel. Anscheinend hatte auch er noch vor Augen, wie Aurora zur Waffe griff und ihrem eigenen Bruder ins Bein schoss, damit wir Alice befreien konnten. Ja, Davide war wütend auf seine Schwester gewesen. Er wollte Blut sehen und wenn das bisher noch nicht passiert war, weil Francesco noch andere Pläne mit ihr im Sinn gehabt hatte, dann wäre es spätestens so weit, wenn er das Erbe antrat. Und das würde er. Es sei denn, jemand ließ sich auf das kranke Spiel von Francesco ein.

»Eben.« War ich dumm genug, das mitzumachen? Ich wusste es nicht. Für Aurora vielleicht, aber es sprach so viel dagegen. Irgendwas musste Francesco geplant haben, richtig? Sonst wäre niemand bereit, seinen Erben das anzutun und sie zu verscherbeln wie defekte Geräte.

Alessio schnaubte und ich war mir fast sicher, dass er sich gerade Davide in unserem Folterkeller vorstellte, und wie er ihm mit einem Messer langsam das

Fleisch von den Knochen schälte. Vielleicht würde er seine Rache wenigstens irgendwann bekommen. »Aber? Es ist ja nicht so, als könnten wir etwas dagegen tun. Davide ist der einzige Sohn und …«

»Und sein *Padre* hat ihn gehasst. Er hielt ihn für unwürdig.« So unwürdig, dass er sogar einem Fremden lieber den Clan überlassen hätte als ihm. Die ultimative Strafe für einen geächteten Sohn. Ursprünglich hätte Henry den Clan übernehmen sollen, doch er hatte sich vor knapp einem Jahr lieber das Gehirn beim Kampf mit Alessio weggeschossen. Ich hatte gedacht, dass Francesco dann auf den nächsten Erben umschwenken würde, doch stattdessen war beim Zettel für die Beerdigung auch noch ein Ausschnitt aus einem Testament dabei gewesen. Schon beim Lesen hatten sich bei mir alle Haare im Nacken aufgestellt und auch jetzt bekam ich eine Gänsehaut bei dem Gedanken, dass jemand dazu fähig war, seiner eigenen Familie das anzutun. Ich schüttelte Alessios Arm ab und drehte mich von ihm weg zum Fenster, durch das ich Aurora früher beobachtet hatte. Durch die Scheibe konnte ich direkt auf die kleine Steinbank sehen, auf der sie immer gesessen und geweint hatte. Mein Herz zog sich schmerzhaft zusammen bei der Erinnerung.

»Na und? Er ist tot.« Alessio grinste. Er wurde es anscheinend nicht müde, das immer und immer wieder zu sagen. So als könnte er es immer noch nicht glauben. Dabei gab es keinen Zweifel. Irgendjemand – der wirklich keinen Sinn für Pietät hatte – war sogar so dreist und hatte ein Bild mitgeschickt, auf dem Francesco zu sehen war. Blutüberströmt und mit einem

Messer im Rücken. So musste er wohl gefunden worden sein.

»Aber er hat ein Testament gemacht.« Ich seufzte. Und was für eines. Keine Ahnung, ob derjenige, der für seinen Tod verantwortlich war, davon wusste, welchen Schaden er angerichtet hatte.

Obwohl es mir schwerfiel, wandte ich meinen Kopf wieder meinem Bruder zu und verdrängte das Bild von verweinten Augen, das in meinem Kopf herumspukte. Aber das war immer noch besser, als mir starre, leere Pupillen vorzustellen.

»Und? Mach es nicht so spannend, Dom«, drängte Alessio und fuhr sich durch die Haare, sodass einzelne Strähnen vor seine Augen fielen. Sie waren gerötet. Seine Pupillen waren kleiner als Stecknadelköpfe. Er musste dringend in ein Bett.

»Er verkauft den Clan an den Meistbietenden.« An uns, zumindest wenn wir es wollten. Niemand hatte so viel Geld wie unsere Familie. Wenn wir ihn wirklich übernehmen wollten, würde ihn uns niemand streitig machen. Aber wollte ich das? In den letzten Stunden war diese Frage alles, über das ich nachdenken konnte. Und Aurora. Immer wieder Aurora. Sollten wir ihren Clan übernehmen oder nicht? Wenn niemand ihn wollte, würde er am Ende doch an Davide gehen. Aber die Wahrscheinlichkeit, dass kein anderer Clan Interesse daran hatte, eine so alte und bekannte Mafiafamilie zu vereinnahmen, war so gering, dass ich nicht einmal einen Dollar darauf verwetten würde. Wie ein Tier, gefangen im Käfig, begann ich hinter dem Schreibtisch auf und ab zu gehen. Ich fühlte mich plötzlich gefangen, rastlos, als wäre ich eingesperrt ohne Ausweg. Es war ein beschissenes Gefühl.

»Was? Er verkauft den Clan? Ist das sein Ernst? Wie kann er das tun? Da geht es um die Zukunft seiner Familie. Damit macht er sie zu Freiwild.« Alessio riss die Augen auf. Sein Mund klappte auf. Unglaube stand ihm ins Gesicht geschrieben. Er rieb sich über die Stirn, als wäre es dann leichter, die Informationen in den Kopf zu bekommen. Ich verstand ihn gut. Auch ich hatte Angst, mein Schädel würde gleich platzen.

»Das will er«, bestätigte ich und dachte wieder an die letzten Zeilen auf dem beschissenen Auszug des Testaments. Er hatte sie alle verkauft und das nicht, weil er musste, sondern, um sie ein letztes Mal zu quälen. Ich erschauderte. Wie viele Tränen würde Aurora vergießen, wenn sie davon erfuhr? Oder hatte sie wirklich Glück und war schon tot, sodass sie es nicht mehr miterleben musste?

»Wie meinst du das?« Alessio beugte sich zum Schreibtisch. Er hatte die Nachricht also nicht gelesen, bevor er sie mir überbracht hatte, genau wie es sich für einen Underboss gehörte. Dabei hätte ihm klar sein müssen, dass ich es ihm erzählen würde. Und Antonio ebenfalls.

»Aurora lebt vielleicht noch. Ihr Dad hat ihre Jungfräulichkeit mit ins Testament geschrieben und verkauft sie ebenfalls. Wenn er diese Scheiße erst aufgesetzt hat, nachdem Henry gestorben ist, besteht die Möglichkeit, dass es ihr gutgeht.« Ich blieb stehen, schob den Auszug des Testaments vor ihn hin, damit er es selbst lesen konnte. Er fuhr mit dem Finger die krakelige Schrift nach, die in schwarzer Tinte geschrieben worden war.

»Worauf wartest du dann noch?«, fragte Alessio, als er fertig war und hob seinen Kopf, um mich wieder ansehen zu können. Wut huschte über sein Gesicht. Doch mir war nicht ganz klar, gegen wen sie sich richtete. Francesco, der es gewagt hatte, wirklich alles seinen Feinden anzubieten, obwohl er gewusst hatte, dass wir bezahlen und danach alle umbringen könnten? Oder mich, weil ich noch überlegte, ob wir die Santis vor diesem Schicksal bewahren sollten?

»Sie wird mich hassen.« In Gedanken stellte ich mir wieder Auroras Gesicht vor. Die langen Wimpern, die ihre Augen umrahmten und das blasse Muttermal an ihrer Schläfe. Das Glimmern, das sie immer umgab, als wäre sie ein Engel, ließ sie in diesem Moment so real wirken. Würde sie verstehen, warum ich das tat, obwohl ich wusste, wie sehr sie frei sein wollte? Wäre sie dankbar, dass ich sie davor bewahrte, zu einem Fremden gehen und mit ihm leben zu müssen? Oder würde sie mich verachten, weil ich ihr die Chance nahm, selbst zu entscheiden?

»Besser, sie hasst dich hier, als dass sie irgendwo bei einem anderen Clan vergewaltigt und ermordet wird.« Alessio legte die Stirn in Falten und ging hinüber zur linken Ecke, in der ein silberner Wagen voller Glaskaraffen stand. Sie waren alle gefüllt mit Alkohol. Zumindest waren sie heute Morgen noch voll gewesen. Inzwischen waren sie zur Hälfte geleert. Verdammt, ich sollte aufhören, meine Probleme in Alkohol zu ertränken. Am Ende wurde ich wirklich noch wie Dad, der jeden Tag gearbeitet hatte und damit erst aufhörte, als aufgrund des Alkohols die Buchstaben vor seiner Sicht verschwammen. Aber er hatte wenigstens die Ausrede gehabt, dass Mom gestorben war. Was war meine Ausrede? Genau, ich hatte keine. Er würde wahnsinnig enttäuscht sein, wenn er auf seiner Insel, auf die er sich nach seinem Ruhestand zurückgezogen hatte, davon hörte, wie ich jämmerlich als Boss versagte.

»Es ist viel Geld«, gab ich zu bedenken. Und das stimmte. Sicher, wir hatten es, aber deshalb sollten wir es uns dennoch gut überlegen. Ich wollte keine voreiligen Entschlüsse fassen und mich am Ende falsch entscheiden. Doch mir wurde mehr und mehr klar, dass es hier keine richtige Entscheidung gab. Kaufte ich den Clan nicht, verdammte ich Aurora zu einem Leben als Sexsklavin für irgendjemanden, dem es egal war, ob sie sich schlussendlich umbrachte wie ihre Mom. Tat ich es doch, holte ich unsere Feinde in unsere Mitte. Es war eine Zwickmühle und ich hatte zum ersten Mal keine Ahnung, was ich tun sollte. Das Gefühl kannte ich nicht. Und wenn ich ehrlich war, mochte ich es auch nicht. Ich hatte die Kontrolle. Immer. Ich schüttelte den Kopf. Ja, diesmal war es anders. Zum Kotzen.

»Wir haben es, also worum geht es hier wirklich?« Alessios Blick brannte sich in meinen, während er, ohne zu blinzeln, auf meine Antwort wartete. Verdammt, er hatte mich durchschaut. Ich suchte händeringend nach Ausreden, um den Clan nicht zu kaufen. Leider fand ich auch genug. Es sprach so viel dagegen und das Einzige, das dafürsprach, war meine kranke Obsession gegenüber dem Mädchen von nebenan. Ich hatte sie schon immer beobachtet und je älter ich wurde, desto schlimmer wurden die Vorstellungen, was ich mit ihrem Körper anstellen könnte. In jeder einzelnen sah ich, wie sich ihre bleiche Haut rot verfärbte und am Ende dicke Tränen des Glücks über ihre Wangen liefen, während sie sich mir hingab und sich unter mir wand.

»Jemand hat ihn umgebracht, Alessio. Einer seiner eigenen Männer und da wir nicht wissen wer, holen wir uns einen Mörder in die eigenen vier Wände, wenn wir den Santis-Clan übernehmen. Vor ein paar Monaten wäre das noch kein Problem gewesen, aber jetzt ...« Ich verstummte. Jetzt war alles anders. In den letzten zwei Jahren hatte sich alles geändert. Angefangen hatte es mit Alice′ Einzug und nun waren wir nicht mehr die drei Graza-Söhne, die jede Nacht eine andere abschleppten. Nein, wir waren eine Familie.

»Oh mein Gott! Die Kinder!«, rief Alessio aus, als ihm klar wurde, worauf ich hinauswollte. Schock mischte sich in seine Miene. Seine Augen wanderten unruhig hin und her, als würde er nach einer Lösung suchen. Doch genau wie ich kannte er keine. Als hätte er als frischgebackener Daddy nicht schon genug Probleme. Seine Tochter war gerade erst ein paar Wochen alt.

»Ich würde niemals meine Nichte und meinen Neffen in Gefahr bringen.« Und ich meinte es tatsächlich so. Auch wenn die kleine Lynn mir schlaflose Nächte bereitete und Alice′ Sohn Tarrant – der passenderweise nach dem Hutmacher aus Alice im Wunderland benannt war – mir meinen Pudding wegaß, so liebte ich die beiden dennoch abgöttisch. Weil sie mich immer zum Lächeln brachten, egal wie hart mein Tag gewesen war. Und weil sie das untrügliche Zeichen dafür waren, dass meine Brüder endlich gefunden hatten, was ihnen jahrelang gefehlt hatte.

»Nicht einmal für sie?« Alessio nahm sich eine der Karaffen und drehte eines der sauberen Gläser richtig herum, um sich einzuschenken. Die braune Flüssigkeit schwappte ins Glas und er hörte erst auf, als es bis zum oberen Rand gefüllt war. Erst dann stellte er die Glaskaraffe an ihren Platz zurück, hob den Drink an seine Lippen und schüttete sich den Alkohol in den Rachen. Alles auf einmal, bis kein Tropfen mehr übrigblieb.

»Frag mich das nicht. Die Familie kommt zuerst.« Das tat sie immer. Dad hatte uns das schon beigebracht, als wir noch nicht einmal laufen konnten. Es war unser Kodex. Und wir hielten uns daran. Jeder von uns würde für den anderen sein Leben geben. Das machte uns unter den Clans einzigartig. Wir waren nicht nur durch Blut und Loyalität verbunden, sondern durch Liebe.

»Aber wir wären keine Familie, wenn es sie nicht gegeben hätte. Sie hat meiner Frau das Leben gerettet und wir lassen sie nicht sterben. Tu es, Dom!«

Blitzschnell drehte ich meinen Kopf zur Tür, als ich die Stimme von Antonio erkannte. Und tatsächlich stand er im Türrahmen und lauschte unserer Unterhaltung. Wie viel er bereits mitbekommen hatte?

»Was ist mit Alice und Lyra? Ich könnte mir niemals verzeihen, wenn ...«, begann ich zweifelnd und wollte erneut alle Argumente bringen, die dagegensprachen. Doch er hatte recht. Sie hatte Alice gerettet. Ohne sie würde es Tarrant gar nicht geben und nun sollte ich sie im Stich lassen? Sah so meine Dankbarkeit aus? Verflucht! Ich hätte sie schon vor Monaten da rausholen sollen. Auch gegen ihren Willen. Doch sie wollte nicht weg. Für mich absolut unverständlich. Andererseits hatte sie noch eine Halbschwester, die sie vermutlich nicht verlassen wollte. Isabella. Francesco hatte sie mit einer seiner vielen Liebschaften gezeugt. Vermutlich vor den Augen von Auroras Mom, um sie noch mehr zu quälen.

»Könntest du dir verzeihen, wenn Aurora etwas passiert?«, unterbrach Antonio mich und schüttelte den Kopf, als würde er seine eigene Frage beantworten wollen. »Bruder, mir würde im Traum nicht einfallen, dich zu kritisieren. Seit du die Position als Boss übernommen hast, laufen die Geschäfte besser als je zuvor, aber ...« Er stoppte. Ein Seufzen kam über seine Lippen. Hilfesuchend sah er zu Alessio, doch der war dazu übergegangen, sich ein weiteres Glas einzuschenken und so zu tun, als würde er es nicht sehen.

»Was?«, bohrte ich nach. Sicher, wir hatten umwerfende Zahlen, aber er log dennoch. Vieles ging schief. Das war zwar bei Dad auch der Fall gewesen, aber er hatte schneller reagiert. Besser. Ich war noch zu neu in dem Job und hatte ständig das Gefühl, irgendwelche Fehler zu machen.

Antonio räusperte sich und setzte erneut zu sprechen an. »Es fällt auf, Domenico.« Seine Stimme nahm einen rauen Unterton an. Er wich meinem Blick aus. »Du arbeitest und arbeitest und arbeitest und selbst wenn du nicht arbeitest, bist du hier in deinem Arbeitszimmer und starrst aus dem Fenster in der Hoffnung, sie zu sehen. Wir wollen uns ja nicht in dein Liebesleben einmischen, aber ...« Er holte tief Luft und diese Möglichkeit nutzte ich, um ihn abzuwürgen. Ich wollte es nicht hören. Dachte er wirklich, ich wusste das nicht? Aber was sollte ich denn machen? Ich konnte ja schlecht alles stehen und liegen lassen, um ... ja, was? Die Frau fürs Leben zu finden? Nur weil das bei ihnen funktioniert hatte, musste es auf mich nicht zutreffen.

»Dann tut es nicht! Außerdem habe ich kein Liebesleben.« Und ich wollte auch keines, richtig? Richtig! Nur leider wurde ich die kleine Stimme in meinem Hinterkopf nicht los, die Auroras Namen flüsterte. Immer und immer wieder.

»Genau das ist das Problem.« Alessio lachte schallend und nippte an seinem nächsten Drink, während er aus der Ecke kam und sich neben Antonio stellte. Sie bildeten eine Front. Auch wenn ich wusste, dass sie nur das Beste für mich wollten, war es hart, sie zusammenstehen zu sehen. Sie waren ein Team. Sie verstanden sich auf eine Weise, die ich nicht nachvollziehen konnte. Ich wusste nicht, wie es war, eine Frau so stark zu begehren, dass ich sie schon vor dem Frühstück dreimal ficken musste, um aus dem Bett zu kommen. Ich wusste auch nicht, wie es war, wenn ein Kind in der Frau heranwuchs, die man liebte. Mein Kind. Das waren Dinge, die sie verband. Und schlagartig wurde mir klar, dass ich nicht eifersüchtig auf ihre Verbindung zueinander war, sondern auf ihr Leben. Ich beneidete sie dafür. Ich wollte, was sie hatten.

»Also soll ich was? Sie kaufen und hoffen, dass sie versteht, wie wichtig es mir war, ihr Leben zu retten?« Ich lachte und hoffte, meine Stimme brachte es so lächerlich rüber, wie ich es empfand. Doch statt in mein Lachen einzustimmen, tauschten Alessio und Antonio einen langen Blick, bevor sie wieder mich ansahen.

»Ja«, sagten sie zeitgleich und hoben beide die rechte Augenbraue an, sodass sie beinahe aussahen wie Zwillinge. Das Lachen blieb mir im Hals stecken und wurde zu einem riesigen Kloß. Sie waren bereit das Risiko einzugehen. Weil sie sich das für mich wünschten. Sie reichten mir die Hand, ich musste sie nur nehmen. Dennoch zögerte ich immer noch. Endlich war Ruhe eingekehrt und nun würde ich alles aufwirbeln, weil ich besessen von einer Frau war, die ich kaum kannte.

»Das wird eine Katastrophe. Und zwar keine kleine, ist euch das klar?«, fragte ich und ließ den Kopf hängen. Ich war so müde und das Pochen hinter meiner Stirn wurde stetig schlimmer. Vielleicht hatten sie recht und ich sollte aufhören, mir Sorgen zu machen. Aber ich konnte es nicht. Mein Blick fiel auf das Testament. Damit hatte das Unheil begonnen. Ich wünschte, ich hätte es nie bekommen. Doch ich konnte es nicht mehr ändern. Also würde ich den Santis wohl heute Nachmittag einen Besuch abstatten.

»Oh bitte! Ich hab gesehen, wie ihr euch jahrelang angeschmachtet habt. Ich fresse einen Besen, wenn das nicht klappt.« Alessio grinste von einem Ohr zum anderen, während er mir aufmunternd zunickte. Er war optimistisch. Wenigstens einer von uns. Ich dachte immer noch, dass es ein großer Fehler war. Und meine Annahme sollte sich schon bald bestätigen.

»Hoffentlich hast du recht.«

ZWEI

AURORA

Ich starrte auf den hölzernen Sargdeckel und wartete darauf, dass ich irgendwas empfinden würde. Trauer oder Schmerz. Aber da war nichts. Ich war einfach nur leer. Wie ein Gefäß, das jahrelang gefüllt wurde und zersprang, sodass es plötzlich wieder den Inhalt verlor. Dennoch fühlte ich warme Tränen, die über meine Wange perlten und meine Schminke verwischten. Inzwischen musste meine blasse Haut verschmiert sein und die Hämatome, die ich sorgfältige überdeckt hatte, schimmerten bestimmt schon in allen Farben durch meine aufgelegte Maske. Doch es kümmerte mich nicht. Jetzt nicht mehr. Mich würde niemand anschreien, weil ich weinte. Denn genau das wurde in diesem Moment erwartet, während ich zusah, wie der Sarg in die Erde gelassen wurde. Um mich herum waren alle in Tränen ausgebrochen, aber wie ich waren sie Heuchler. Niemand würde den Mann vermissen, der endlich unter die Erde kam und schon in wenigen Wochen nur noch Madenfutter sein würde. Ob er sich so seinen Abgang vorgestellt hatte? Vermutlich nicht. Aber obwohl er sich immer wie ein Gott aufgeführt hatte, war er doch nur ein Mensch gewesen und wir alle konnten nicht wählen, wie unser Ende aussehen sollte. War er in den Himmel gekommen? Hoffentlich, sonst würde ich ihn irgendwann in der Hölle wiedersehen und darauf konnte ich gut verzichten. Außerdem war er ein ehrfürchtiger Mann gewesen. Zumindest hatte er das immer behauptet. Und er hatte gebetet. Immer. Jeden Tag. Wenn er sich an Mom verging oder mich schlug, betete er danach um Vergebung für die Sünden, die wir laut ihm begangen hatten. Nur am Tag, als sie sich umbrachte, betete er nicht. Weil es die größtmögliche Sünde war.

»Was werden wir jetzt tun?« Isabella stand zittrig neben mir und streckte eine Hand nach mir aus, die ich sofort ergriff. Auch sie weinte, wodurch ihre blauen Augen leicht verschwommen wirkten, während sie mich ansah. Sie waren etwas dunkler als meine und sahen somit denen von Dad viel ähnlicher. Wie musste es für sie sein, jedes Mal, wenn sie in den Spiegel blickte, ihn zu sehen. Oder wenigstens einen Teil von ihm.

»Gar nichts. Es geht weiter wie bisher«, beschwichtigte ich sie und rieb mit dem Daumen über ihren Handrücken. Ihre Finger waren eiskalt und viel zu dünn. So wie alles an ihr. Überall traten ihre Knochen weiß unter der blassen Haut hervor und erinnerten mich daran, dass sie noch vor wenigen Tagen im Keller gehaust und nur etwas zu essen bekommen hatte, wenn Dad nicht vergaß, ihr etwas zu bringen. Oder wenn ich es schaffte, die Wachen abzuhängen, um Lebensmittel hinunter zu schleusen. Vielleicht war ihr Teint deshalb so kränklich. Ihr mussten wahnsinnig viele Nährstoffe fehlen. Und das Sonnenlicht. Nach Dads Tod war das Erste, was ich getan hatte, sie mit in den Garten zu nehmen. Aber wirklich wohl fühlte sie sich nicht. Wie auch, wenn wir von mehreren Gästen kritisch beäugt wurden. Bei jeder Bewegung, jedem lauten Ton zuckte Isabella zusammen. Mitleid stieg in mir auf. Nicht, dass ich es an der Oberfläche viel besser gehabt hätte. Aber ich erinnerte wenigstens nicht an ein Skelett.

»Nichts ist so, wie es war. Alles hat sich verändert.« Isabella schniefte. Sie wischte sich mit der freien Hand über die Augen, was sie seltsam kindlich aussehen ließ, obwohl sie ein paar Wochen älter war als ich. Doch in einem dunklen Keller sammelte man nicht viel Lebenserfahrung. Sie war wie ein Kind, das irgendwer allein in die Welt gestoßen hatte und nun musste sie sehen, wo sie blieb. Ich konnte mir kaum vorstellen, wie das für sie sein musste. Und das alles nur, weil sie die falsche Mom gehabt hatte. Oder den falschen Dad. Letzteres war wohl eher der Fall. Ihre Mom hätte sie mitgenommen und wäre gegangen, sodass Dad seinen Bastard niemals zu Gesicht bekommen musste. Aber das wollte er gar nicht. Er erschoss lieber die arme Frau, die er vergewaltigt hatte, obwohl sie eine seiner Köchinnen gewesen war und behielt das Kind. Isabellas Finger umgriffen mich fester. Als wäre ich ihr Anker, an dem sie sich festhalten konnte. »Ich hab Angst, Aurora. Was ist, wenn …«

»Nein! Das wird nicht passieren. Davide ist ein Mistkerl, aber er ist nicht Dad.« Er hatte irgendwo ein Herz in seiner Brust. Etwas, das Dad nicht gehabt hatte. Irgendwann war er mal der kleine Junge gewesen, der sich abends in mein Zimmer geschlichen und mir eine Geschichte vorgelesen hatte, wenn Mom so stark verletzt war, dass sie es nicht mehr tun konnte. Und irgendwo in ihm musste dieser Junge – der Junge, den ich vergöttert hatte – noch sein. Ich musste ihn nur finden. Und bis es so weit war, würde ich einen großen Bogen um meinen Bruder machen, der schon nach den ersten Minuten der Beerdigung wieder in sein Zimmer zurückgestampft war. Vermutlich wäre er am liebsten gar nicht erst gekommen. Er war Dad jahrelang in den Arsch gekrochen und wofür? Dad hatte ihn verraten. Uns alle. Davides Hass auf seinen Erzeuger musste grenzenlos sein. Und niemand konnte das besser nachvollziehen als ich.

»Er hat immer versucht, in seine Fußstapfen zu treten. Du weißt nicht, ob …« Isabella senkte die Stimme. Sie hatte davor schon leise gesprochen, damit niemand unser Gespräch mitbekam, aber nun fiel es selbst mir wahnsinnig schwer, ihre Worte zu verstehen. Dennoch wusste ich, dass sie recht hatte. Unser Bruder durfte dieses Gespräch nicht mitbekommen. Er hatte schon Grund genug, uns zu hassen. Isabella, weil sie als Einzige nicht im Testament aufgeführt wurde und gehen hätte können, wohin sie wollte. Und mich, weil ich schuld daran war, dass er den Clan nicht erben würde. Er hatte den Auftrag erhalten, die drei Graza-Söhne zu töten und Davide hätte es auch fast geschafft. Doch ich konnte es nicht zulassen, nicht wenn dafür eine unschuldige Frau sterben musste, die zu diesem Zeitpunkt auch noch ein Baby erwartete. Also tat ich das Einzige, das mir einfiel. Ich schoss auf Davides Bein, damit die Grazas abhauen konnten. Nicht nur sein Ego wurde dadurch angekratzt, sondern Dad war auch noch so enttäuscht gewesen, dass er ihn verstoßen und enterbt hatte. Von einem Tag auf den anderen war er nicht mehr sein Sohn und der Erbe eines milliardenschweren Clans gewesen.

»Wir leben noch, Isabella. Wenn er wie Dad wäre, hätte er uns bereits umgebracht und nicht gewartet, bis wir *Padre* beerdigen.« Zumindest hoffte ich das. Immerhin waren zwischen dem Auffinden der Leiche und der Trauerfeier nur wenige Tage vergangen. Ein Tag, bis sich die Nachricht wie ein Buschfeuer verbreitet hatte. Ein weiterer, damit alle anreisten, die irgendwas mit ihm zu tun gehabt hatten. Noch einer, damit das Personal Zeit hatte, alles vorzubereiten und das Grab ausgehoben wurde. Und nun standen wir hier. Die Ersten waren bereits wieder gegangen. Eigentlich alle, die nicht das Pech hatten, im Anwesen zu wohnen. Vermutlich wollten sie sich nur davon überzeugen, dass er wirklich tot war. Und das Personal stand nur noch hier, weil sie ihre eigene Zukunft betrauerten. Seit dem Moment, als klar wurde, dass er nicht mehr zurückkommen würde, waren alle mit einem Grinsen durch die Gegend gelaufen. Doch aus der Freude wurde schnell Panik, nachdem wir erfahren hatten, was uns nun blühen würde. Lorenzo – Dads Butler – stand in der Nähe. Ihn hatte es besonders hart getroffen. Nachdem Dad ihn einen Großteil seines Lebens schikaniert hatte, kam er vor ein paar Tagen zu mir und erzählte, wie sehr er sich darüber freute, endlich frei zu sein. Er wollte seine Familie in Italien besuchen und danach eine eigene gründen. Große Pläne hatte er geschmiedet und detailliert geschildert, was er alles tun wollte. Und nun würde er weiterhin hierbleiben müssen. All seine Vorhaben hatten sich mit einem Mal in Luft aufgelöst.

»Du hast das Testament gelesen, Aurora. Er hat uns nur noch nicht getötet, weil er weiß, dass uns viel Schlimmeres erwartet.« Isabellas Körper versteifte sich neben mir und die Umklammerung an meinen Fingern wurde so fest, dass ich vor Schmerz zischte. Zuerst wusste ich nicht, was ihr Verhalten ausgelöst hatte, doch dann sah ich im Augenwinkel, wie einer der Wachleute über den Rasen zum Haus marschierte und dabei hinter uns vorbeiging. Viel zu nah. Keine Ahnung, ob er es mit Absicht tat, um uns zu belauschen, oder es nur Zufall war, doch ich wartete, bis er außer Hörweite war, bevor ich Isabella antwortete.

»Mich. Nicht dich. Dir wird es gutgehen, Isa. Ich verspreche es.« Und wenn ich ihr dafür zur Flucht verhelfen musste, weil sie wegen Davide nicht einfach gehen konnte, obwohl ihr Name nicht im Testament vermerkt war. Sie hatte jahrelang in diesem kalten, feuchten Keller gehaust und Dads regelmäßige Besuche überstanden. Ich würde nicht zulassen, dass ihr Ähnliches wieder zugemutet wurde. Sie hatte sich ein Leben verdient. Jeder von uns. Aber während Davide und ich im Testament extra aufgeführt wurden, war Isabellas Name nicht vorgekommen. Sie war frei. Sie hätte gehen können. Doch sie blieb. Wegen mir. Und weil sie nicht wusste, wo sie hinsollte.

»Und was ist mit dir?« Isabella steckte sich eine ihrer braunen Locken hinters Ohr, die ihr ins Gesicht gefallen war. Ihre Haare wirkten stumpf und farblos. Ihre ganze Erscheinung schien von Trauer überlagert zu sein. Sie lag wie eine zweite Haut über ihr und tauchte alle Farben in ein hässliches Grau. Dabei war ich diejenige, die traurig sein sollte. Obwohl ich nicht in den Keller gesperrt worden war, hatte ich ebenfalls ein Gefängnis. Mein Zimmer. Es war schön dekoriert, aber dennoch eine Zelle, aus der ich nur hinausdurfte, wenn Dad es erlaubte. Oder ich mich hinausschlich, um wenigstens nicht für meine Tränen und mein Schluchzen bestraft zu werden. Doch ich war noch nie auf einer Party gewesen, hatte ein Date gehabt oder war geküsst worden. Es hatte sich einfach nicht ergeben und ich hatte die Hoffnung, dass ich irgendwann von hier fliehen würde, um mit dem Mann meiner Träume zusammen zu sein. Stattdessen rissen sich dank Dads Testament bereits die Männer wie Aasgeier um meine ersten Male. Den ersten Kuss, den ersten Sex, die erste Liebe. Zwei von dreien konnten sie haben, doch zumindest letzteres würde mir bleiben.

Ich würde wählen, wem mein Herz am Ende gehörte. Es war nicht käuflich.

»Ich ... Ich weiß es nicht. Hoffen, dass der Typ, der das Angebot annimmt, meinem Leben ein Ende setzt, nachdem er bekommen hat, was er wollte?« Es sollte lustig klingen, ein Witz sein, aber das tat es nicht. Dafür war meine Stimme zu kratzig vom vielen Weinen. Ich hatte keine Ahnung, wie viele Tränen ich vergossen hatte, seit Dads Tod und der Nachricht, dass er mich an den reichsten Widerling verkaufen würde. Es war so schlimm gewesen, dass ich mich zusammen mit Isabella in meinem Zimmer eingeschlossen hatte, obwohl wir uns endlich frei auf dem Anwesen hätten bewegen können. Natürlich immer unter den wachsamen Augen von Dads Lakaien, die auch nach seinem Ableben noch für Zucht und Ordnung sorgten und uns nicht in die Nähe des Tors ließen, sodass niemand auch nur daran dachte abzuhauen.

»Ich dachte nicht, dass ich mir Dad jemals zurückwünschen würde.« Isabellas Griff lockerte sich wieder, während sie den Blick von mir abwandte und über den Rasen sah. Vor uns waren immer noch Männer damit beschäftigt, Erde auf Dads Sarg zu schaufeln, um ihn auf dem Familienfriedhof zu vergraben. Sie arbeiteten still, obwohl Schweißperlen ihnen über die Schläfen liefen und die Sonne gnadenlos auf sie hinabschien. Starr ließ ich meine Augen auf ihnen ruhen, um zu verhindern, dass ich den Kopf drehte und den grauen Stein sah, auf dem Moms Name stand. Sie hatte keine Feier gehabt und das Grab auch nur bekommen, weil niemand wusste, was wir sonst mit ihrer Leiche anfangen sollten. Wahrscheinlich hätte Dad sie am liebsten verbrannt oder ihren Körper in Millionen Stücke zerlegt. Doch wie hätte das auf die anderen Clans gewirkt, die viel von Traditionen hielten? Mir drehte sich der Magen um. Unser Ansehen war alles, was Mom ein Grab geschenkt hatte. Es ging nicht um Trauer oder Liebe. Dad hatte jede Sekunde ihrer Beisetzung gehasst. Laut ihm hatte sie nicht einmal einen Stein mit ihrem Namen verdient, dafür, dass sie ihn nicht nur verlassen und damit laut ihm Ehebruch begangen, sondern sich als Draufgabe noch umgebracht hatte. Und das war in seinen Augen unverzeihlich.

»Sag das nicht! Niemand kann so schlimm sein, wie er es war.« Ein verbitterter Ton mischte sich in meine Stimme, weil ich wusste, wie wahr meine Worte waren. Ich hatte andere Clanführer kennengelernt, während sie mit Dad verhandelten, weil er mich jedes Mal wie ein Schmuckstück mitgeschleift hatte. Keiner war auch nur halb so brutal, so widerwärtig und drakonisch wie er. Es gab keinen einzigen Menschen, der Dad wichtig war außer er selbst. Wir anderen waren nur Kakerlaken, die er unter seinem Schuh zertreten und zu seiner Belustigung tanzen lassen konnte.

Isabella gähnte und machte sich nicht die Mühe, sich die Hand vor den Mund zu halten. Vielleicht hatte sie auch einfach nicht die Kraft, um sich viel zu bewegen. Trotz des Sonnenhuts, den sie trug, weil ihre Haut die Strahlung der Sonne nicht verkraftete, färbten sich ihre Wangen langsam rot und auch mir wurde heiß. Die Hitze war unerträglich. »Hatte er recht?«, fragte Isabella und leckte sich über die trockenen Lippen. Sie waren rissig und getrocknetes Blut war stellenweise zu sehen.

»Womit?« Ich wandte ihr meinen Kopf wieder zu und ignorierte damit die Arbeiter, die langsam zum Ende kamen. Der Sarg war bereits unter einer Schicht Erde verschwunden. Jetzt mussten sie nur noch das Loch füllen.

»Dass du noch Jungfrau bist?« Isabella schluckte. Ihre Stimme wurde, wenn möglich, noch leiser, als wäre es ihr unangenehm zu fragen. Das sollte es auch. Es war schließlich nicht normal, mich nach meinen sexuellen Erfahrungen auszuquetschen. Aber hatte ich wirklich noch das Recht auf irgendeine Privatsphäre? Inzwischen gab es wohl kaum noch einen Menschen, der nicht wusste, dass meine Jungfräulichkeit an denjenigen gehen würde, der am meisten Geld dafür bot. Dann konnte ich es auch meiner Halbschwester erzählen, die im Gegensatz zum Rest wenigstens bestätigt bekommen wollte, ob das Gerücht der Wahrheit entsprach.

»Ja.« Ich nickte. Und wenn es nach mir ging, wäre ich es auch noch geblieben, bis ... Ich schloss die Augen. Nein, das wäre nie passiert. Domenico Graza hätte mich nie angefasst. Für ihn war ich immer nur das Nachbarsmädchen, das zu nah am Wasser gebaut war. Doch für mich war er mehr als der Junge, der mir mit meinen Verletzungen geholfen, mir Taschentücher gebracht und mich getröstet hatte. Er war der erste Mann, der mir um meinetwillen Aufmerksamkeit geschenkt hatte. Weil es ihm nicht egal gewesen war, dass ich mit einer blutigen Nase allein auf einer Steinbank saß und weinte. Er war ein guter Mann. So gut, dass er jede Annäherung im Keim erstickte, weil ich jünger war als er und er meine Situation nicht ausnutzen wollte. Leider hatte ich es nie geschafft, ihn zu treffen, wenn ich nicht heulte wie ein Schlosshund. Immerhin waren die kurzen Momente, nachdem *Padre* mich geschlagen hatte, die einzigen, in denen er mich in Ruhe ließ und nicht kontrollierte. »Dad hat mich nie lange genug aus den Augen gelassen, damit sich das ändert.« Vielleicht, weil er schon wusste, was er mit mir vorhatte. Hatte er mich deshalb so sehr eingeengt? Damit ich ja keinen Sex hatte? Selbst wenn er mal keine Lust hatte, mich zu beaufsichtigen, hatte er das Personal angewiesen, darauf zu achten, dass ich keinen Schritt aus dem Anwesen machte. Ob sie ebenfalls etwas in diese Richtung geahnt hatten?

»Und wenn du es nicht mehr wärst?« Überlegend legte Isabella den Kopf schief, sodass der Bluterguss an ihrem Hals sichtbar wurde. Obwohl er schon mehrere Tage alt war, waren immer noch die Stellen zu erkennen, an denen Dad seine Finger in ihr Fleisch gedrückt und ihr damit die Luft zum Atmen geraubt hatte.

»Was? Wovon redest du?« Ich zog die Augenbrauen zusammen und dachte über ihre Worte nach. Ja, was wäre, wenn ich es nicht mehr wäre? Wenn ich schon vor langer Zeit den Mut gehabt hätte, Domenico zu sagen, dass ich ihn tief in mir spüren wollte, weil mein Herz unablässig nach ihm schrie? Dad hätte davon niemals etwas erfahren. Ob ich es einfach behaupten sollte? Ich könnte allen sagen, dass ich mit jemandem geschlafen hatte. Aber mit wem? Ohne einen

Typen, der meine Geschichte bestätigte, würde es nicht lange dauern, bis die Lüge aufflog. Außerdem reichte es, wenn irgendjemand darauf bestand, dass ich eine gynäkologische Untersuchung vornehmen ließ. Spätestens dann würden alle wissen, dass es nicht passiert war. Oder sollte ich etwas einführen, um das Häutchen in mir zu beschädigen? Würde man den Unterschied erkennen? Ich wusste es nicht und das Risiko war mir zu groß. Nicht auszumalen, was mir blühte, wenn jemand dahinterkam.

»Du wärst schlagartig weniger wert, oder nicht? Dad hätte somit etwas verkauft, das es gar nicht mehr gibt. Würde das für Vertragsbruch reichen?«, fragte sie, aber ich wusste, was sie eigentlich fragen wollte: Wäre das eine Möglichkeit, uns alle zu retten? Es ging hier schließlich nicht nur um mich. Die ganze Belegschaft würde mit mir verkauft werden. Sogar Davide müsste als Kapitän eingestellt werden und somit die Drecksarbeit irgendeines Bosses übernehmen. Menschen würden weiterhin in der Sklaverei bleiben. Frauen, wie ihre Mom eine gewesen war, die hergekommen waren, um Geld zu verdienen und diesen Ort nie wieder verlassen konnten. Doch wenn das Testament als ungültig erklärt wurde, weil Dad Dinge darin vermerkte und zum Verkauf anbot, die es gar nicht mehr gab, würde uns das Zeit schenken. Zeit, um Davide zur Vernunft zu bringen, damit er den Clan übernahm und es anders machte als Dad.

»Ich kann doch nicht ...«, widersprach ich, brach ab und schüttelte den Kopf. Nein, das war lächerlich. Ich konnte schlecht auf die Straße hinausgehen und mit dem erstbesten Mann schlafen, damit ich keine Jungfrau mehr war. »Laut Davide wird der Kauf heute Abend über die Bühne gehen. Bis dahin ist nicht mehr genug Zeit, um ...« Oder etwa doch? Wäre es ein so großes Opfer? Es würde sowieso passieren und so konnte ich wenigstens wählen, wer mich berühren durfte. Außerdem war Sex nichts, was lange dauern musste. An der Zeit scheiterte es also eigentlich nicht. Ich musste ein oder zwei Minuten in den sauren Apfel beißen und danach würde ich heute Abend in die Verhandlungen platzen und verkünden, dass ich keine Jungfrau mehr war. Bestimmt wäre der Käufer dann abgeschreckt. Doch wen sollte ich nehmen? Einen der Bediensteten? Das würde nicht funktionieren. Sie alle wussten von dem Testament und sie hätten zu viel Angst, den Zorn der Clans auf sich zu ziehen. Oder den des Käufers, der auf seinen Fick verzichten musste. Einen Fremden? Das wäre wohl am einfachsten, immerhin hätte er keine Ahnung, dass ich die Tochter eines Mafiabosses war. Gewesen war, verbesserte ich mich gedanklich. Es war Vergangenheit. Ein Fremder würde mich behandeln wie jede andere Schlampe, die sich jemandem an den Hals warf. Und das wollte ich doch, oder? Nur leider hatte ich mir mein erstes Mal dutzende Male vorgestellt und auch jetzt sah ich dunkle, beinahe schwarze Augen vor mir, während ich daran dachte, wie große Hände meine Schenkel streichelten.

»Was?« Isabella lachte freudlos. »Hier sind genug Typen.« Sie machte eine ausschweifende Handbewegung in die Richtung der Arbeiter, deren Hände voller

Erde waren. Sogar die zwei Wachen, die an der Wand standen und uns beäugten, schloss sie mit ein. Richtig, ich konnte das Grundstück nicht verlassen. Zumindest nicht lang, ohne dass es auffiel. Es wäre am leichtesten, wenn ich einen der Wachleute dazu bringen könnte, Sex mit mir zu haben. Um denjenigen wäre es dann auch nicht schade, wenn der Käufer ihn umbringen würde. Santiago wäre beispielsweise eine gute Wahl. Er war der größere der beiden Wachleute und Dad immer treu ergeben gewesen. Und wenn ich die Art und Weise, wie sein Gesicht jedes Mal gestrahlt hatte, wenn Dad ihm einen Befehl gab, richtig gedeutet hatte, dann stand er darauf herumkommandiert zu werden. Wenn ich ihn anwies, mit mir zu schlafen und die Kontrolle übernahm, dann würde er genau das machen, was ich sagte, richtig? Ich könnte ihn einfach benutzen ohne Angst haben zu müssen, dass er mich irgendwo anfasste, wo ich es nicht wollte. Aber ich schaffte es nicht, auf ihn zuzugehen und ein Lächeln aufzusetzen. Nicht, wenn ich noch nicht alle anderen Möglichkeiten ausgeschöpft hatte. Wieder dachte ich an diese dunklen Augen. An schwarze Haare, die gleichzeitig verstrubbelt waren und perfekt saßen. Und an die geschwungenen Tätowierungen, die sich über seine Brust und seine Schultern bis zu seinem Hals zogen. Domenico Graza. Der älteste der Graza-Brüder. Der Mann, der mich, ohne mich zu berühren, bereits Dinge fühlen ließ, die ich nie zuvor empfunden hatte. Ob er zuhause war? Und wenn ja, würde er mit mir schlafen, wenn ich es ihm anbot? Oder würde er mich abweisen? Sollte ich es riskieren und zumindest versuchen, mein erstes Mal unvergesslich werden zu lassen? Oder sollte ich lieber einen der Typen hier nehmen? Ekel stieg in mir hoch, mich von einem anderen anfassen zu lassen. Nein, es sollte er sein. Das war es, was ich wollte. Was ich brauchte, um mich gut zu fühlen. Ansonsten würde für immer Schmutz auf mir haften, den ich einfach nicht wegbekam. Ich atmete tief durch, aber je länger ich darüber nachdachte, desto klarer wurde das Bild von Dom vor meinen Augen. Das kantige Kinn, die harten Gesichtszüge, seine Muskeln, die sich über den ganzen Körper zogen. Ich musste es versuchen. Wenigstens einmal. Wenn er mich ablehnte, konnte ich mir immer noch einen Plan B überlegen. Doch zuerst musste ich ihm sagen, was ich so dringend wollte. Sonst würde ich es mir nie verzeihen und mich ständig fragen, ob ich mich selbst um das perfekte erste Mal gebracht hatte.

»Kannst du die Männer ablenken?« Ich zog meine Hand aus Isabellas Griff und verschränkte die Arme vor meiner Brust. Ich trug ein schwarzes Kleid und dunkle, seidene Strümpfe, die nur bis zu meinem Oberschenkelansatz reichten. Auch meine Unterwäsche war schwarz, obwohl sie niemand sehen konnte. Doch ich wollte sicher sein, dass meine BH-Träger nicht auffielen, wenn sie unter meinen Ärmeln verrutschten. Das würde mir jetzt helfen, richtig? Schwarze Unterwäsche mochten Männer. Zumindest hatte Dad sie gemocht, immerhin hatte er alle Frauen im Haus eine Zeit lang gezwungen, nur in solchen Dessous herumzulaufen. Mit sonst nichts am Körper. Würde Dom es ebenfalls gefallen? Ich hoffte es. Außerdem hatte ich nur eine Chance, um mich an den Wachen vorbeizuschleichen und die würde ich sicher nicht nutzen, um mich umzuziehen.

»Wieso? Wo willst du hin?« Isabellas Blick glitt zu den Wachen. Sie schluckte. Angst loderte kurzzeitig in ihren Augen auf, doch dann wurde ihre Miene hart und ein verbissener Ausdruck trat an die Stelle, an der ich gerade noch Panik erahnen konnte. Sie versuchte mutig zu sein. Stark. Vielleicht weil ihr klar war, dass ich das größere Opfer brachte. Wobei ich es nicht mehr so bezeichnen würde, wenn es mir endlich die Möglichkeit gab, Doms Lippen auf meinen zu fühlen. Aber das würde sich zeigen.

»Meine Jungfräulichkeit nicht an irgendjemanden verlieren, sondern an den Richtigen.« Ich lächelte sie an, wich aber gleichzeitig ihrem Blick aus, weil ich spürte, wie mir das Blut in die Wangen schoss. Mein Gesicht machte vermutlich einer Tomate Konkurrenz, aber wieso sollte ich es leugnen? Ich mochte Dom. Und Isabella wusste das. Es war nicht nur einmal vorgekommen, dass ich ihr von ihm erzählt hatte.

»Der Nachbarsjunge?« Als Isabella diesmal lachte, klang es echt und fröhlich. Sie scherzte, etwas, das ich nicht mehr gedacht hatte zu erleben. Sofort stimmte ich mit ein, auch wenn sich langsam die Angst, dass Dom mich nicht wollen könnte, in mir manifestierte. Es war wie eine schwarze, schmierige Flüssigkeit, die sich in mir verteilte. Zuerst waren es nur Tropfen, die in meiner Blutbahn umherwimmelten, doch sie flossen alle in Richtung meines Magens, wo sie sich zu einem Fluss verbanden und schlussendlich hart wurden, bis ich das Gefühl hatte, ein schwerer Brocken würde auf meine Eingeweide drücken.

»Sein Name ist Domenico.« Mit einem Grinsen im Gesicht verdrehte ich gespielt die Augen. Isabella musste nicht wissen, dass ich mir Sorgen machte. Es reichte, wenn ich ihre Hilfe brauchte, um hier wegzukommen. Doch es musste sein. Anders würde ich es nicht unbemerkt zur Hecke hinüber und durch das kleine Türchen im Zaun schaffen, das Mom ohne Dads Wissen einbauen lassen hatte. Und nur dadurch würde ich auf das angrenzende Anwesen der Familie Graza gelangen und weiter zu der Stelle, an der ich mir seit Kindheitstagen die Augen aus dem Kopf geheult hatte.

»Der Nachbarsjunge«, wiederholte Isabella, doch ihre Stimmlage machte keinen Hehl daraus, dass sie erahnte, was ich erreichen wollte. Ich würde mit Dom schlafen. Er musste es nur wollen. Isabella zwinkerte mir zu und trat dann plötzlich einen Schritt nach vorn und noch einen, bis der Boden unter ihren Füßen aufhörte und sie schreiend in das Loch fiel, das erst halb zugeschüttet war. Staub wurde aufgewirbelt. Erde bröckelte vom Rand der Grube. Die Arbeiter stießen einen Laut der Überraschung aus. Erschrocken riss auch ich die Augen auf und verlor dadurch wertvolle Sekunden, doch sobald mir klar wurde, dass ihr Handeln beabsichtigt gewesen war, trat ich den Rückzug an. Angelockt von Isabellas Schreien, die nicht verstummten, obwohl die Arbeiter ihr bereits beim Aufstehen halfen, verließen die zwei Wachmänner ihren Posten und liefen auf Isabella zu. Niemand beachtete mich. Also nahm ich die Beine in die Hand und lief.

Vorbei an den Bäumen im Garten, die Hauswand entlang und zu der dichten Hecke, hinter der die Umzäunung des Grundstücks war. Ich zwängte mich an den Ästen und Blättern vorbei und öffnete so leise wie möglich das quietschende Türchen. Irgendwo schrie jemand meinen Namen, doch die Stimme klang zu weit entfernt, weshalb ich mich nicht darum kümmerte und durch den Durchgang schlüpfte. Zweige verhedderten sich in meinen Haaren und der Geruch nach nasser Erde und Morgentau drang in meine Nase, während ich weiterrannte. So schnell ich konnte, bis meine Beine unter mir protestierten und meine Oberschenkel brannten. In meiner Seite begann es zu stechen, aber ich beschleunigte meine Schritte weiter. Hastig sog ich Sauerstoff in meine Lungen und sprintete die letzten Meter, sodass ich schnellstmöglich unter Doms Fenster ankam. Doch er war nicht da. Die Silhouette, die sich sonst auf der Scheibe abzeichnete, fehlte. Enttäuscht ließ ich die Schultern sinken. Sanft zog ich einen Zweig aus meinen lockigen Strähnen, während ich nach oben starrte. War er nur weiter im Zimmer und nicht am Schreibtisch? Konnte ich ihn deshalb nicht sehen? Doch mit jeder Sekunde, die verging, in der sein Schatten nicht auftauchte, wurde der Brocken in meinem Bauch größer. Er zog mich zu Boden und zerquetschte gleichzeitig meine Organe, bis von meinem Herz nur noch eine fleischige, tote Masse übrigblieb. Meine Hoffnungen lösten sich in Luft auf. Tränen schossen mir in die Augen. Er würde es nicht sein. Mein Erster. Ich biss mir auf die Lippen und wandte mich bereits zum Gehen, um Zeit zu sparen.

Dann musste es ein anderer werden, egal wie sehr mir diese Vorstellung widerstrebte. Meine Füße schliffen über den Boden. Der Kies gab bei jedem Schritt ein Knirschen von sich. Stapf, stapf, stapf. Entfernt erinnerte es mich an das Tropfen, wenn eine Flasche umfiel und die Flüssigkeit von der Tischkante tropfte. Ob ich mit genug Alkohol vielleicht nicht mitbekommen würde, wenn mich jemand nahm? Wäre das eine Option?

»Aurora?«

Sofort hielt ich an. Mein Kopf, den ich, ohne es zu merken, hängen gelassen hatte, ruckte nach oben. Perplex drehte ich mich um. Das war Doms Stimme, oder nicht? Und tatsächlich, als ich mich umsah, entdeckte ich ihn. Er stand vor der Ecke des Gebäudes, hinter der er wohl gerade hervorgekommen und dann stocksteif stehen geblieben war. Seine Haltung war gerade wie immer und er trug auch denselben Anzug wie sonst. Sein Erscheinungsbild war immer noch das gleiche, obwohl wir uns wochenlang nicht gesehen hatten. Nur die großen Augenringe in seinem Gesicht waren neu. Schlief er schlecht?

»Ich dachte, ich müsste erst Steine an dein Fenster werfen, damit du mich bemerkst«, murmelte ich und versuchte zu lächeln, doch ich schaffte es nicht. Zumindest konnte ich die Tränen unterdrücken, sodass ich nicht wieder vor ihm weinte. Erleichterung überschwemmte mich. Er war doch hier. Vor mir. In meiner Reichweite. Es fehlten nur wenige Schritte, dann könnte ich ihn berühren. Doch meine Beine bewegten sich kein Stück. Als wären sie am Boden festgefroren, blieben sie an Ort und Stelle. Dabei wollte ich nichts lieber, als mich in seine Arme werfen, ihm erzählen, was mein Dad getan hatte und hemmungslos in seine Schulter weinen. Doch dann würde er mich bestimmt nicht mehr anfassen. Er würde denken, er wäre mein Notnagel, weil ich dringend Sex haben musste. Doch so war das nicht. Auch unter anderen Umständen hätte ich mir ihn ausgesucht, wenn ich die Wahl gehabt hätte.

»Dir geht es gut«, wisperte er, aber seine Stimme hörte sich an, als wäre sie weit weg. Fast, als würde er es zu sich selbst sagen und nicht zu mir. Doch ich konnte nicht erkennen, ob es ihn freute, oder nicht. Seine Züge waren starr. Doch das tat seiner Schönheit keinen Abbruch. Konnten Männer überhaupt schön sein? Sexy oder heiß, sicher, aber das war nicht genug, um Dom zu beschreiben. Er hatte etwas an sich, das ihn von allen anderen Männern unterschied: Perfektion. Seine Augen, die aristokratische Nase, die akkurate Haltung, seine wohlproportionierten Muskeln, die vollen Lippen – alles an ihm war atemberaubend. Er war schön. Fast zu schön, um echt zu sein. Als wäre er gephotoshopt.

»Das würde ich jetzt nicht sagen, aber ja, ich lebe noch.« Ich erkannte meine Stimme selbst kaum wieder. Sie war kratzig und dünn, sodass ich Angst bekam, sie würde mich und meine Gefühle verraten. Er hatte mir so gefehlt. Mir war es nicht bewusst gewesen, doch nun wo er vor mir stand, fiel mir das Atmen auf einmal viel leichter. Mein Brustkorb hob und senkte sich langsam, obwohl mein Herz darin doppelt so schnell schlug wie gewöhnlich.

Domenico legte bei meiner Antwort die Stirn in Falten. Wut blitzte in seinen Augen auf, doch so schnell wie sie gekommen war, war sie auch wieder verschwunden. Stattdessen zog er fragend die Augenbrauen zusammen und sah sich um, damit er sicher sein konnte, dass ich allein war und uns niemand belauschte. »Was machst du hier?«

»Ich wollte dich sehen«, antwortete ich ehrlich und atmete flacher wegen dem Flattern, das seine tiefe Stimme in meiner Magengrube auslöste, und den Brocken in seine Einzelteile sprengte. Die Töne fuhren durch meinen ganzen Körper und ließen mich keuchen. Sie klangen stark und kraftvoll und gleichzeitig so unheimlich sanft, dass ich das Gefühl hatte, die wichtigste Frau auf der Welt zu sein.

Dom nickte. Einmal. Zweimal. Dann schloss er für einen Moment die Augen, nur um im nächsten mit großen Schritten die Distanz zu mir zu verringern und mich in den Arm zu nehmen. Seine Arme umschlangen meinen Körper und er presste mich an sich. Sofort umschloss mich seine Wärme, und der Geruch nach teurem Whisky und einer Spur Minze hüllte mich ein. »Ich habe dich vermisst«, hauchte er in mein Ohr, während er seine Wange an mein Haar drückte und meinen Duft lautstark einsog. Die Umarmung fühlte sich umwerfend an. Erleichternd. In Doms Armen kam mir alles so leicht vor. Hier gab es meinen Dad nicht, der noch vor einer Woche mit erhobener Hand auf mich hinabgesehen hatte und nun kalt unter der Erde lag. Es gab auch keine Testamente, die mich zwangen, irgendetwas zu tun. Es gab nur ihn und mich. Alles andere erschien mir weit weg, wie in einer fernen Galaxy. Aber schneller als es mir lieb war, holte mich die Realität wieder ein, als Dom mich losließ und einen Schritt zurücktrat. Sofort kehrten die Probleme zurück und damit auch die Aufgabe, die mir bevorstand. Würde er zärtlich sein, so wie immer, wenn er mir die Tränen weggewischt hatte? Oder mochte er es härter? Und wenn ja, würde mir das gefallen? Verdammt, ich hatte keine Ahnung, was und wie ich es wollte. Dabei dachte ich, dass mein Körper mir irgendwann schon sagen würde, was er brauchte.

»Und was machst du hier draußen? Normalerweise sorgen nur weinende Mädchen dafür, dass du dein Arbeitszimmer verlässt.« Ich verzog meine Mundwinkel zu einem Lächeln, während ich weiterhin in mich hineinhorchte, um eine Antwort auf die vielen Fragen zu finden, die sich in meinem Kopf stapelten. Doch ich fand keine, weshalb das Grinsen auf meinem Gesicht sofort wieder verblasste. Ich hatte keine Ahnung, wie ich ihn bitten sollte, mit mir zu schlafen. Sollte ich ihn einfach küssen? Verflucht, warum war das so schwierig? Sollte Sex nicht einfacher sein? Rein, raus, rein, raus. Das war nicht schwer. Selbst Neandertaler hatten das geschafft.

»Ich bin auf dem Weg zu einem Deal.« Dom schmunzelte, als er auf meine Finger hinabsah, die verkrampft miteinander spielten und sich immer wieder ineinander verfingen. Sofort stellte ich die Bewegungen ein, die ich unterbewusst begonnen hatte, damit nicht auffiel, dass ich nervös war.

»Wird es gefährlich?«, fragte ich, um das Gespräch aufrechtzuerhalten. Bisher war es kein Problem gewesen, wenn wir geschwiegen hatten. Und das hatten wir oft. Es war nicht nur einmal vorgekommen, dass ich meinen Kopf auf seine Schulter bettete, während ich vor Schmerzen schluchzte. Ich hatte die Ruhe immer genossen. Die Atmosphäre war entspannt gewesen und ich konnte mich einfach bei ihm festhalten, um die Qualen heraus zu weinen. Doch jetzt war etwas anders. Anspannung lag in der Luft. Und das betraf nicht nur mich. Auch Doms Haltung schien noch steifer zu sein als sonst und seine Augen blieben immer wieder an meinem Kleid hängen. Gefiel ihm, was er sah?

»Du musst dir keine Sorgen machen«, versicherte er und legte mir eine Hand auf die Wange.

»Um dich? Das mache ich nie.« Und das stimmte. Domenico konnte auf sich selbst aufpassen. Wenn es jemand konnte, dann er. Ich hatte Dad nicht oft zugehört, wenn er über andere Clans sprach, aber die Graza-Brüder lagen ihm ständig schwer im Magen. Das wusste ich. Weil sie wahnsinnig talentiert mit Waffen waren, immer eine Lösung fanden und es verstanden, Geschäfte abzuschließen. Also egal, wohin Dom ging, er war bestimmt gut vorbereitet, sodass ihm nichts passieren würde. Im Gegensatz zu mir. Denn mir wurde langsam klar, dass mir die Zeit davonlief und es dumm von mir war zu glauben, Dom würde in seinem Arbeitszimmer nur darauf warten, dass ich vorbeikam. Er arbeitete. Ich schluckte. Vielleicht würde mein Vorhaben daran scheitern. »Musst du gleich weg?«, fragte ich und wappnete mich innerlich für die Antwort. Doch statt einfach an mir vorbeizugehen, begann er, meine Wange mit dem Daumen zu streicheln.

»Ich habe Zeit, wenn du reden möchtest, oder ein Taschentuch brauchst.« Seine Lippen verzogen sich zu einem Lächeln. Es stand ihm, auch wenn er nicht oft eines aufsetzte. Seine Augen leuchteten auf, während er in mein Gesicht sah, und ich musste instinktiv zurück grinsen. Seine Worte waren wie Balsam für meine geschundene Seele. Das war der Grund, warum ich immer wieder hergekommen war, um zu weinen, nachdem Dom mich an einem Tag vor über zehn Jahren das erste Mal in seinem Garten erwischt hatte. Weil er mir das Gefühl gab, dass zumindest ein Mensch auf dieser Welt existierte, dem es nicht egal war, wie es mir ging. Er war immer da und hörte zu. Aber heute brauchte ich mehr als ein Gespräch. Viel mehr. Die Nervosität stieg immer schneller in mir auf und brachte mich dazu, hastiger zu atmen.

»Diesmal brauche ich keines. Aber reden möchte ich auch nicht«, gab ich zu und erntete einen enttäuschten Blick von Dom. Von einer Sekunde auf die nächste war sein Lächeln verschwunden und der harte Gesichtsausdruck kehrte auf seine Züge zurück.

»In Ordnung. Wenn ich sonst etwas für dich tun kann, Aurora, egal, was es ist, lass es mich wissen.« Als hätte er sich verbrannt, ließ er mich wieder los und stampfte zwei Schritte an mir vorbei, um zu gehen. Mein Herz zog sich schmerzhaft zusammen. *Egal, was es ist*. Wirklich alles? Ich hoffte es.

»Du kannst etwas tun«, murmelte ich und brachte

ihn damit dazu, stehen zu bleiben. Doch er drehte sich nicht zu mir um. Wie zu einer Salzsäule erstarrt, rührte er sich nicht. Durch das Sakko konnte ich seine Schultermuskulatur nicht sehen, aber ich war mir sicher, dass all ihre Fasern bis zum Bersten gespannt waren.

»Was?«, wollte er wissen und wieder machte mein Herz einen Sprung. Ich hatte Angst. Wirklich. Was war, wenn er mich abwies? Könnte ich das ertragen? Oder würde es mich einfach umbringen, sodass ich wenigstens mit niemand anderem schlafen musste? Ich wusste es nicht, aber solange ich nichts sagte, würde ich es auch nicht erfahren. Doch es blieb still. Keine Ahnung für wie lange, bis ich es endlich schaffte, meinen ganzen Mut zusammenzukratzen und drei Wörter aus meiner Kehle zu krächzen.

»Schlaf mit mir«, bat ich und reckte das Kinn. Ich wollte nicht so erbärmlich aussehen, wie ich mich fühlte. Schlimm genug, dass ich mir plötzlich ganz klein vorkam. Dann musste ich nicht auch noch den Kopf einziehen und mich vor der Welt verstecken.

»Wie bitte?« Domenico drehte sich zu mir um. Seine Pupillen waren geweitet. Schock stand in seinem Gesicht geschrieben. Er blinzelte mehrmals, als glaubte er, meine Gestalt würde sich dann vor seinen Augen auflösen, doch ich blieb, wo ich war.

»Würdest du mit mir schlafen? Sex haben? Bitte?«, flehte ich erneut und verschränkte die Arme vor der Brust. Trotz der Temperaturen wurde mir entsetzlich kalt. Ich hatte damit gerechnet, dass er vielleicht lachen und es anfangs für einen Witz halten würde, oder mich fragte, ob ich den Verstand verloren hatte. Doch stattdessen sah ich deutlich die Verärgerung in seinen Augen aufblitzen. Er wollte es nicht. Mist, natürlich nicht. Was hatte ich denn gedacht? Aber warum schickte er mich dann nicht weg? Er stand da und legte den Kopf schief. Seine Augenbrauen waren so weit zusammengezogen, dass sie sich beinahe in der Mitte berührten.

»Wieso solltest du das wollen?«, fragte er und ging einen Schritt zurück, als hätte er Angst, ich würde gleich über ihn herfallen, wenn wir uns zu nahe waren. *Sag es! Sag es, verdammt!* Ich wollte ihn anschreien. Er sollte mich wegschicken. Dann war es wenigstens vorbei. Doch noch immer tat er es nicht. Sein Atem ging weiterhin ruhig, gleichmäßig. Wäre seine verkrampfte Haltung nicht, hätte ich von außen nicht schließen können, ob ihm klar war, worum es hier ging.

»Ich ... Tust du es, oder tust du es nicht?« Meine Stimme war nur noch ein Flüstern und ich sah hinab auf meine Finger, um ihn nicht ansehen zu müssen. Egal, was ihn so wütend machte, es war meine Schuld gewesen. Vielleicht war es ihm zuwider, dass ich mich ihm wie eine billige Hure anbot? Oder hatte ich all die Jahre sein Verhalten fehlinterpretiert und er fand mich nicht anziehend? Scheiße, vielleicht war er sogar schwul und ich Idiotin hatte seine netten Worte und die liebevollen Gesten in den falschen Hals bekommen.

»Aurora, du solltest nicht ...«, begann Domenico und schüttelte langsam den Kopf. Er fuhr sich durch die Haare und gab einen frustrierten Laut von sich. Schritte erklangen. Dann kamen seine Schuhe in mein

Blickfeld und im nächsten Moment hoben zwei seiner Finger mein Kinn an. Meine Augen richteten sich auf ihn.

»Dich anflehen müssen? Das stimmt. Also sag einfach, wenn du es nicht willst, dann gehe ich wieder.« Ein Schluchzen drang aus meiner Kehle. Ich wollte nicht gehen. Ich wollte bei ihm bleiben. Verstand er das nicht? Ich brauchte ihn. Nicht nur jetzt, sondern immer. *Lauf, Mäuschen, lauf.* Mom hatte mir immer geraten, wegzulaufen, wenn mir irgendetwas Angst machte und ich hatte ihren Ratschlag beherzigt, obwohl ihr und auch mir von Anfang an klar hätte sein müssen, dass ich nie schneller als eine Kugel sein würde. Ich war gerannt und gerannt. Aber sie hatte mir nicht gesagt, wohin. Ich hatte keinen Anfang und kein Ende. Bis ich Dom begegnet war. Er war mein Fels. Er fing mich auf, egal wie schnell ich lief, und sorgte dafür, dass – welche Dämonen auch immer mich verfolgten – alle Ängste sich in Luft auflösten. »Wenn du mich wirklich nicht willst.« Ich schniefte.

»Du bist wunderschön.« Dom beugte sich zu mir hinunter. Er legte seine Stirn an meine. Sofort wurde mir wieder wärmer, als ich seinen Atem an meiner Haut spürte. »Aber du solltest es mit jemandem tun, der ...«

»Sich um mich kümmert? Der möchte, dass es mir gut geht? Mit jemandem, den es interessiert, ob ich Schmerzen habe oder weine?«, unterbrach ich ihn und lachte, doch es klang falsch. Zu verbittert. In meiner Stimme lag keine Spur Fröhlichkeit. Sah er nicht selbst, dass er der Einzige war, den ich immer gewollt hatte? Viele andere Männer – Mitglieder aus anderen Clans – wollten mich. Ich sah aus wie die klassische italienische Schönheit mit den dunklen Haaren, den langen Wimpern und den vollen Lippen, die nur noch von meinen großen Brüsten getoppt wurden. Dazu noch meine Augen, die mich wiederum von allen anderen Frauen abhoben. Ja, es gab genug, die mich für eine Nacht wollten. Und er konnte mich haben. Er musste nur zugreifen und ich würde mich umdrehen, meine Hände auf der Steinbank neben uns aufstützen und mich von ihm nehmen lassen, während die Blätter sanft um uns im Wind raschelten.

»Ich …« Dom biss die Zähne zusammen. Er mahlte mit den Backenzähnen. Ich spürte die Bewegungen an meinem Gesicht, das immer noch mit seinem verbunden war. Ich müsste nur das Kinn heben und unsere Lippen würden sich berühren. Doch das wäre übergriffig, richtig? Außerdem fehlte mir der Mut.

»Es gibt niemanden, dem ich wichtiger bin als dir. Niemand, der sich besser um mich kümmert«, flüsterte ich und legte meine Hand auf die Knopfleiste seines Hemds. Es fühlte sich weich unter meinen Fingern an, doch je stärker ich dagegen drückte, desto härter wurde das Gefühl, weil er seine Muskeln anspannte. Sie pressten sich gegen meine Berührung und ein Keuchen kam über seine Lippen. Erstaunt öffnete ich den Mund ein Stück, bevor ich die Augen an ihm hinabgleiten ließ. Ich schluckte. In seiner Hose war eine deutliche Beule zu sehen. Er war erregt. Mein Herz begann zu flattern. Er wollte mich. Oh Gott sei Dank!

»Wieso willst du das?« Doms Stimme rutschte

einen Ton in die Höhe, als müsste er sich anstrengen zu sprechen und dann wurde mir klar, dass das nicht daran lag, weil er meine Frage oder mich abstoßend fand, sondern er sich zurückhalten musste, um mich nicht auf den Boden zu werfen und über mich herzufallen. Aber war es am Ende nicht genau das, was ich wollte? Er sollte die Kontrolle verlieren.

»Ist das wichtig?«, hinterfragte ich und griff mit der freien Hand nach seinem Gesicht, um ihm noch näher zu sein. Am liebsten hätte ich mich in ihm verkrochen, weil er – obwohl er mich sichtlich wollte – dennoch nachbohrte, damit es mir gutging. Er zauberte ein kleines Lächeln auf meine Züge. Wenn ich noch irgendwelche Zweifel gehabt hätte, dann wären sie spätestens jetzt verschwunden gewesen.

»Du solltest es nicht aus dem falschen Grund tun.« Domenico drückte seinen Unterleib an meinen. Sein linker Arm umschlang meine Hüfte und seine Finger legten sich an meinen Hintern. Ein Kribbeln durchfuhr meinen Unterleib.

»Es wäre früher oder später passiert. Ich weiß es.« Seine Berührungen brachten mein Herz zum Stillstand. Jedes Mal, wenn er mit der Hand über meinen Hintern strich, hatte ich das Gefühl zu schmelzen. Ich wollte mich näher an ihn drängen und meine Hüfte bewegen, um den harten Schaft zu spüren, der sich an meine Mitte bohrte, doch das ließ Dom nicht zu. Immer wenn ich vorwärts stieß, drückte er sich zurück.

»Warum dann nicht später?«

»Weil ich dir jetzt nah sein will.« Solange ich noch die Chance hatte. Ich hatte keine Ahnung, ob der

Käufer wirklich abspringen würde, wenn ich verkündete, dass ich keine Jungfrau mehr war. Vielleicht würde es ihn auch nicht stören, er bezahlte einfach weniger und nahm mich mit, um danach seine kranken und perversen Fantasien zu realisieren. Doch dann hätte ich zumindest eine Erinnerung, an die ich mich krallen konnte. An das eine Mal, dass ich mit einem Mann zusammen war, das ich genossen hatte.

»Du bist dir also wirklich ganz sicher?« Dom leckte sich über die Lippen und beugte sich noch ein Stück weiter runter, bis sein Mund genau über meinem zum Halten kam. Seine Atmung war nun schneller, unregelmäßiger. Ob er ebenfalls nervös war?

»Ja«, bestätigte ich und schloss die Augen. Das Flattern in meiner Magengrube wurde unerträglich. Als würden Millionen Schmetterlinge darin mit ihren Flügeln schlagen und einen Weg in die Freiheit suchen. Doch es war kein schlechtes Gefühl. Es war nur neu und aufregend. Genau wie das Glühen zwischen meinen Schenkeln, das immer stärker wurde.

»Gut.« Ohne Vorwarnung überbrückte Dom die letzte Distanz und drückte seine Lippen auf meine. Zuerst ganz sanft, sodass ich es beinahe nicht spürte. Doch die Wärme an meinem Mund und der explodierende Geschmack nach Whisky und Minze zeigten, dass ich es mir nicht einbildete. Dom küsste mich und mit jedem Wimpernschlag wurden seine Lippen drängender. Seine Wärme umhüllte mich, zog mich näher zu ihm und ließ mich keuchen. Das Gefühl in meinem Magen wurde stärker. Das Glühen verwandelte sich in lodernde Flammen und brannte alle Unsicherheiten aus meinem Körper. Domenico glitt erneut mit seinen Händen über meinen Rücken und tiefer zu meinem Hintern, wo er seine Finger in mein Fleisch bohrte. So fest, dass ich instinktiv nachgab und die Beine anzog. Ich schlang sie um Doms Mitte und legte meine Arme um seinen Nacken, um mich an ihm festzuhalten. Mein Puls stieg. Das Herz in meiner Brust pochte so laut, dass ich dachte, Dom müsste es hören, doch selbst wenn er es tat, reagierte er nicht darauf. Er drückte mich nur weiter an sich, sodass sein Schritt sich endlich an meine Mitte presste und verzog den Mund zu einem Grinsen, als ich das erste Mal mein Stöhnen nicht zurückhalten konnte. Hitze überzog mein Innerstes, füllte mich aus und sorgte dafür, dass ich verglühte. Zwischen meinen Schenkeln wurde es feucht. Ich spürte die Flüssigkeit, die aus mir hinauslief und mein Höschen benetzte. Dom müsste es auch mitbekommen, immerhin war es nur eine dünne Anzughose, die seinen Schwanz von mir trennte. Doch auch darauf ging er nicht ein. Er küsste mich und küsste mich, ohne mich anderweitig zu berühren. Seine Hände blieben stützend an meinem Hintern, während ich mich verzweifelt an ihm rieb, um etwas gegen das Pochen in meinem Schritt zu tun. Noch niemals zuvor war ich mir so bewusst, eine Frau zu sein, wie in diesem Augenblick. Meine Klitoris verlangte nach Aufmerksamkeit, Blut strömte in meine Vulva und meine Muskeln zogen sich schmerzhaft zusammen. Ich fühlte mich leer. Mein Loch zuckte, aber da war kein Widerstand. Es war furchtbar und gleichzeitig unglaublich.

Dom zog sich ein wenig zurück, leckte über meine

Unterlippe und ich öffnete bereitwillig den Mund, damit er seine Zunge hineingleiten lassen konnte. Der Geschmack nach Minze wurde stärker, verband sich mit meinem eigenen und sorgte dafür, dass ich keuchte. Ich hatte niemals etwas Vergleichbares geschmeckt, doch schon jetzt wusste ich, dass es mein absoluter Lieblingsgeschmack sein würde. Für immer. Und ich wollte ihn mir ganz genau einprägen. Zum Glück schien Dom ähnliche Gedanken zu haben, denn er fuhr mit seiner Zunge meine entlang. Sein heißes Fleisch fühlte sich rau an und stark. Er kämpfte mit mir, obwohl von Anfang an klar war, dass er das Sagen hatte. Sein Kuss war zu Anfang unheimlich liebevoll gewesen. Zögerlich und zurückhaltend, aber inzwischen war davon nichts mehr übriggeblieben. Nein, Dom nahm sich, was er wollte. Mich. Und genau das sollte er. Ich wollte ihn überall auf und in mir spüren. Ein Kuss allein reichte dafür nicht.

»Domenico!«, stöhnte ich, als er seine Lippen von meinen löste. Doch ansonsten blieben seine Hände da, wo sie waren. Um mich geschlungen, mich haltend. Seine Augen trafen auf meine. Sie waren sogar noch eine Spur dunkler als sonst und in ihnen glühte ein Hunger, der mir die Sprache verschlug. Seine Finger kneteten durch den Stoff meines Kleides meine Pobacken. Wieder keuchte ich.

»Wenn ich aufhören soll, wirst du laut und deutlich Stopp rufen, ist das klar?« Doms Stimme war wie ein Grollen. Als wäre er der Donner und ich wartete nur darauf, dass es blitzte. Langsam glitten seine Hände von meinem Hintern über meine Schenkel und stellten mich zurück auf den Boden. Sofort vermisste ich die Nähe zu seinem Körper, die mein Gehirn vernebelte und mir das Denken erschwerte, dennoch schaffte ich es noch, ihm zu antworten, auch wenn mir nicht klar war, warum er das von mir verlangte. Er sollte nicht aufhören. Niemals.

VS

DREI

AURORA

»Ja«, hauchte ich und konzentrierte mich, auf dem Boden stehen zu bleiben. Meine Knie wackelten unter meinem Gewicht und drohten nachzugeben. Doch ich blieb stark, obwohl ich lieber meine Lippen wieder auf Doms pressen würde. Noch immer schmeckte ich ihn auf meiner Zunge und roch den Whisky. Beides brannte sich für immer in mein Gedächtnis.

»Nein, du musst es sagen.« Auffordernd sah Domenico mich an. Sein Blick war starr auf mich gerichtet, als würde es nichts anderes mehr geben als mich. Die Bäume um uns herum, das riesige Gebäude im Hintergrund, der Wind, der durch seine Haare wehte – all das verlor auch für mich an Bedeutung. Auch die Tatsache, dass jederzeit irgendwer vorbeikommen und uns sehen konnte, war mir plötzlich egal, solange er mich endlich zu Seiner machte.

»Ich werde Stopp rufen, wenn du aufhören sollst«, wiederholte ich gehorsam und kämpfte gegen die

Stimme in meinem Hinterkopf, die mich anflehte, vor ihm auf die Knie zu fallen, seinen Anzuggürtel zu öffnen und seine Härte aus dem Gefängnis zu befreien, um ihn tief in meinen Rachen aufzunehmen und so lange zu lutschen, bis Dom endlich die Kontrolle verlor.

»Sehr gut.« Domenico nickte. Seine Mundwinkel zuckten, doch sie hoben sich nicht. Stattdessen ließ er von mir ab, streckte eine Hand nach mir aus, die ich sofort ergriff, und ging mit mir ein paar Schritte zur Seite. »Setz dich auf die Bank!«, verlangte er und wieder kam ich seinem Befehl nach. Das Gestein war rau auf meinen nackten Schenkeln, doch es war angenehm angewärmt von der Sonne, die seit heute Morgen darauf hinabschien. »Schieb den Rock zurück und spreiz die Beine!«, ordnete er an. Diesmal zögerte ich. Mein Höschen war feucht. Das wusste ich. Außerdem war ich nicht sicher, ob es nicht verrutscht war. Wenn ich die Knie auseinander drückte, würde er mehr von mir sehen als jeder andere Mann jemals vor ihm. Was, wenn ich ihm nicht gefiel? Aber hätte mir nicht klar sein sollen, dass es irgendwann dazu kommen würde? Ich wollte mit ihm schlafen und dazu gehörte, dass ich zumindest teilweise nackt war. Auch an meiner heiligsten Stelle. »Hast du Angst?«, wollte er wissen und ließ sich vor mir in den Kies fallen, sodass ich es nun war, die auf ihn hinabsehen konnte. Seine Hände legte er auf meine Schenkel und fuhr sie auf und ab, bis der Stoff meines Kleides ganz oben bei meiner Hüfte war und er die nackte Haut liebkosen konnte.

»Nein, ich will nur nicht, dass du …« Ich verstummte. Wie sagte man jemandem, dass man sich selbst nicht gut genug fand? Zu jung, zu unerfahren, zu naiv und viel zu unsexy für jemanden wie Domenico Graza. Er hatte schon mit ganz anderen Frauen geschlafen. Mit heißen, langbeinigen Schönheiten, deren blondes Haar glatt über ihren Rücken fiel. Nicht nur einmal hatte ich sie im Anwesen aus- und eingehen sehen. Und jedes Mal hatte es mein Herz gebrochen.

»Ich werde es lieben, wenn du tust, was ich sage. Es ist jetzt schon fantastisch«, versprach Domenico und versuchte mir damit Mut zuzusprechen, während er seine Hände auf meinen Knien stoppte und meine Beine langsam auseinanderschob. Stück für Stück, wie in Zeitlupe, damit ich mich wehren konnte, wenn ich wollte. Aber ich wollte nicht. Genauso wenig, wie ich verhinderte, dass Dom näher zwischen meine Schenkel rutschte, als ich geöffnet vor ihm saß. Sein Gesicht trennte nichts mehr von meiner Scham außer der triefende Stoff meines Höschens. Ich spürte, wie meine Wangen heiß wurden bei dem Gedanken, dass er ihn nur zur Seite schieben musste, um mich zu berühren. Und ich erschauderte, als er seine rechte Hand von meinem Knie, an meinem Oberschenkel entlanggleiten ließ und nach meinem Höschen griff. Mit gezielten Bewegungen schlüpfte er unter den Stoff und fand schnell meine nasse Spalte. Ich stöhnte auf und biss mir auf die Unterlippe. Fuck, war das gut! Stromstöße schossen durch meinen Körper, dabei hatte Dom noch gar nicht viel getan. Er fuhr einfach meine Schamlippen auf und ab. Immer wieder, bis er dazwischen eindrang und den Punkt erkundete, an denen sie zusammentrafen. Meine Klitoris pulsierte stärker unter seiner Zuwendung.

»Dom!« Unsicher sah ich ihn an. Ich hatte keine Ahnung, was ich machen sollte. Da war nur dieses Gefühl in mir, das nach mehr drängte. Viel mehr. Seine Berührungen waren himmlisch, aber gleichzeitig waren sie eine verdammte Qual, von der ich wollte, dass sie endete oder auch nicht. Ich wusste es nicht. Konnte etwas so großartig und dennoch so schmerzhaft sein? Doch Domenico hatte nicht vor, mich von meinem Zwiespalt zu erlösen. Er ließ auch die linke Hand zu meinem Höschen wandern, schlüpfte mit den Fingern darunter hervor und packte es am Bund. Dann zog er es mit einem Ruck nach unten, sodass es an meinen Knien hing und meine Unterschenkel hinabglitt. Eine Gänsehaut breitete sich auf meinem Körper aus, als der Wind ungeschützt auf meine Mitte traf. »Dom!«, wimmerte ich wieder und spreizte die Beine noch ein Stück, bevor ich aus meinem Höschen trat, das unbeachtet auf dem Kies liegen blieb. Domenico grinste mich an, beugte sich vor und führte seine Hand wieder an meine Schamlippen. Diesmal, um sie auseinanderzuziehen, um sein Gesicht in meiner Spalte zu vergraben. Ich schrie auf und warf den Kopf zurück. Ein langgezogenes Stöhnen kam über meine Lippen, als seine Zunge das erste Mal über meine Vulva strich. Fuck, fuck, fuck, fuck, fuck. Ja! Oh mein Gott! Was machte er nur mit mir? Sollte nicht ich es sein, die ihm Vergnügen bereitete? Stattdessen leckte er über mein pochendes Fleisch und sorgte dafür, dass die Muskeln in meinem Loch sich stärker zusammenzogen, bis die

Leere mich um den Verstand brachte. »Dom, du musst nicht …«, flüsterte ich, doch der Rest des Satzes ging in einem erneuten Stöhnen unter. Das Sprechen fiel mir schwer. Es erschien mir unmöglich, auch nur einen klaren Gedanken zu fassen. Als hätte jemand einen Schalter in meinem Kopf umgelegt, war da nichts mehr außer die Lust, die über mich hinwegschwappte, mich unter sich vergrub und die brodelnden Flammen in meinem Inneren in Schach hielt.

»Du hast es noch nie gemacht, richtig?« Doms Stimme klang wie ein Raunen, während er meine Schamlippen weiter mit dem Mittel- und Zeigefinger auseinanderzog und mit dem Daumen über meinen empfindlichsten Punkt strich. Ein Beben ging durch meinen Körper.

»Nein, hab ich nicht.« Ich schob mein Becken ein Stück nach vorn, um ihm näher zu sein und drückte mich seinen Berührungen entgegen. Doch wann immer ich den Druck verstärkte, zog er sich zurück, um es wieder auszugleichen. Dennoch zeigten die Schweißperlen, die über seine Schläfe liefen, dass es für ihn genauso quälend war wie für mich.

»Dann wirst du wollen, dass ich das mache. Entspann dich einfach und genieß es«, riet er mir und versenkte seinen Kopf wieder in meinem Schoß. Doch diesmal leckte seine Zunge weiter hinunter, bis sie an meinem Loch ankam. Ich riss die Augen auf. Seine Zungenspitze umkreiste meinen Eingang, stupste dagegen und drang tief ein. Sie dehnte mein Innerstes und half ein wenig gegen das Gefühl der Leere, doch es war immer noch nicht genug. »Du schmeckst himmlisch«, lobte er, als er die Zunge kurzzeitig herauszog, nur um im nächsten Moment wieder tief in mich einzudringen. Es war ein wenig seltsam, weil Feuchtigkeit auf Feuchtigkeit traf, doch die Rauheit, die ich schon an meiner Zunge gefühlt hatte, weiter unten wahrzunehmen, wie sie über mein Fleisch leckte, war großartig. Sanft begann Dom sich in mich zu stoßen. Zuerst ganz langsam, dann immer schneller. Und tiefer.

»Oh, Dom!«, hauchte ich und musste mich mit den Händen an der Steinbank abstützen, um nicht umzukippen. Die Kante drückte sich schmerzhaft gegen meine Handballen, doch es hätte mir nicht egaler sein können. Alles war unwichtig außer die Zunge in mir, die mich in einem langsamen Rhythmus fickte, bis Sterne durch meine Sicht tänzelten. »Bitte! Mehr!«, flehte ich und kam seinen Bewegungen entgegen, sodass er noch weiter in mich eindrang. Ich hätte nie gedacht, dass eine Zunge so lang sein konnte. Doch wann immer ich glaubte, Domenico könnte nicht tiefer gleiten, überraschte er mich. Seine Hände umfingen mein Becken, damit ich nicht nach hinten abrutschen konnte und er beschleunigte das Tempo. Meine Lider fielen flatternd zu. Ich zitterte unkontrolliert. Aus meinem Mund kamen undefinierbare Geräusche und ich konnte nur daran denken, dass ich mehr brauchte. Mehr von dem hier und mehr von ihm. Die kurzzeitige Linderung war schon lange vorbei und die Flammen hatten erneut das Ruder übernommen. Wie ein Phönix aus der Asche erhoben sie sich aus der Glut und überzogen meinen Körper, brachten ihn zum Leuchten und verbrannten mich innerlich. Höher und höher stiegen sie auf und ließen eine Spur der Zerstörung hinter sich. Sie löschten mein ganzes Sein aus und hinterließen nur noch Hitze und einen Druck, der immer stärker und stärker wurde. Bis es ganz plötzlich stoppte. Überrascht riss ich die Augen auf. »Nein! Hör nicht auf!«, bettelte ich und hörte mich in meinen eigenen Ohren hysterisch an. Verzweifelt. Und das war ich auch. Ich war so kurz davor gewesen. Nur noch ein oder zwei Stöße mehr und ich wäre gekommen. Doch das wollte Dom offensichtlich nicht. Er zog sich von mir zurück und erhob sich. Der Kies unter ihm knirschte.

»Du legst hier nicht die Regeln fest, verstanden?« Domenicos Blick ließ mich keuchen, während er seine Finger von mir nahm und meine Schamlippen sich damit schlossen. Seine Hand glänzte feucht und als er dominant seinen Mund auf meinen drückte, konnte ich meine eigene Erregung schmecken.

»Ja.« Ich nickte schwach, als er unsere Lippen wieder voneinander löste und mir erneut auffordernd eine Hand entgegenstreckte. Ich ergriff sie und wurde gleich darauf hochgezogen, sodass ich wieder aufrecht stand. Tiefe Furchen waren an meinen Handballen zu sehen und die Maserung des Steins zeichnete sich auf meinen Handflächen ab. Doch es tat nicht weh. Zumindest nicht, solange Domenico sanft mit dem Daumen darüber rieb.

»Ja, was?« Er hob eine Augenbraue und legte den Kopf leicht seitlich. Seine Augen bohrten sich in meine. So intensiv, dass ich schlucken musste. Am liebsten hätte ich weggesehen, weil allein der Ausdruck in seinem Gesicht reichte, damit ich erschauderte und meine Mitte wieder nach Aufmerksamkeit verlangte.

»Ja, Sir«, antwortete ich instinktiv und zuckte überrascht zusammen. Wo kam das auf einmal her? Nicht, dass es sich nicht gut anfühlte, ihn so zu nennen, doch ... Irgendwas daran ließ mich stutzen. *Sir*. Ich hatte niemals genug Respekt vor irgendjemandem gehabt, um ihn so zu nennen, und nun war da Dom, bei dem es mir so leicht über die Zunge kam.

Domenicos Mundwinkel verzogen sich. Sein Lächeln wurde breiter. Erneut presste er seine Lippen auf meine, doch bevor ich den Mund öffnen konnte, lehnte er sich wieder zurück. »Dreh dich um! Die Hände auf die Bank und den Arsch in meine Richtung.«

»Was hast du vor, Sir?«, fragte ich, tat aber, was er verlangte. Ich wandte ihm meinen Rücken zu, und beugte mich hinunter, um mich an dem Gestein abzustützen. Er wusste, was er tat, während ich es nicht wusste, weshalb ich dankbar war, dass er mir sagte, was ich zu tun hatte. Doch da war auch noch etwas anderes. Mehr. Die Befehle, der Ton in seiner Stimme, wenn er mir etwas anordnete und sein durchdringender Blick – all das sorgte dafür, dass ich mich wohlfühlte. Beschützt. Und gut aufgehoben. Außerdem jagten seine Worte Blitze durch meinen ganzen Körper.

»Du wirst dich gut fühlen, versprochen«, versicherte er, griff nach meinem Rock und legte ihn über meinen Rücken, sodass mein Hintern sich nackt vor ihm erstreckte. »Beine auseinander!« Die Sonne schien auf meine empfindliche Haut hinab, während ich die Schenkel ein Stück spreizte. Plötzlich klatschte es. Schmerz durchzuckte mein Hinterteil. Ein Brennen zog sich über meine rechte Pobacke. Ich zischte. »Weiter! Stell sie weiter auseinander!«, drängte Dom und als ich nicht sofort reagierte, klatschte es erneut. Ich keuchte. Ein schmerzhafter Stich zog sich über meinen Hintern, doch sobald er verschwand, blieb ein angenehmes Prickeln übrig. Dennoch öffnete ich mich hastig weiter für ihn und wurde sofort dafür belohnt. Mit einer Hand hielt Dom den Stoff meines Kleides auf meinem Rücken, während er mit der anderen zwischen meinen Beinen hindurchglitt und meine Spalte liebkoste. Diesmal ließ er sich jedoch keine Zeit, mich zu erkunden. Mit geübten Griffen spreizte er meine Schamlippen, setzte einen Finger – seinen Daumen – an meinem Loch an und begann damit hineinzugleiten. Das war mehr als seine Zunge. Viel mehr und dennoch nicht genug. Er dehnte mich weiter auf, aber der Schmerz, den ich mir immer vorgestellt hatte, blieb aus. Stattdessen war da nur das Gefühl, bis zum Anschlag gefüllt zu sein. Und weiter. Er zerriss mich beinahe, bis er endlich vollständig in mir war. Doch statt den Daumen zurückzuziehen und wieder in mich zu rammen, zog er ihn komplett aus mir und erntete ein enttäuschtes Keuchen. Was hatte er vor? Doch meine Frage sollte sich gleich beantworten, als er zwei Finger an meinem Loch ansetzte. Mein Mund klappte auf. Scharf sog ich die Luft ein. Ungewollt verdrehte ich die Augen.

»Oh bitte!«, wimmerte ich und wollte nach vorn

ausweichen, weil die Dehnung zu viel war. Er würde mich zerreißen, ich wusste es. Aber Domenico schien schon damit gerechnet zu haben, denn er packte mit der Hand, die immer noch meinen Rock festhielt, auch noch meine langen Haare und zog sie zurück, sodass ich den Kopf nach hinten lehnen musste und mich nicht bewegen konnte, wenn ich nicht wollte, dass er mir einzelne Strähnen ausriss.

»Was?« Mit einem Ruck stieß er die Finger in mich, bis sie hinten anstießen. Er krümmte sie in meinem Inneren, streichelte meine Wände und drehte die Hand, um mich Millimeter für Millimeter weiter zu dehnen. Aber es war mehr, als ich ertragen konnte. Ich schrie, wimmerte und wand mich in seinem Griff. Die Flammen erreichten neue Höhen, verschluckten mich und weiteten sich auf die Umgebung aus, sodass ich sogar befürchtete, wir würden die Bäume in Brand setzen.

»Bitte!« Der Stoff meines Kleides klebte an meiner Haut und dem Schweißfilm, der über meinem Körper lag. Am liebsten hätte ich es mir vom Leib gerissen in der Hoffnung, dass mir der Wind Erleichterung verschaffte, aber ich war mir fast sicher, dass nur Dom mir gegen dieses Gefühl helfen konnte.

»Sprich in ganzen Sätzen! Was möchtest du?« Domenico zog die Finger zurück und stieß sie wieder in mich. Schon bald fand er einen Rhythmus, diesmal schneller als mit seiner Zunge. Es war besser, aber immer noch nicht gut genug. Zumindest, bis er über einen Punkt in mir strich, der mich erneut wimmern ließ. Ich kam seinen Bewegungen entgegen, wollte, dass er immer diese Perle in mir berührte, wenn er eindrang und fickte mich selbst auf seinen Fingern. Immer wieder spießte ich mich auf und war dankbar, dass er das Tempo noch einmal anzog.

»Dich in mir«, flehte ich, weil ich es kaum noch ertragen konnte, dass wir uns nah waren und gleichzeitig auch nicht. Ich wollte ihn in mir spüren. Nicht wegen dem Testament, der unsicheren Zukunft oder um meine Jungfräulichkeit zu verlieren, sondern weil ich glaubte, jeden Moment sterben zu müssen, wenn er nicht in mir war. »Bitte!«

»Wir können nicht ...« Doms Stimme klang gepresst. Ein frustriertes Stöhnen kam aus seinem Mund und der Griff um meine Haare verfestigte sich, während er tief und fest mit den Fingern in mich stieß. »Wir müssen nach drinnen gehen. Ich habe nicht damit gerechnet, Sex zu haben und bin unvorbereitet.«

Sein Geständnis zauberte ein Lächeln auf meine Lippen. Natürlich war es ärgerlich, denn ich wollte ihn so dringend. Doch es freute mich auch, dass er nicht immer ein Kondom dabei hatte, um die nächstbeste Schlampe zu vögeln. Es erleichterte mich ein wenig. Hieß das, dass er nicht mit so vielen Frauen schlief, wie ich gedacht hatte? Ich hoffte es. Damit wäre ich etwas Besonderes für ihn und nicht nur eine Kerbe in seinem Bettpfosten. »Ich habe keine Krankheiten«, hauchte ich erinnernd und bot ihm damit gleichzeitig etwas an. Etwas Großes. Ich war mir den Risiken bewusst. Er hatte bereits Sex gehabt und könnte somit eine Geschlechtskrankheit haben. Oder ich könnte schwanger werden. Aber ich wusste auch, dass der Zauber vorüber sein würde, wenn wir jetzt aufhörten und ins Haus gingen. Wir würden vielleicht anderen Menschen begegnen und mit jedem Schritt würde sich unsere Blase ein wenig mehr auflösen, bis sie so dünn war, dass sie zerplatzte. Außerdem, wäre es so schlimm, krank oder schwanger zu werden? Ich wusste schließlich nicht, was meine Zukunft für mich bereithielt. Lieber wurde ich schwanger von dem Mann, der mir die größte Lust bereitete, als von einem der Arschlöcher, die mich vergewaltigten.

Domenicos Finger erstarrten für einen Moment in mir, bevor er sie hinauszog. »Du bist dir sicher, dass du das willst?«, fragte er und öffnete zeitgleich seine Hose. Ich hörte das metallische Klirren seines Gürtels und gleich danach kitzelte Stoff die Haut an meinen Beinen, als seine Hose an ihm hinunterglitt. Der Kies knirschte. Dom stieg aus dem Stoff und drängte sich von hinten an mich. Wieder riss ich die Augen auf. Etwas Hartes drängte sich an meinen rechten Oberschenkel. Er hatte also nicht nur die Hose, sondern auch seine Boxershorts ausgezogen. Er war riesig. Noch größer als in meiner Vorstellung. Und heiß. Langsam fuhr Dom mit seiner Schwanzspitze über meine Haut und drang zwischen meine Beine. Er keuchte. Ich ebenfalls. Sein Schaft spaltete meine Schamlippen, rieb sich am Fleisch und sorgte dafür, dass ich meine Hände tiefer in der Bank vergrub. Meine Nägel bohrten sich in das Gestein.

»Bitte, quäl mich nicht«, flehte ich und wackelte ein wenig mit dem Hintern, was ihn zum Lachen brachte. Doch als er seinen Schaft hinuntergleiten ließ und mit der Spitze gegen mein Loch stupste, verstummte er und wurde wieder ernst. Seine Hände hielten meine Hüfte fest umklammert, damit ich nicht wegrutschen konnte.

»Niemals«, versprach er und stieß sanft vor, bis sein Schwanz in meinen Eingang drang. Seine Eichel war breiter als seine Finger, dennoch tat es nicht weh, als er sich vorwärts schob und sie ganz in mir versenkte. Danach stoppte er und gab mir die Gelegenheit durchzuatmen. Und die brauchte ich auch. Ich hatte das Gefühl, keine Luft mehr zu bekommen. Es war viel zu gut. Überwältigend. Meine Muskeln schmiegten sich an seinen Penis, sodass bei jeder Bewegung all meine Nerven gleichzeitig stimuliert wurden. Doch die Pause, die er mir gönnte, hielt nur kurz an, bevor er ruckartig sein Becken nach vorn stieß und auch mit seinem Schaft in mich glitt.

»Oh, Dom!«, schrie ich und meine Arme zitterten so stark, dass ich drohte von der Bank abzurutschen. All meine Muskeln spannten sich an. Der Druck in meinem Inneren wurde übermächtig. Mein Puls schoss in die Höhe. Die Schmetterlinge in meinem Bauch flatterten aufgeregt mit den Flügeln. Ich keuchte. Wieder stoppte Dom, als er komplett in mir war und ich seine Leiste an meinem Hintern spüren konnte. Sein rasselnder Atem ging genauso hektisch wie mein eigener.

»Gut? Tut es weh?« Seine Stimme war so tief wie niemals zuvor. Erregung schwang in jedem Ton mit und sein Körper schien hinter mir zu vibrieren. Seine Finger drückten in mein Fleisch, bis ich glaubte, er würde durch die Sehnen und Muskeln meine Knochen berühren. Doch er schenkte mir den Halt, den ich brauchte, um mich leicht nach vorn und wieder zurückgleiten zu lassen, sodass sein Schwanz ein Stück zurück und dann wieder von selbst in mich glitt.

»Nein. Perfekt. Es ist einfach nur perfekt«, flüsterte ich, hörte es aber selbst nicht, weil ich gefangen war in dem Gefühl, das mich durchzuckte, als sein Penis sich in mir bewegte. Ich wiederholte die Bewegung immer und immer wieder, bis ich laut stöhnen musste. Der Laut schien etwas in Dom auszulösen, denn plötzlich kam wieder Leben in ihn und er begann nun seinerseits in mich zu stoßen. Fest und schnell hämmerte er in mich. Genau so, wie ich es brauchte. Ich warf den Kopf in den Nacken und stöhnte haltlos, während er mich bis an meine Grenzen brachte. Inzwischen hatte ich aufgehört gegen den Druck zu kämpfen, der immer stärker wurde und drohte, zu explodieren, weil mir klar wurde, dass ich genau das wollte: Ein Feuerwerk. Und Dom würde es mir schenken. Haut klatschte an Haut. Das Geräusch vermischte sich mit unserem Keuchen. Doms Schwanz zuckte in mir. Er wuchs weiter an, dehnte mich stärker und ... Plötzlich zog Dom sich wieder aus mir heraus. »Was tust du? Stimmt etwas nicht?«, fragte ich erstaunt und sah ihn über meine Schulter an. Geschockt verzog ich den Mund, als ich sein Gesicht erblickte. Seine Augen waren so dunkel und wild, dass sie mich an ein Tier erinnerten. Seine Wangen waren gerötet. Er knurrte. Unsicher nahm ich die Hände von der Bank und stellte mich auf.

»Dreh dich um!«, befahl er, griff nach dem Saum

meines Kleides und zog es mir über den Kopf. Er warf den Stoff einfach auf die Steinbank und schlang seine Arme um mich, damit er mich zu sich drehen konnte, statt darauf zu warten, dass ich seinem Befehl nachkam.

»Was zum …?« Meine Stimme brach, als Domenico mich an der Hüfte packte, mich anhob und mich zu einem der großen Bäume trug. Er drückte meinen nackten Rücken gegen den Stamm. Die Rinde kratzte über meine Haut. Ich japste überrascht. Doch bevor ich etwas sagen konnte, rieb Dom über meinen Oberschenkel und animierte mich, meine Beine wieder um ihn zu schlingen, während er erneut in mich eindrang. Zeitgleich stöhnten wir auf.

»Du bist so unglaublich sexy«, hauchte Dom und senkte seine Lippen auf meinen Hals, wo er eine Spur Küsse hinterließ. Ich erschauderte. Er keuchte immer mal wieder zwischen den Küssen auf meiner Haut. Sein heißer Atem und die Bewegungen in meiner Mitte ließen den Druck weiter steigen. Dom fickte mich hart gegen den Baum. Blätter fielen um uns herum von den Ästen. Der Stamm knarzte unter unserem Gewicht. Doch die Geräusche wurden von meiner eigenen Stimme übertönt.

»Dom! Oh Gott, Dom!«, rief ich und krallte meine Finger in seine Schulterblätter, um mich an ihm festzuhalten. Im selben Rhythmus wie er bewegte ich mich und kam seinen Stößen entgegen. Meine Muskeln zuckten. Ich bebte. In mir spannte sich alles an. »Ich … Ich …« Krampfhaft versuchte ich, es zurückzuhalten, doch der Druck in mir wurde unerträglich. Mein

Körper versteifte sich. Ich krümmte die Zehen und rammte meine Zähne so fest in meine Unterlippe, dass ich Blut schmeckte.

»Komm! Lass es zu!«, drängte Dom und mehr brauchte ich nicht, um loszulassen. Der Druck löste sich auf. In mir explodierte ein lang ersehntes Feuerwerk. Meine Muskeln zogen sich schmerzhaft zusammen. Blut rauschte durch meine Adern. Mein Herz setzte einen Schlag aus. Die Spannung entwich aus meinem Körper. Meine Sicht verschwamm, bis ich nichts mehr sehen konnte, wodurch ich nur an dem Stöhnen von Dom und der plötzlichen Wärme in meinem Schritt merkte, dass auch er eine Grenze überschritten hatte und sein Orgasmus ihn überwältigte.

»Dom!« Ein langgezogenes Stöhnen löste sich aus meinem Hals, während er sein Sperma in mich schoss. Tropfen für Tropfen spritzte er in mich und zog damit meinen Höhepunkt unendlich in die Länge. Erst, als Domenico seine Stirn an meine lehnte, schaffte ich es wieder zu Atem zu kommen. Meine Sicht schärfte sich, dennoch galoppierte mein Herz noch in meiner Brust. Es dauerte, bis sich mein Puls wieder normalisierte, aber Dom schien es genauso zu gehen. Sein Brustkorb hob und senkte sich viel zu schnell. Er hatte ein Grinsen im Gesicht, obwohl sein Körper zitterte. Langsam zog er seinen halbharten Schwanz aus mir. Sofort vermisste ich das Gefühl, von ihm ausgefüllt zu werden. Doch ich kämpfte gegen das Bedürfnis, ihn anzuflehen, mich erneut zu nehmen.

»Du bist unglaublich«, säuselte er und drückte mir einen letzten Kuss auf die Lippen, bevor er langsam meine Beine hinunterließ und seine Hände von meinem Hintern nahm. Ängstlich klammerte ich mich jedoch weiterhin an ihn. Ich wollte ihn noch nicht loslassen. Gern wäre ich bei ihm geblieben. Es sollte noch nicht vorbei sein. Aber das war es. Dennoch konnte ich es nicht genießen. Die Zufriedenheit, die meinen Körper überflutete, war angenehm, doch als die Lust nachließ, kamen auch die Sorgen zurück. Zögerlich ließ ich meine Hände von seinem Nacken zu seiner Brust gleiten und sah zu ihm auf. »Geht es dir gut?«

Ich nickte, weil ich nicht wusste, was ich sagen sollte. Es ging mir auf jeden Fall nicht schlecht. Wie auch? Es war wunderschön gewesen. Doch ich würde auch nicht behaupten, dass es mir gutging. Schon gar nicht, als Dom nach meiner rechten Hand griff und sie an seine Lippen führte. Er küsste meinen Handrücken. Wärme durchzog mich. Aber sie verschwand schlagartig, als er meine Hand wieder losließ, zur Steinbank hinüberging und mein Kleid aufhob. Mit dem Stoff kam er wieder zu mir zurück und er half mir, mich anzuziehen. Die Stofffasern schmiegten sich an meine Haut, doch ich achtete gar nicht darauf. Stattdessen konzentrierte ich mich auf das Gefühl zwischen meinen Beinen. Es war feucht, aber es war nicht meine Schmiere, die den Ansatz meiner Oberschenkel benetzte. Nein, es war Sperma. Sein Sperma.

»Ich brauche mein Höschen«, murmelte ich schüchtern und malträtierte meine Unterlippe mit den Zähnen. Verdammt, was hatte ich getan? Ich hatte mich im Garten – wo jederzeit jemand hätte vorbeikommen können – von ihm ficken lassen. Ohne Kondom.

»Ich denke nicht.« Domenico lachte, hob mein Höschen vom Boden auf und spielte mit dem schwarzen Stoff. Dabei blieb sein Blick die ganze Zeit an mir kleben. Seine Augen wanderten von meinem Haaransatz bis hinunter zu meinen Beinen, wo sein Sperma langsam von meinem rechten Schenkel weiter hinunterlief, als es aus meinem Loch tropfte. Wusste er davon? Ahnte er, was sich unter meinem Rock abspielte?

»Wieso?« Verwirrt blickte ich ihn an und hielt mich selbst davon ab, unter den Stoff meines Kleides zu greifen, um die Feuchtigkeit wegzuwischen. Peinlich berührt sah ich weg, jedoch griff Domenico nach mir und zog mich erneut hinüber zum Baum, wo er seine Hose wieder anzog, und dann zur Steinbank. Er setzte sich darauf und steckte mein Höschen in die Tasche seines Sakkos.

»Ich behalte es«, verkündete er und zwinkerte mir zu. Er leckte sich über die Lippen, drückte mich näher an sich heran und legte seine Hand an meine Wange, um mich noch mal zu küssen. Ich keuchte. Wie von selbst öffnete ich den Mund und wollte den Kuss vertiefen, bis eine laute Stimme, die Blase, in der wir bis gerade eben waren, zum Platzen brachte.

»Domenico!«, schrie jemand und brachte mich dazu, zusammenzuzucken. Die Stimme war tief und Doms sehr ähnlich. Sofort lehnte ich mich zurück und unterbrach damit den Kuss. Panisch sah ich mich um. Was hätten wir getan, wenn schon vor ein paar Minuten jemand gekommen wäre? Und auch jetzt war es mir unangenehm, wie ich mich benommen hatte, um zu bekommen, was ich wollte.

»Wer ist das?«, fragte ich leise und wandte meinen Blick in die Richtung, aus der die Stimme kam. Doch es wurde still. Der Mann rief nicht erneut nach Dom. Dennoch hatte der Schrei mich daran erinnert, dass ich schon viel zu lange weg war. Inzwischen fiel es bestimmt auf, dass ich verschwunden war. Ich sollte zurück, bevor Isabella etwas sagte, das nicht nur mir Ärger einbrockte, sondern auch ihr.

»Mein Bruder.« Domenico schnaubte frustriert. Ärger blitzte in seinem Gesicht auf, als würde er seinem Bruder am liebsten den Hals umdrehen, weil er es gewagt hatte, uns zu stören. Besänftigend legte ich eine Hand auf seine Schulter.

»Ich sollte gehen«, flüsterte ich und küsste Doms Wange zum Abschied, bevor ich mich zum Gehen wandte. Doch Dom ließ nicht zu, dass ich ging. Seine Finger umschlangen mein Handgelenk und zwangen mich nach wenigen Schritten stehen zu bleiben.

»Nein, bleib! Setz dich!«, verlangte er und zog mich neben sich. Er drückte mich auf die Bank, bevor er meine Hand wieder losließ und seine Finger meinen Oberschenkel entlangstrichen, bis er unter den Rock schlüpfen konnte. Zeitgleich lehnte er sich zu mir und vergrub seine Nase an meiner Halsbeuge. Jede Stelle, an der er mich berührte, begann zu kribbeln. Aufgeregt begann mein Herz wieder schneller zu klopfen. »Ich liebe deinen Geruch.« Dom sog meinen Geruch tief in sich ein, während seine Finger in die Flüssigkeit an meinen Schenkeln tauchten, bevor die feuchte Spur an meinem Knie ankommen konnte.

»Dom!« Schockiert riss ich die Augen auf, als er die Hand wieder unter meinem Rock hervorzog und sie an meine Lippen hielt. Ein auffordernder Blick traf mich. Der süßlich-saure Geruch der Flüssigkeit schlug mir entgegen. In meinem Schritt begann es wieder zu pochen.

»Leck sie ab!«, befahl Dom und tauchte tief in meinen Mund ein, als ich die Lippen eine Spur auseinander drückte. Der Geschmack explodierte auf meiner Zunge. Das Sperma war leicht bitter, aber der Ekel wurde von der Erregung überschattet, die von meinem Körper Besitz nahm. Zögerlich leckte ich seine Finger entlang und saugte an ihnen, während ich mir vorstellte, dass es sein Schwanz wäre.

»Domenico! Zum Glück, du bist noch da. Es geht um ...« Ein Mann kam hinter der Ecke hervor und trat laufend durch die Bäume, jedoch stockte er kurz, als er mich entdeckte. Am liebsten wäre ich vor Scham im Boden versunken. Da war ich. Immer noch mit Doms Fingern zwischen meinen Lippen und ohne Höschen saß ich auf der Steinbank und sah auf den Neuankömmling, dessen Pupillen sich weiteten. »... um das Geschäft heute. Es wurde vorverlegt. Du sollst in einer Stunde dort sein. Ich hab alle anderen Termine abgesagt.«

»Danke, Antonio!« Viel zu langsam zog Dom seine Finger aus meinem Mund, während er seinen Bruder nicht einmal eines Blickes würdigte. Seine Augen lagen die ganze Zeit auf mir. Er erhob sich und zog auch mich nach oben, sodass wir nebeneinanderstanden. »Du erinnerst dich an Aurora?«, fragte er Antonio und sah lächelnd zwischen ihm und mir hin und her. Ich versuchte ebenfalls zu grinsen, doch ich schaffte es nicht und auch Antonio schien es schwerzufallen. Ihm war die Situation wohl genauso unangenehm wie mir, denn seine Stimme klang plötzlich viel höher.

»Wie könnte ich sie vergessen? Vielen Dank für alles, was du getan hast«, meinte er viel zu fröhlich und trat auf mich zu, um mir die Hand zu reichen, die ich instinktiv ergriff und schüttelte. Dann ließ ich sie wieder los und trat zurück. Ich musste hier weg. Dringend. Ich gehörte nicht mehr hierher. Der Augenblick zwischen Dom und mir war endgültig vorbei.

»Gern geschehen. Ich hoffe es geht Alice gut«, murmelte ich und trat den Rückzug an. Sanft löste ich mich von Dom. Sofort vermisste ich seine Nähe und die Einsamkeit, die ich empfunden hatte, bevor ich hergekommen war, kehrte zurück. Doch diesmal hieß ich sie willkommen wie einen alten Freund, weil ich wusste, dass es das letzte Mal sein würde, dass ich mich anders gefühlt hatte. Sie gehörte nun zu mir. Für immer. Vermutlich würde ich Dom nicht wiedersehen, aber daran wollte ich nicht denken. Meine Tränen sollten nicht das Letzte sein, das er von mir gesehen hatte und ich spürte schon, wie sie an der Oberfläche kratzten.

»Ja, sie ...« Jetzt grinste Antonio doch. Er strahlte regelrecht bei der Erwähnung von Alice. Er musste sie wirklich lieben. Und das gab mir die Sicherheit, dass ich das Richtige getan hatte, als ich ihnen half. Ich freute mich für die beiden. Aber ich wollte es nicht hören. Nicht, wenn ich das, was sie hatten, nicht auch haben konnte.

»Tut mir wirklich leid, aber ich muss gehen. Es freut mich, dass sie jetzt glücklich ist«, unterbrach ich ihn, bevor er seinen Redefluss über das perfekte Leben mit Alice starten konnte. Ich wollte nur noch hier weg, wenn ich nicht bleiben konnte. Und das konnte ich nicht. Isabella brauchte mich. Was würde sie tun, wenn ich nicht wiederkam? Und was würde Davide machen? Mich suchen? Oder würde er Isabella vielleicht verletzen, weil sie mir geholfen hatte, das Anwesen zu verlassen? Dieses Risiko konnte ich nicht eingehen, also machte ich ein paar Schritte nach hinten und näherte mich wieder der Grundstücksgrenze.

»Aurora!«, rief Dom mir nach und brachte mich dazu stehen zu bleiben. Verwirrung stand ihm ins Gesicht geschrieben. Auf seiner Stirn zeichneten sich tiefe Furchen ab. Er trat einen Schritt auf mich zu, überlegte es sich jedoch anders und ging wieder zurück.

»Was?« Drei Buchstaben. Mehr waren es nicht. Aber in jedem lag so viel Schmerz, dass ich selbst überrascht aufkeuchen musste. Es tat weh, von ihm wegzugehen. Ich dachte nicht, dass es so schrecklich sein würde, doch das war es.

»Geht es dir gut?« Doms Stimme vibrierte. Der tiefe Bass dröhnte darin. Sorge schwang in ihr. Er ignorierte seinen Bruder völlig und sah nur mich an. Als würde ein Wort von mir reichen, damit er doch zu mir kam und mich in die Arme nahm. Doch das wollte ich nicht. Ich würde es nicht überleben.

»Ja, sicher, es war …« Unbeschreiblich. Atemberaubend. Der Wahnsinn. Und ich hasste, dass es vorbei war. Ich hätte stundenlang in seinen Armen liegen können. Aber wir hatten keine Zukunft. Würden niemals eine haben. Ich hatte nur diesen einen Moment und es war der beste in meinem ganzen Leben gewesen. Doch ich musste gehen. Für Isabella. Für die gesamte Belegschaft im Hause Santis.

»Ich hoffe, es war für dich nur halb so gut wie für mich, denn dann hast du jede Sekunde davon geliebt.« Domenico lächelte leicht und mir wurde zum Weinen zumute. Seine Worte, sein Blick – das brachte mich um. Es zwang mich an Ort und Stelle zu bleiben und das durfte nicht sein.

»Das war es.« Ein Schluchzen drang aus meiner Kehle. Dann drehte ich mich um, ohne mich von Antonio zu verabschieden, und rannte los. Weg von Dom. Und dem Leben, das ich niemals haben würde.

VS

VIER

DOMENICO

Es war schwer. Obwohl ich ein Graza war und schon Unmengen an Dingen getan hatte, die niemand sonst machen würde, war das hier ein ganz neues Level. Ihr dabei zuzusehen, wie sie weglief, war das Schwerste, was ich je tun musste. Am liebsten hätte ich sie zurückgehalten und sie einfach bei mir behalten, damit ich ihr niemals sagen musste, was ich vorhatte. Doch sie sprintete davon, als würde ein Rudel Wölfe sie jagen. Dabei war es viel schlimmer. Ich war auf der Jagd nach ihr. Vor allem jetzt, nachdem ich endlich bekommen hatte, wonach ich mich seit Jahren verzehrte. Sie. Es war nicht der Plan gewesen, sie einfach im Garten – für alle Augen sichtbar – zu ficken. Uns hätte jederzeit irgendjemand erwischen können. Doch ich hatte es nicht geschafft, sie ins Haus zu bringen. Zu sehr hatte ich sie gewollt. Es war so schlimm, dass ich alle Vorsichtsmaßnahmen in den Wind geschossen hatte. Verdammt, ich musste nur mit meinem Schwanz gedacht haben. Kein Wunder, besonders viel Blut war auch nicht mehr in meinem Kopf vorhanden gewesen. Ich hatte sie sogar ohne Kondom gefickt. Das war einfach verantwortungslos ihr gegenüber. Sie könnte schwanger werden. Andererseits, wäre das so schlimm? Ich wusste es nicht. Mir machte diese Vorstellung auf jeden Fall keine Angst. Doch ich hatte keine Ahnung, wie Aurora dazu stehen würde. Wollte sie Kinder? Und was noch viel wichtiger war: Wollte sie diese Kinder mit mir?

»Was war das?« Antonio stellte sich neben mich, verschränkte die Arme vor der Brust und sah mit mir Aurora nach, wie sie durch den Garten verschwand und wieder auf ihr Grundstück flüchtete, während ihr mein Sperma immer noch über die Schenkel lief. Jeder, der ihr begegnete, würde mich an ihr riechen und der Gedanke gefiel mir. Dabei war es bei mir nicht besser. Ich roch nach Rosen und Veilchen. Aber ich liebte es. Genau wie ihren Geschmack, ihre weiche Haut und die Laute, die ihren Mund verlassen hatten, als ich sie überall berühren durfte. Trotzdem war es viel zu wenig gewesen. Ich hätte gern ihre Brüste liebkost, sie zum Höhepunkt geleckt und ihr gezeigt, welche Stellungen es noch gab, in denen ich ihr Freude bereiten konnte. Doch fürs erste Mal musste das reichen.

»Der Anfang vom Ende.« Ich seufzte. Fahrig fuhr ich mir durch die Haare und massierte meine Schläfen, weil ich glaubte, mein Gehirn würde gleich platzen. Gerade noch hatte ich den Orgasmus meines Lebens gehabt und einen Augenblick später holte mich die Realität wieder ein und die Tatsache, dass ich nachgegeben hatte. Ich hätte sie zurückweisen müssen. Egal, wie sehr sie glaubte, es zu wollen.

Antonio nickte langsam. Er ließ die Schultern sinken. Mitleid war in seinen Augen zu lesen und ich hasste ihn dafür –und mich. Ich brauchte kein Mitleid. Das half mir nicht. Stattdessen brauchte ich jemanden, der meinen Job übernahm oder irgendwen, der Francesco Santis reanimierte, um ihn dann erneut umzubringen, für sein dämliches Testament. »Bist du bereit?«

»Davide hat es verschoben?«, hakte ich nach, obwohl ich die Antwort schon kannte. Seit ich heute Morgen durchgeklingelt und Interesse am Clan bekundet hatte, rief Davide alle paar Minuten an, um mich doch noch in den Wahnsinn zu treiben. Vielleicht dachte er, ich würde abspringen, wenn er es oft genug verschob. Aber es würde mir nicht zu blöd werden. Immerhin ging es um Aurora. Um ihr Leben. Irgendwo in dem Anwesen lief ein Mörder frei herum und ich würde nicht zulassen, dass er noch ein Familienmitglied der Santis umbrachte. Auch wenn es um Davide bestimmt nicht schade wäre.

»Er sagte irgendwas davon, dass er es so schnell wie möglich hinter sich bringen will, bevor er noch mehr Gegenstände verliert.« Antonios Lippen verzogen sich zu einem Grinsen, während er wieder in die Richtung sah, in die Aurora verschwunden war. Aber mir war nicht klar, was er damit sagen wollte. Ob Davide Wertpapiere, Gemälde oder andere Kostbarkeiten, die im Testament festgehalten wurden, mit Absicht *verlor*? Und wenn ja, was fehlte?

»Gegenstände?«, bohrte ich nach und Antonio begann zu lachen. In der Tonlage, die mir verriet, dass es sich nicht um irgendwelche teuren Bücher handeln konnte. Nein, er redete von der Tochter des Hauses. Ein Gegenstand. Das war sie also in den Augen ihres Bruders. Mir drehte sich der Magen um. Ich hätte schon mehrmals die Möglichkeit gehabt, ihn zu erschießen. Wieso hatte ich es nie getan? Fuck, in diesem Moment wollte ich nichts lieber, als ihm den Hals umzudrehen.

»Ich schätze, Auroras Abwesenheit ist in der Zwischenzeit aufgefallen.« Antonio lachte noch lauter, schüttelte belustigt den Kopf, bevor er einen Blick auf die Steinback warf und meinen Gürtel, der immer noch offen stand. »War es gut?«

»Frag das nicht«, bat ich leise, weil ich meiner Stimme nicht vertraute. Ja, es war gut. Unglaublich sogar. Ich hatte schon mit vielen Frauen geschlafen. Einige hatten mehr, die anderen weniger Erfahrung, doch keine von ihnen hatte je so reagiert wie Aurora. Sie war jeder meiner Berührungen entgegengekommen, hatte sich mir entgegengestreckt und mich immer um mehr angebettelt, was ich ihr nur zu gern gegeben hatte. Anstatt, wie die meisten Frauen, über mein raues Verhalten zu meckern, hatte sie nicht nur jeden Befehl ausgeführt, sondern das auch noch mit Vergnügen. Als sie mich dann auch noch Sir genannt hatte, war es unmöglich gewesen, mich noch zurückzuhalten. Und der Gedanke an die Art, wie sie mein Sperma von meinen Fingern leckte, ließ meinen Schwanz sofort wieder anschwellen. Fuck, ja, sie war perfekt. Sex mit Aurora war eine Offenbarung und es gab noch so vieles, was ich gern mit ihr probieren wollte. Schon ein Schlag auf ihren Hintern hatte gereicht, um die Haut in ein sanftes Rot zu verwandeln. Wie ihr Arsch dann aussehen würde, wenn ich mit einer Peitsche darauf schlug und dicke Striemen hinterließ?

»Wieso nicht? Du hast früher auch von deinen Bettgeschichten erzählt.« Antonio wackelte mit den Augenbrauen und erinnerte mich wieder daran, dass er zwar älter war als Alessio, aber manchmal genauso unreif. Aus dem Alter waren wir raus. Zumindest hatte ich das gedacht. Während er geheiratet hatte, hatte ich aufgehört, Sex mit Wildfremden zu haben. Also waren unsere Unterhaltungen diesbezüglich abgeflaut. Wieder aufnehmen wollte ich sie jedoch nicht. Schon gar nicht bei Aurora. Der Sex mit ihr war etwas Besonderes und ich würde ihn in Ehren halten. Nichts davon würde irgendjemand anderes erfahren. Das hätte sie einfach nicht verdient, nachdem sie sich mir in ihrem verletzlichsten Moment offenbart hatte.

»Du auch, aber deshalb frage ich dich auch nicht, was du und Alice im Bett macht.« Ich verdrehte die Augen und zog ihr Höschen aus meiner Tasche. Es fühlte sich seidig an und war immer noch feucht. Sanft ließ ich es durch meine Finger gleiten.

»Du hast mit ihr geschlafen? Vor der Vertragsunterzeichnung?« Antonios Miene verzog sich, bis ich nicht mehr deuten konnte, was er davon hielt. Hatte er davor wirklich gedacht, wir hätten nur rumgemacht? Natürlich hatte er das. Und das konnte ich verstehen. Es passte nicht zu mir, so impulsiv zu handeln. Doch als Aurora mich angesehen und gebeten hatte, sie entweder zu nehmen oder wegzuschicken, war irgendwas in meinem Inneren zerbrochen. Es hatte nicht zur Option gestanden, sie abzuweisen. Nicht, nachdem ich sie so lange begehrt hatte. Meine Zurechnungsfähigkeit, alle Argumente und mein Widerstand waren einfach wie weggewaschen, als ich in ihre Augen geblickt hatte, die so von Trauer erfüllt gewesen waren. Ich hatte gewollt, dass sie sich besser fühlte. Dass sie wusste, dass ich mich immer – egal, worum es ging – um sie kümmern würde.

»Sie wollte es.« Genau wie ich. Wem machte ich eigentlich etwas vor? Sicher, es war untypisch für mich und ja, es war egoistisch, aber ich hatte es genauso gebraucht wie sie. Seit sie das erste Mal vor mir in Tränen ausgebrochen war, hatten wir diesem Tag entgegengefiebert. Ich hatte sie damals in die Arme genommen, getröstet und ihr über die nassen Wangen gestrichen, bis sie aufhörte zu weinen. Sie nannte mich ihren Retter in schillernder Rüstung, da ich immer noch die Ausrüstung vom Fechttraining getragen hatte. Damals hatten wir gemeinsam gelacht. Erst Stunden später sollte ich erfahren, dass sie eigentlich meine Feindin war. Doch da war es schon zu spät. Ich war meinem Dornröschen verfallen und als sie das nächste Mal kam – mit einem riesigen blauen Fleck am Oberarm und einer geröteten Wange – konnte ich sie nicht gehenlassen, ohne ihr wieder Trost zu spenden. »Sie kam deshalb her.«

»Sie wollte selbst entscheiden, wer ihr Erster ist.« Verstehend nickte Antonio und die ausgelassene Stimmung von eben verschwand spurlos. Jetzt war auch ihm nicht mehr zum Lachen zumute. Er drehte den Kopf zu mir und verengte die Augen, um mich genauer zu mustern. »Sie hat sich für dich entschieden. Solltest du dich nicht freuen?«

Ja, das war der springende Punkt, oder? Ich sollte mich großartig fühlen. Zufrieden, befriedigt und glücklich. Doch das war ich nicht. Zugegeben, befriedigt schon, aber der Rest verschwand hinter der schwarzen Gewitterwolke, die über mir aufzog. »In einer Stunde wird sie erfahren, dass ich ihr Käufer bin. Denkst du, dass sie erfreut sein wird? Sie ist extra gekommen und hat mir ihren Körper angeboten, damit kein Testament entscheidet, mit wem sie Sex haben muss. Ich habe ihr das genommen.« Weil ich egoistisch und selbstsüchtig war. Etwas, das Aurora, nachdem, was sie für uns getan hatte, und dem, was sie bereits an Schmerz erfahren musste, nicht verdient hatte. Ich war ein Arschloch und ich hasste mich dafür.

»Du hättest es ihr sagen können.« Antonio verlagerte sein Gewicht von einem Bein auf das andere und fuhr sich übers Gesicht. Seine Augen waren rotgerädert. Vermutlich hatte Davides Anruf ihn aus dem wohlverdienten Mittagsschläfchen gerissen. Ich grinste bei dem Gedanken. Ja, die Kinder schafften es immer wieder meine Laune zu heben, war sie auch noch so schlecht. Doch die Freude über das Leid meines Bruders hielt nicht lange an. Spätestens als mein Gehirn seine Worte verarbeitet hatte und ich ihm recht geben musste, breitete sich in meinem Mund ein bitterer Geschmack aus.

»Ja, aber ich wollte sie. So sehr.« Ich ballte meine Hand zu einer Faust, sodass der schwarze Stoff beinahe nicht mehr zu sehen war, bevor ich ihn wieder in mein Sakko stopfte und nach meiner Gürtelschnalle griff. »Eigentlich will ich das immer noch.« Ich seufzte und zog den Gürtel fest, um wenigstens nicht mit heruntergelassener Hose bei Davide erscheinen zu müssen. Er würde noch früh genug erfahren, dass ich seine Schwester geschändet hatte. »Wann muss ich dort sein?«, wechselte ich das Thema, um nicht länger darüber nachzudenken. Ich konnte nicht mehr. Außerdem würde es nichts mehr ändern. Ich hatte mit ihr geschlafen und ich würde den Santis-Clan kaufen. Die Entscheidung war gefallen. Es brachte nichts, darüber zu grübeln, was ich im Nachhinein anders hätte tun sollen. Ich konnte nur hoffen, dass die Zukunft mich überraschen und Aurora mich vielleicht doch nicht auf Ewig hassen würde.

»Du kannst auch sofort gehen. Davide will die Sache erledigen. Wer kann es ihm verdenken?« Antonio grinste schadenfroh. Sein Mitleid für Davide hielt sich in Grenzen. Meines ebenfalls. Dennoch wollte auch ich den Vertrag aufsetzen und mit dieser Sache abschließen, damit wir uns auf die Suche nach dem Mörder von Francesco Santis machen konnten. Ich musste ihn finden. Damit Lyra und Alice in Sicherheit waren. Die Kinder. Und Aurora. Wer wusste schon, weshalb der alte Santis getötet worden war. Wenn Davide es getan hatte, um den Platz seines Daddys einzunehmen, würde er spätestens jetzt fuchsteufelswild sein. Weil er uns hasste. Jedem anderen hätte Davide den Clan lieber überlassen als uns.

»Kommst du mit?« Fragend blickte ich Antonio an. Natürlich würde ich auch allein in das Santis Haus spazieren und mir holen, was ich wollte, doch sollte sich mein Verdacht mit Davide bestätigen, würde ich vielleicht Unterstützung brauchen. Rückendeckung. Auf jeden Fall würde ich nicht unbewaffnet das Nachbargrundstück betreten. So viel stand fest.

»Soll ich, Boss?« Antonios Grinsen wurde breiter. Er griff an seinen Rücken und holte eine Waffe hervor, die an seinem Hosenbund eingeklemmt gewesen war. Er hatte wohl denselben Gedanken gehabt wie ich.

»Passt Alessio auf die Kinder und eure Frauen auf?« Ich folgte Antonios Beispiel und zog eine Waffe aus meiner Hose. Dass sie nicht herausgefallen war, während ich Aurora gefickt hatte, grenzte an ein Wunder. Doch ich bezweifelte, dass sie sich davon hätte aufhalten lassen. Sie war ihr ganzes Leben von Pistolen umgeben gewesen. Vermutlich zielte und schoss sie besser als ein paar meiner niedrigsten Mitglieder.

»Sicher.« Antonio nickte und schlenderte hinüber zum Zaun, der die beiden Grundstücke voneinander trennte. Ich wusste, dass ich eigentlich duschen sollte. Gleich würde ich Auroras Bruder gegenüberstehen und er würde sie an mir riechen können. Aber ich wollte das Gefühl noch nicht abwaschen, das sie auf meiner Haut hinterlassen hatte. Also folgte ich Antonio und starrte auf das Gebäude, das in wenigen Minuten seinen Besitzer wechseln würde. Immer noch glaubte ich, dass ich das Richtige tat. Aber das würde sich schon bald ändern.

»Dann los!«

»Und hier ist die Galerie der Familie Santis. Jeder Boss hängt verewigt an dieser Wand, sodass …«, erzählte Davide mit starrer Miene. Kein Muskel in seinem Gesicht hatte gezuckt, seitdem er uns die Tür geöffnet hatte. Zuerst sah er aus, als hätte er in eine Zitrone gebissen, während er uns musterte, doch dann war er zu diesem Ausdruck übergegangen. Für jeden anderen hätte es vielleicht ausgesehen, als würde es ihm nichts ausmachen, uns das Gebäude zu zeigen und die Angestellten vorzustellen, doch ich wusste es besser. Bei jedem Selbstlaut verzog sich seine Stimme ein wenig, sodass die Sätze gedehnt klangen. Er wollte gelangweilt wirken, doch er bekam die Wut nicht weg, die in seinen Augen aufblitzte, wann immer er in unsere Richtung sah. Und er vergeudete mit Absicht unsere Zeit. Obwohl Antonio gesagt hatte, Davide würde den Deal schnellstmöglich hinter sich bringen wollen, schindete Santis nun Zeit, als wollte er das Unvermeidbare hinauszögern.

»Was soll der Blödsinn, Davide? Wir kennen das Haus. Kommen wir zum Geschäftlichen«, befahl ich, aber im Gegensatz zu seiner Schwester, die mit meiner bestimmenden Art kein Problem zu haben schien, verzog Davides Mund sich und seine Stirn zog sich zusammen. Er wurde blass. Ein bisschen sah es aus, als hätte er Magenbeschwerden und würde uns gleich vor die Schuhe kotzen. Instinktiv trat ich einen Schritt zurück, auch wenn ich nicht glaubte, dass er sich wirklich erbrechen würde. Das würde nur noch mehr an seinem Stolz kratzen und irgendwann wäre sonst nichts mehr von Davide übrig.

»Schön, und was willst du von mir hören? Inzwischen kennen alle das Testament. Du kennst die Konditionen. Oder reicht dir nicht, was Daddy verkauft? Wenn ja, kann ich nichts daran ändern, denn mehr haben wir gar nicht.« Davide schnaubte und verschränkte die Arme vor der Brust. Seine Stimme war laut und wütend. Zumindest am Anfang. Je länger er sprach, desto leiser wurde sie, bis sie am Ende brach. Seine Augen schienen Funken zu sprühen. Hass loderte darin. *Mehr haben wir gar nicht.* Wie schwer musste es ihm fallen, sich das einzugestehen? Er, der Prinz der Santis, der Junge mit dem goldenen Löffel im Mund, seit er das Licht der Welt erblickt hatte, musste nun damit klarkommen, nichts mehr zu haben. Nicht, dass er es sich nicht selbst zuzuschreiben hatte, doch ich kam nicht drumherum, darüber nachzudenken, was passiert wäre, wenn Dad Antonio enterbt hätte, als er Alice in unser Leben brachte. Oder wenn *Padre* Alessio verstoßen hätte, weil er nicht mehr ohne Lyra leben konnte. Wie wäre es meinen Brüdern dann ergangen? Genau wie Davide kannten sie nur dieses Leben. So wie ich.

»Ich will den Preis wissen«, konkretisierte ich mein Anliegen und sah mich in der Galerie um. Theoretisch könnte ich alle Bilder abfackeln, nachdem ich sie – zusammen mit dem Rest – gekauft hatte. Doch ob ich das machen würde, wusste ich nicht. Eigentlich hatte ich mir noch überhaupt nichts überlegt. Etwas, das mir nicht ähnlich sah. Doch nach Vertragsabschluss würde mir noch genug Zeit bleiben, darüber nachzudenken.

»Der Clan geht an den Meistbietenden und das Geld geht dann an verschiedene wohltätige Vereine.« Durch Davides Körper ging ein Zittern und er sah schnell weg. Seine Augen richteten sich auf das letzte Bild der Reihe. Ausgerechnet auf das Abbild seines Vaters. Francesco Santis. Das Bild gab genau wieder, wie der Mann gewesen war. Die Farben waren kühl und die Augen wirkten kalt. Das Grinsen war furchterregend. Vermutlich hatte der Künstler beim Malen Angst empfunden und an dieser Furcht ließ er alle durch sein Werk teilhaben. Ob sein Leben der Preis dafür gewesen war, dass er den ausgefressenen, alten Mann detailliert und naturgetreu wiedergegeben hatte?

»Du sollst mir sagen, wie hoch der Preis derzeit ist. Du hast noch andere Angebote, das ist mir durchaus klar, also will ich sichergehen, dass ich sie überbiete.« Und dennoch nicht unnötig viel bezahle. Natürlich hatten wir genug Geld und Aurora war jeden Cent wert, aber wenn der jetzige Anwärter nur zehn Millionen zahlte, wollte ich nicht zwanzig an irgendwelche Wohltätigkeitsorganisationen spenden. Dann würden es elf auch tun. Davide kannte das bereits. Jeder Boss würde so handeln. Geld regierte die Welt und man konnte nie zu viel davon haben. Alle Mitglieder mussten bezahlt, die Häuser in Stand gehalten und Drogen zuerst angekauft werden, bevor sie verkauft wurden. So lief das Geschäft.

»Und wieso sollte ich dir das sagen?« Davide zog die Augenbrauen zusammen und legte den Kopf leicht schief. Ein Grinsen erschien auf seinen Lippen. Armselig. Das war alles, was er war. Hier sah er eine kleine Chance, ein Druckmittel, und versuchte, sich wieder ein Stückchen Macht zu erschleichen. Ich schüttelte den Kopf. Wie weit wollte er noch sinken?

»Weil du dann vielleicht nicht als Sklave in irgendeinem Haus landest, wo du als Kapitän nichts zu sagen hast und die Schuhe fremder Leute putzen musst«, wies ich ihn freundlich darauf hin, dass auch sein Arsch bald jemandem gehören würde. Ich setzte ein Lächeln auf. So breit ich konnte und nickte ihm zu. Antonio neben mir versteckte sein Lachen hinter einem vorgetäuschten Hustenanfall. Dennoch bekam Davide es mit. Schmerz und Furcht zeichneten sich kurz auf seinen Zügen ab, bevor er sich wieder unter Kontrolle hatte und seine Miene starr wurde.

»Vierzehn Millionen ist derzeit das Angebot der Russo, aber sie überlegen mit dem Benedella-Clan gemeinsame Sache zu machen. Dann würden sie auf siebenundzwanzig Millionen kommen«, ratterte Davide monoton runter und ging hinüber zu einer kleinen Kommode, die an der Wand stand. Er holte einen Block und einen Zettel hervor und begann einen Vertrag aufzusetzen. Wobei Vertrag wohl zu viel gesagt war. Ein Satz, seine Unterschrift und dann meine, würden reichen, damit alle anderen Clans die Bedingungen von Francesco als erfüllt ansehen würden. Jede

Familie bekäme eine Kopie von dem Wisch und es wäre klar, dass die Santis von nun an zu uns gehörten. Und Aurora zu mir.

»Dann liegt unser Angebot bei dreißig, um ganz sicherzugehen«, entschied ich und wechselte einen Blick mit Antonio. Als mein Berater könnte er an dieser Stelle ablehnen und mich korrigieren, doch er blieb still und nickte mir zu, sodass ich wusste, ich hatte die richtige Entscheidung getroffen. Gerade in diesem Fall hätte ich auch gern Alessio befragt, doch ich vertraute nur ihm genug, allein auf unser Zuhause aufzupassen und ich würde die Kinder nicht in Gefahr bringen, weil ich befürchtete, die Gefühle für Aurora würden mich Geld zum Fenster hinausschmeißen lassen.

»Schön.« Davide biss die Zähne zusammen. Er kratzte mit dem Stift über das vorderste Blatt des Blocks und schrieb in der gleichen krakeligen Schrift, in der die Todesanzeige von Francesco verfasst worden war, ein paar Worte. »Ihr wart die Letzten, die geboten haben. Alle anderen Familien lagen weit drunter.« Enttäuschung war in seiner Stimme zu hören und ein Hauch Resignation. Vielleicht würde er sich doch besser mit der Situation abfinden, als ich dachte. Sollte er nicht der Mörder sein, könnte ich ihn eventuell doch als Mitglied willkommen heißen und ihn zumindest niedere Arbeiten erledigen lassen. Botengänge, Drogendeals oder andere Kleinigkeiten.

»Das heißt?« Antonio trat näher an Davide heran und sah auf das Schriftstück hinab, das Davide aufsetzte. Er riss ihm den Stift aus der Hand, besserte hier und da etwas aus, aber ich sah es mir nicht genauer an, als er mir den Stift zum Unterschreiben reichte. Antonio wusste schon, was er tat. Er grinste mich an, nahm Davide auch noch den Block ab und hielt ihn in meine Richtung, sodass ich den Kugelschreiber ansetzen und unterschreiben konnte. Und schon gehörte alles – die Gegenstände, die Personen, selbst die Spinnweben an der Decke – mir.

»Verkauft!«, verkündete ich, schlug Antonio brüderlich gegen den Rücken und gab ihm den Stift zurück. Noch gab es genug Einzelheiten zu klären. Beispielsweise, wer wo wohnen würde und wann das Personal wo gebraucht wurde, aber dafür hatte ich keinen Kopf. Ich wollte zuerst zu Aurora und ihr von dem Verkauf erzählen. Besser sie erfuhr es von mir und ich konnte ihr erklären, was es damit auf sich hatte, als dass sie es von der Gerüchteküche hörte. Doch ich kam nicht dazu, Davide zu fragen, wo sie war, denn in diesem Moment hörte ich Schritte, die auf uns zugerannt kamen.

»Davide, weißt du schon ...«, fragte Aurora von weitem, noch bevor sie bei uns ankam oder Antonio und mich überhaupt registrierte. Sie hatte inzwischen geduscht und sich umgezogen. Wieder trug sie ein Kleid, doch diesmal war es dunkelrot und erinnerte mich an die Farbe von geronnenem Blut.

»Verkauft!«, bestätigte Davide in diesem Moment und hielt Antonio die Hand entgegen, der sie annahm und schüttelte. Damit war der Pakt besiegelt. Doch Davides Blick lag nicht auf meinem Bruder, sondern auf Aurora, deren Gesicht schlagartig blass wurde.

»Was?« Auroras Füße drückten sich in das Parkett, sodass sie anhielt. Verwirrt blickte sie von Davide zu Antonio und dann auf die Hände der beiden, bevor sie auf den Block sah, auf dem die Unterschriften prangten wie ein Mahnmal. Sie blinzelte. Ich sah, wie sie schluckte. Sie runzelte die Stirn. Aus der Verwirrung wurde Verwunderung, doch noch schien sie nicht begriffen zu haben, was hier vor sich ging. Ich hingegen wusste es nur zu gut. In wenigen Sekunden würde ihre Welt in sich zusammenbrechen. Sie würde schreien und wüten und ich könnte nichts anderes tun, als dazustehen und sie um Vergebung anzuflehen. Mein Plan löste sich in Luft auf. Ich würde ihr gar nichts in Ruhe erklären können. Jetzt nicht mehr.

»Aurora! Perfektes Timing!« Davide ließ Antonios Hand los, als hätte mein Bruder plötzlich eine ansteckende Krankheit entwickelt und trat auf Aurora zu, die Davide kaum zu bemerken schien, selbst als er einen Arm um ihre Schultern legte. Sie sah mich an. Nur mich. Ihre Augen brannten sich in meine und aus der Liebe, die ich immer darin gesehen hatte, und der Lust, wurde etwas anderes. Etwas Düsteres. »Meine Schwester dürftet ihr bereits kennen. Sie ist ebenfalls Teil des Deals.«

»Teil des Deals? Ich ... ich verstehe nicht ... Dom?« Auroras Lippen begann zu zittern, als ihr langsam dämmerte, um was es hier ging. Doch ihr Kopf schien es nicht wahrhaben zu wollen, obwohl es keine andere Erklärung für die Situation gab. Gott, wie gern würde ich einfach diese Lippen küssen, um zu verhindern, dass sie auch nur noch einen Ton von sich gab. Aber irgendwann würden wir dieses Gespräch führen müssen, also konnte ich es gleich hinter mich bringen. Auch wenn das bedeutete, dass Antonio und Davide in der ersten Reihe saßen, während Aurora mir die Eier abschnitt. Doch statt wütend zu werden und ein Messer zu ziehen, schossen Tränen in ihre Augen.

»Dornröschen, es ist nicht so, wie du denkst«, bemühte ich mich, sie zu beruhigen. Doch ich selbst schaffte es schon kaum, Ruhe zu bewahren. Die schwimmenden Tränen in ihren Augen sorgten dafür, dass meine Gefühle verrücktspielten. Es erregte mich und sorgte gleichzeitig dafür, dass ich mir wie ein Arschloch vorkam, weil ich meinen Schwanz zwischen ihren Lippen vergraben wollte. Sie sah so wunderschön aus, während sie mich aus trauriger Miene ansah. Zaghaft machte ich einen Schritt auf sie zu, doch sobald sie es bemerkte, brachte sie wieder Abstand zwischen uns.

»Du hast uns gekauft?« Auroras Stimme schnellte eine Oktave in die Höhe. Unglaube mischte sich in ihre Töne. Das Zittern breitete sich von ihrem Mund über das Kinn aus, bis ihr ganzer Körper bebte. Schutzsuchend umfing sie sich mit den Armen und rieb mit den Händen über ihre Haut. Ihr war kalt, trotz der angenehmen Wärme im Haus.

»Ich musste, sonst hätte jemand anderes …«, setzte ich zu einer Erklärung an und wollte an ihre Vernunft appellieren, doch Aurora schüttelte den Kopf und ging noch ein paar Schritte zurück. Wäre sie weggelaufen, wenn Davides Hand nicht von ihren Schultern gerutscht wäre und er sie daraufhin am Handgelenk festgehalten hätte? Ich wollte es gar nicht wissen. Allein die Tatsache, dass sie versuchte, vor mir zu flüchten, schmerzte mehr, als ich ertragen konnte.

»DU hast uns gekauft?«, fragte Aurora und ihr Blick war so voller Hoffnung, dass ich glaubte, kotzen zu müssen. Es drehte mir den Magen um. Sie hoffte, bettelte, ich würde ihr sagen, dass es nicht so sein würde. Doch wenn ich es täte, wäre es eine Lüge und das konnte ich ihr nicht auch noch antun. Ich hatte sie schon um ihre Jungfräulichkeit gebracht und sie benutzt in dem Wissen, dass sie es tat, weil die Zeit sie drängte. Vielleicht war ich ihre Wahl gewesen, doch sie war gezwungen worden, überhaupt eine zu treffen.

»Ja«, bestätigte ich und ignorierte Davides hämischen Gesichtsausdruck. Er hatte also geahnt, dass zwischen Aurora und mir mehr war, als wir die Welt sehen gelassen hatten. Sie war nicht zufällig in die Galerie geschneit. Er hatte ihr gesagt, wo sie ihn finden würde und er hatte uns mit Absicht in diesen Flur geführt. Wieder sah ich zu dem Bild von Francesco. Ja, Davide war ihm wirklich ähnlich. Ich durfte ihn nicht unterschätzen. Nicht mehr.

»Oh mein Gott! Du wusstest es. Du wusstest von dem Testament, als ich zu dir kam und du hast trotzdem ...« Aurora stoppte. Ihr Blick wanderte an ihrem Körper hinunter, ihr Kleid entlang und sie stoppte an ihren Knien. Ob sie ebenfalls an mein Sperma dachte, das noch vor wenigen Minuten genau diesen Pfad entlang geronnen war? Auroras Mund verließ ein Schluchzen. Die erste Träne quoll über ihr Lid und lief ihre Wange entlang. Doch sie ließ es einfach geschehen.

»Können wir anfangen, alles in euer Anwesen zu schaffen?«, drängte Davide und ignorierte damit das Leid seiner Schwester, das sich im Raum ausbreitete wie eine Seuche. Der Geruch nach Verwesung kroch mir in die Nase und ich wurde ihn nicht los, obwohl ich wusste, dass ich ihn mir nur einbildete. Dabei war der Gestank passend, denn in mir verrottete gerade wirklich etwas. Ein Teil meines Herzens wurde beim Anblick von Aurora von der Blutversorgung abgeschnitten, ergraute und starb ab, bis es nur noch ein kalter, toter Klumpen Fleisch war. Es war schmerzhaft. Die Hölle. Von jetzt auf gleich hatte ich das Gefühl, etwas Lebensnotwendiges würde mir fehlen und ich bekam keine Möglichkeit es zurückzukriegen. Das war schlimmer als Mom zu verlieren. Nichts hatte jemals so wehgetan.

»Nein, wir haben uns entschieden, das Haus weiterhin zu nutzen. Ihr könnt alle hierbleiben, unter Aufsicht natürlich«, antwortete Antonio für mich und ich war froh, dass er die Zügel an sich riss. Ich hatte dafür keinen Kopf. Davide war das letzte, das mich jetzt interessierte. Aurora war wichtiger. Ich konnte meinen Blick nicht von ihr abwenden. Also ging ich wieder auf sie zu. Diesmal ließ sie es sogar zu. Doch als ich vor ihr ankam, wusste ich nicht, was ich tun sollte. Sie umarmen? Sie küssen? Auf die Knie fallen und betteln, dass sie mir vergab?

»Aufsicht? Als wären wir kleine Kinder.« Davide schnaubte wie ein Pferd, entfernte sich von Aurora und trat zu meinem Bruder. Leiser sprachen sie miteinander über Finanzpläne, die Hausarbeiter und das Grundstück, doch ihre Stimmen rückten in den Hintergrund, bis ich sie kaum noch vernahm.

»Du wolltest es. Was hätte ich machen sollen?«, flüsterte ich, hob die Hand und wischte die Träne von Auroras Wange. Ihr Gesicht war warm, während die Flüssigkeit mir eiskalt vorkam. Es war ein starker Kontrast und ich hasste ihn sofort. Nichts an Aurora sollte so kühl sein. Sie hatte immer schon ein großes, warmes Herz und fuck, sie war so unendlich heiß, wie sie auf ihrer Unterlippe herumbiss. Doch die schüchterne Art legte sie schnell ab. Stattdessen schleuderte sie mir den ganzen Schmerz entgegen, den sie empfand. Sie wollte mich ebenfalls verletzen, mir wehtun und dafür sorgen, dass ich mich genauso miserabel fühlte. Aber dafür hätte sie nichts tun müssen, immerhin war ich mir bereits sicher, dass ich mir die Pulsadern aufritzen würde, wenn ein Messer in meiner Reichweite wäre.

»Vielleicht mir sagen, dass du mich kaufst und mir das Geld in die Hand drücken, bevor du deinen Schwanz in mich steckst und mich fickst«, spie Aurora mir entgegen und hielt mein Handgelenk fest, sodass ich meine Hand nicht selbstständig von ihrem Gesicht entfernen konnte. Stattdessen zog sie es weg und fletschte mit den Zähnen. Ihre Nasenflügel bebten. Doch all die Wut und der Hass reichten nicht aus, um die Tränen verschwinden zu lassen. Sie liefen weiter über ihre Wangen. Und das war allein meine Schuld.

FÜNF

DOMENICO

»Denkst du wirklich, ich hätte nur mit dir gefickt wegen dem beschissenen Testament?« Ich bemühte mich, nicht verletzt zu sein, weil sie mich wie ihren Feind behandelte, obwohl sie vor wenigen Minuten noch zugelassen hatte, dass ich sie an einen Baum drückte und sie mit allem liebte, was ich besaß, doch es brachte einfach nichts. Ich war verletzt. Verdammt, wir waren jahrelang umeinander herumgeschlichen. Und nun, wo wir der Spannung endlich nachgegeben hatten, verwandelte sich alles in ein Desaster. Ihr Geruch haftete sogar noch an meinem Körper. Wahrscheinlich schmeckte mein Schwanz sogar noch nach ihrer feuchten Pussy.

»Für mich war es der einzige Grund.« Wieder schluchzte Aurora und fuhr sich durch die Haare, die ihr daraufhin ins Gesicht fielen. »Der einzige«, wiederholte sie, als müsste sie es sich selbst einreden, weil sie es sonst nicht glauben würde. Keiner würde es. Auch ich nicht. Sicher, wäre das Testament nicht gewesen, hätten wir vermutlich noch Jahre gebraucht, aber irgendwann hätten wir uns eingestehen müssen, dass wir nicht ohne einander konnten. Sie war meine Konstante, so wie ich ihre war. Wir brauchten einander. Auch jetzt. Sie war am Boden zerstört. Also tat ich das, was ich immer gemacht hatte, wenn sie aufgelöst heulte: Ich nahm sie in den Arm.

»Nicht weinen, Dornröschen. Es wird alles gut.« Ohne auf ihre Abwehr einzugehen, umarmte ich sie und drückte ihren zierlichen Körper an meinen. Doch sie hörte nicht auf, sich zur Wehr zu setzen. Ihre Hände stießen gegen meinen Brustkorb. Mit geballter Faust schlug sie auf meine Muskeln ein und schluchzte dabei unentwegt. Ihre Schläge spürte ich kaum, obwohl Aurora sich alle Mühe gab, mich wegzustoßen. Dennoch hatte ich das Gefühl, dass jeder Schlag die Haut aufplatzen ließ, meine Knochen brach und mich umbrachte. Es war fürchterlich, aber ich konnte nicht aufhören. Ich brachte es nicht über mich, sie loszulassen, auch wenn ich wusste, dass sie es wollte.

»Du sollst mich nicht so nennen!«, schrie sie und schlug besonders fest gegen meine Schulter. Es krachte. Aurora zischte. Vorsichtig bewegte ich das Schultergelenk, aber mir ging es gut. Ganz im Gegensatz zu Aurora. Sie hörte sofort auf, sich zu bewegen und sah auf ihre Hand hinunter, die das Geräusch von sich gegeben hatte. Sie war gerötet und würde bestimmt bald anfangen anzuschwellen. Aurora schniefte, dann hob sie ihren Blick wieder und sah mich an.

Langsam griff ich nach ihrer Hand und hob sie ein

Stück, um sie genauer in Augenschein zu nehmen. Die Finger waren beweglich, also hatte sie sich zumindest nichts gebrochen. Wahrscheinlich hatte sie eine leichte Verstauchung. Ihre Hand gehörte gekühlt, aber ich rechnete nicht damit, dass sie zuließ, dass ich mich um sie kümmerte. Nein, ich würde sie erstmal ins Bett bringen. Sie sollte schlafen und sich von dem Schock erholen. Dann könnte ich immer noch eines der Hausmädchen bitten, ihr etwas zum Kühlen der Verletzung zu bringen. Sie musste zur Ruhe kommen. Vielleicht würde sie die Lage anders sehen, wenn sie nicht mehr von den Eindrücken des Tages erschlagen wurde. Oder war das nur mein eigenes Wunschdenken? »Wieso nicht? Früher hattest du keine Probleme damit, wenn ich dich so nenne, *Dornröschen.*«

Aurora kämpfte sich aus meiner Umklammerung und diesmal ließ ich sie gewähren, damit sie sich nicht erneut verletzte. Nicht wegen mir. Sie vor Schaden zu bewahren, war alles, was ich wollte. »Du denkst, du bist der Mann, der mich aus meinem ewigen Schlaf küssend befreien wird und dass wir für ewig glücklich sein werden. Aber so ging die Geschichte von Dornröschen gar nicht.« Aurora strich sich eine Strähne aus dem Gesicht und steckte sie hinter ihr Ohr. Ihre Haare schimmerten im Schein der Deckenlampen. In dieser Galerie wirkte sie selbst wie ein Gemälde. Einzigartig und wunderschön. Als hätte ein Künstler sie erschaffen. »Das ist nur die Version, die wir jetzt Kindern erzählen, damit sie nachts keine Angst mehr haben. In Wirklichkeit schlief Dornröschen friedlich, bis der Prinz kam und sie – weil sie so wunderschön war – vergewaltigt hat. Wieder und wieder. Dabei hatte sie sich ihrem Prinzen nicht einmal an den Hals geworden.« Nicht so wie ich. Aurora sagte es nicht, aber ich konnte es praktisch hören. Sie biss die Zähne zusammen. Ihre Wangen liefen rot an. Beschämt sah sie auf den Boden. Dabei gab es nichts, was ihr hätte peinlich sein sollen. Nicht vor mir. »Sie wachte also nicht auf wegen dem Kuss der wahren Liebe, sondern von ihrem neugeborenen Kind, das so hungrig war, dass es überall begann zu saugen und zu nuckeln. Auch an ihrem Finger, sodass es das Gift der Spindel hinaussog.« Aurora krümmte sich, als der nächste Heulkrampf ihren Körper erschaudern ließ. Sie schlang ihre Arme um ihren Magen, als hätte sie Schmerzen. Ihr war schlecht. Ein grünlicher Stich mischte sich in das Rot in ihrem Gesicht. »Und an unserer Geschichte sieht man, dass der Traum von der wahren, unendlichen Liebe nur eine Lüge sein kann.« Sie schluchzte herzzerreißend, während ihre Worte sich tief in mein Innerstes bohrten und den toten Klumpen in meiner Brust in Fetzen schnitten. Liebe. Das war so ein großes Wort. War es das gewesen, was wir hatten? Ich hatte noch nie eine Frau geliebt. Doch das würde erklären, wieso sie mir einfach nicht mehr aus dem Kopf gegangen war, egal wie sehr ich mich um Ablenkung bemüht hatte.

»Was willst du mir damit sagen? Ich habe dich nicht …«, widersprach ich und ignorierte die Gedanken, die in meinem Kopf wirbelten. Liebte ich Aurora? Woran erkannte man das? Woher hatte Alessio gewusst, dass er Lyra liebte? Und wann hatte Antonio geahnt, wie wichtig ihm Alice werden würde? Für mich war immer klar, dass ich meine Familie liebte. Und wenn ich Aurora ansah, empfand ich definitiv nicht dasselbe wie beim Anblick von Alessio. Bedeutete das nicht, dass es keine Liebe war? Oder gab es wirklich diese andere Art der Zuneigung, von der alle sprachen? Eine Liebe, die über das familiäre Band hinausging und so eng war, dass die Blutlinie nicht mithalten konnte?

»Wirklich nicht?« Auroras Augen verengten sich zu Schlitzen, wodurch noch mehr Tränen über ihr Lid flossen und ihre Wange benetzten. Sie wischte sie beiseite als würden sie nichts bedeuten, aber ich wusste es besser. Jede einzelne stand für den Schmerz, den sie fühlte. Sie dachte, ich hätte sie verraten, sie vergewa-Ich brachte es nicht über mich, auch nur daran zu denken. Das war nichts, was ich einer Frau antun würde. Niemals.

Ja, ich gab es zu, ich stand darauf, die Kontrolle zu haben und wenn meine Partnerin im Bett nach meiner Pfeife tanzte, aber ich wollte ihr ebenfalls die größte Ekstase bescheren. Jeder meiner Befehle, jede Bewegung diente nur dazu, ihr Vergnügen zu bereiten und in Wirklichkeit hatten sie die Macht und nicht ich. Sie konnten alles beenden. Ein Wort und ich würde sofort aufhören, egal wie weit mein Schwanz in ihr war oder wie unglaublich es sich anfühlte. »Du wolltest es. Du hast mich angefleht und ich …«

»Denkst du wirklich, ich hätte das getan, wenn ich gewusst hätte, dass du dir nur nimmst, was dir gehört, weil du dafür bezahlt hast? Ich hätte dich nicht einmal in die Nähe meines Körpers gelassen«, unterbrach sie mich und ich konnte nicht verhindern, mich zu fragen, ob ihre Wahl dann auf jemand anderen gefallen wäre. Auf einen anderen Mann, einen Fremden. Ich sah Aurora in Gedanken vor mir, wie sie sich seinen Bewegungen hingibt anstatt meinen. Wie sein Schwanz sie entjungfert, anstatt meiner. War es das, was passiert wäre, wenn sie gewusst hätte, dass ich das Testament bereits kannte? Und wenn ja, wäre sie dabei glücklich gewesen? Glücklicher als bei mir? Wäre es wirklich ein Unterschied gewesen? Für mich definitiv! Der Fremde hätte nämlich sein Todesurteil in der Sekunde unterzeichnet, in der seine Finger auch nur in die Nähe von Auroras zarter Haut kämen. Alessios Folterkeller war perfekt, um jemanden bis zur Unkenntlichkeit zu verstümmeln und zu foltern. Erst dann gäbe es die langersehnte Erlösung. Vielleicht würde ich ihm den Schwanz abschneiden, in seinen Rachen stopfen und genüsslich dabei zusehen, wie er daran erstickte.

»Es ging nie ums Geld.« Zumindest mir nicht. Das war das Letzte gewesen, an das ich gedacht hatte, als ich mit ihr zusammen gewesen war. Egal, ob ich für ihre Jungfräulichkeit bezahlt hatte oder nicht, für mich war nur wichtig, dass wir beide es genossen hatten. Und ich auf sie aufpassen durfte. Sie musste sicher sein und ab jetzt würde sie das. Ich würde sie beschützen. Vor allem und jedem. Wenn nötig auch vor mir.

»Worum ging es dann?« Auroras Stimme war so dünn und zerbrechlich wie der Rest von ihr. Sie setzte sich in Bewegung und ging ein paar Schritte zurück, bis sie hinten an der Wand anstieß. Dabei entfernten wir uns immer weiter von Davide und Antonio, die sich über personelle Ressourcen unterhielten. Aber es konnte mir nicht egaler sein. Mein Bruder wusste, wie er auf sich selbst aufpasste und ich genoss jede Sekunde, in der ich Aurora sehen konnte. Auch wenn wir stritten. Allein ihre Anwesenheit war wie Balsam für meine Seele. Sie holte mich aus der einsamen Blase, in der ich jahrelang gelebt und mich verschanzt hatte. Ich versteckte meine Gefühle vor der Außenwelt, doch nun konnte ich das nicht mehr. Aurora zwang mich dazu, mich aus dem Berg Arbeit zu befreien und frei durchzuatmen. Und ich liebte es. Es war so herrlich normal für jemanden wie mich, der außer der Mafia und der Gewalt, die darin herrschte, nichts anderes kannte.

»Ich habe dir Taschentücher gebracht, lange bevor ich wusste, dass ich dich irgendwann haben könnte«, wisperte ich und folgte ihr, bis ich vor ihr stand und meine Arme links und rechts von ihrem Kopf platzieren konnte. Ich sperrte sie ein, als wäre sie ein Tier im Zoo, doch statt ihre Krallen auszufahren, ließ sie sich gegen die Wand sinken und ergab sich ihrem Schicksal, auch wenn wir noch in Sichtweite von Antonio und Davide waren. Letzterer beäugte uns misstrauisch, doch er schritt nicht ein, um Aurora zu helfen. Vermutlich wusste er, dass er ansonsten schnell eine Kugel im Kopf gehabt hätte.

»Du kannst mich auch jetzt nicht haben. Verabschiede dich von dieser Illusion. Ich muss vielleicht hierbleiben und dir gehorchen, aber ich werde niemals dir gehören, hörst du? Niemals.« Aurora reckte das Kinn. Sie leckte sich über die Lippen. Sie begannen sofort zu glänzen. Ihre Körpersprache verwirrte mich. Sie stand im starken Gegenzug zu dem, was sie sagte. Unter anderen Umständen hätte ich diesen Mund als Aufforderung, sie zu küssen, verstanden. Wollte sie es? Ich war mir nicht sicher. Verdammt, warum war plötzlich alles mit ihr so kompliziert?

»Du weißt, dass ich dich mag und ich weiß, dass es dir genauso ging.« Oder geht, verbesserte ich mich gedanklich. Ja, jetzt war sie wütend und sie hatte jedes Recht dazu, aber irgendwo war noch das Mädchen von heute Morgen, das mich genauso vergötterte wie ich sie. Und sie wollte ich wieder haben, um da weiterzumachen, wo wir aufgehört hatten. Ich wollte wieder mit meinen Lippen ihren Körper erkunden, sie eventuell mit meiner Zunge ficken oder meinen Schwanz zwischen ihre Titten schieben. Jetzt, wo ich von ihr gekostet hatte, war es sogar noch schwerer, dem Drang zu widerstehen. Waren deshalb Süchtige für immer süchtig und kamen nicht mehr von ihrem Stoff los? Weil sie ihn kannten und wussten, welches Gefühl er in ihnen auslösen konnte, wenn sie nur genug davon nahmen? Wenn ja, war ich am Arsch, denn ich glaubte nicht, dass ich je genug von Aurora bekommen konnte.

»Nein, ich mochte den Jungen, der keine Fragen gestellt und mir dennoch die Tränen aus dem Gesicht gewischt hat«, stellte sie klar und wich meinem Blick aus. Sie starrte an mir vorbei, doch ich bezweifelte, dass sie wirklich auf das Bild hinter mir sah. Nein, es ging ihr nur darum, nicht in meine Augen sehen zu müssen. Was sie dort wohl finden würde? Sah man mir an, wie verzweifelt ich war? Wie sehr ich sie wollte? Wie geil mich die Nähe zu ihrem Körper machte? Obwohl ich nur vor ihr stand – noch wenige Zentimeter von ihr entfernt – rührte sich mein Schwanz. Er zuckte in meiner Hose und schwoll an. Erregung stieg in mir auf und ich überbrückte auch noch die letzte Distanz. Ich lehnte mich gegen sie und drückte sie damit enger an die Wand. Aurora keuchte.

»Ich musste nicht fragen. Er hat dich misshandelt. Jeder wusste das. Genau wie deine Mutter. Aber ich werde nicht aufhören, deine Tränen zu trocknen«, flüsterte ich ihr ins Ohr und gab der Stimme in meinem Inneren nach, die mich immer näher an Aurora drängte. Meine Zunge schnellte hervor und ich ließ sie über ihr Ohrläppchen gleiten, zog es in meinen Mund und zwischen meine Zähne. Ein Schauer erfasste Auroras Körper. Gleichzeitig pulsierte mein Schwanz unaufhörlich. Mein Blut sank in meinen Schritt. Ich entließ das heiße Fleisch und küsste stattdessen ihren Kiefer, ihre Wange und den Ansatz ihres Halses. Aurora stöhnte. Eine Gänsehaut bildete sich auf ihrer Haut. Zufriedenheit breitete sich in mir aus, als ich ihre Reaktion auf meine Berührungen bemerkte. Sie wollte es. Genauso dringend wie ich.

»Auch wenn du der Grund für sie bist?« Auroras Lippen bewegten sich energisch, doch ihre Worte waren nicht mehr als ein Hauch und das Ende ging in einem erneuten Stöhnen unter, als ich mein Becken gegen ihres drängte und sie meinen steifen Schwanz an ihrer Mitte spüren musste. Ich unterdrückte ein Keuchen. Hitze stieg in mir auf. Mein Puls beschleunigte. Das Blut rauschte durch meine Adern und schoss in meine Lenden. Ein Kribbeln breitete sich in meinem Magen aus. Ich nahm die rechte Hand von der Wand, legte sie auf Auroras Körper und fuhr damit ihre Silhouette entlang. Sie sog scharf die Luft ein, als meine Finger ihre Brust streiften, doch ich kümmerte mich nicht darum, sondern glitt einfach weiter nach unten bis zu ihrem Bein. Ich schnappte mir ihren Oberschenkel und drückte ihn nach oben, sodass sie das Knie anwinkeln musste. Dann zog ich sie ein Stück von der Wand und noch näher zu mir. Mein Schwanz drang zwischen den freigewordenen Platz zwischen ihren Beinen und drückte sich an ihre Pussy. Zu gern hätte ich meine Finger über ihre Mitte gleiten lassen, um herauszufinden, ob sie genauso erregt war wie ich, doch ich beschloss, es auf andere Weise herauszufinden. Also legte ich meine Lippen wieder auf ihren Hals und ich behielt recht. Ich leckte über ihre Halsschlagader, unter der ihr Blut pochte. Ihr Herz schlug viel zu schnell.

»Gerade dann nicht.« Ich begann, mich an Aurora zu reiben, als der Druck in meiner Hose unerträglich wurde. Doch unser Fleisch trennte zu viele Schichten Stoff für meinen Geschmack. Wie sie reagieren würde, wenn ich ihren Slip zerfetzte, obwohl ihr Bruder nur wenige Meter entfernt stand? Ich musste es wohl auf einen Versuch ankommen lassen. Vorsichtig löste ich meinen Mund von ihrem Hals und sah ihr ein letztes Mal in die Augen. Doch ich fand keine Gegenwehr. Sie wartete nur mit angehaltenem Atem darauf, was ich als nächstes tun würde. Gott, sie war so perfekt. »Du kannst mich hassen, Aurora. Aber es wird nichts an der Tatsache ändern, dass ich dich mit jeder Faser meines Körpers will«, flüsterte ich und legte meine Lippen auf ihre. Hungrig presste ich mich an sie, als wäre sie mein persönlicher Nachtisch und ich seit Wochen ausgehungert. Aurora stöhnte auf, umfing meinen Nacken und krallte eine Hand in mein Haar. Viel zu fest packte sie mich an den Strähnen. Meine Kopfhaut protestierte und schmerzhafte Stiche schossen durch mich hindurch. Doch der sanfte Schmerz kurbelte meine Lust weiter an. Ich nahm ihren Mund in Besitz, drang mit meiner Zunge zwischen ihren Lippen ein und fasste nach ihrem Slip, um ihn tatsächlich in zwei Hälften zu reißen. Der Stoff wurde gespannt und wollte im ersten Moment nicht nachgeben, doch mit einem Ruck zerfetzte ich ihn. Die Einzelteile blieben an Auroras Beinen hängen, doch ihre Mitte war frei. Und fuck, sie war bereit für mich. Mein Handrücken strich unbeabsichtigt über ihre Pussy, die bereits feucht war. Ich vertiefte den Kuss, leckte an ihrer Zunge entlang und genoss ihren Geschmack, der in meinem Mund explodierte, während ich ihre Schamlippen entlangstrich und kurz über ihren Kitzler rieb. Wieder stöhnte Aurora, doch sobald ich meine Hand tiefer gleiten ließ und ihr Loch umkreiste, verspannte sie sich. Zähne gruben sich in meine Lippen. Ich zischte und zog mich zurück.

»Nein, nein, nein, nein, nein«, schrie Aurora plötzlich und strampelte mit dem Bein, das ich immer noch festhielt. Augenblicklich ließ ich sie los. Aber ihre Schreie verstummten nicht. »NEIN!«, rief sie eindringlich und wieder rann eine Salve Tränen über ihr Gesicht. Ein erstickter Laut war zu hören, der verdächtig nach Davide klang, aber auch diesmal kam er Aurora nicht zur Hilfe. Egoistisches Arschloch! Er musste merken, wie sie litt, aber sein eigener Arsch war ihm wichtiger als seine kleine Schwester. Doch darüber würde ich mich nicht beschweren. Es war zu meinem Vorteil.

»Geh weg! Bitte, geh einfach weg!« Schluchzend glitt Aurora mit dem Rücken an der Wand entlang und blieb zitternd auf dem Boden sitzen, während sie den Kopf senkte. Sie zog die Beine an und schlang die Arme um ihre Knie. Wie ein Häufchen Elend saß sie vor mir und ich wusste nicht, was ich tun sollte. Das war nichts, was ich kontrollieren konnte. Ich konnte nicht verhindern, wie sie sich fühlte, egal wie sehr ich es wollte. Und dieser Gedanke überforderte mich. Wenn sie eine Untergebene wäre – und durch das Schriftstück in Antonios Händen, war sie das genau genommen – könnte ich ihr einfach befehlen, aufzustehen und aufzuhören zu weinen. Doch zum ersten Mal in meinem Leben wollte ich keine Anweisungen geben. Weil das Aurora nicht glücklich machen würde. Vielleicht würde sie auf meine Anordnung aufhören zu heulen, aber nicht traurig zu sein. Und das war es, was ich eigentlich wollte. Sie sollte lachen, sich gut fühlen. Ich wollte sie streicheln, liebkosen und zum Orgasmus bringen, stattdessen hatte ich nur erreicht, dass sie sich noch schlechter fühlte.

»Ich wollte nicht …«, begann ich, brach jedoch ab, weil ich nicht wusste, was ich sagen sollte. Nichts erschien mir in dieser Situation richtig. Kein Wort konnte beschreiben, wie sehr ich es hasste, sie so zu sehen. Also ging ich vor ihr in die Knie und legte meine Arme um ihren bebenden Körper. Ich küsste sanft ihren Haaransatz, bevor ich mein Kinn auf ihrem Kopf abstützte und sie einfach festhielt. Eine Minute und dann noch eine. Und noch eine. Solange, bis sie sich beruhigte und die Tränen versiegten. Nur langsam wurde ihre Atmung wieder gleichmäßiger.

»Ich kann nicht«, flüsterte sie irgendwann in die Stille, bewegte sich aber nicht. Sie ließ weiterhin zu, dass ich sie hin und her wiegte. Ihre Muskeln entspannten sich und sie kuschelte sich näher in meine Umarmung. Ihren Kopf rieb sie an meinem Kinn. Ein Lächeln breitete sich auf meinen Lippen aus. Vielleicht würden wir schneller wieder da hinkommen, wo wir vor dieser Misere gewesen waren, als ich dachte. Aurora schien es auf jeden Fall genauso sehr zu wollen wie ich.

»In Ordnung. Es ist alles gut, Dornröschen. Geh und ruh dich aus! Morgen sieht die Sache vielleicht ganz anders aus.« Obwohl ich es nicht wollte und jede Sehne in meinem Körper streikte, ließ ich sie los, hievte mich auf meine Füße und streckte meine Hände nach ihr aus, um ihr aufzuhelfen.

»Morgen werde ich immer noch hier sein.« Zögerlich legte Aurora ihre Finger in meine und ließ zu, dass ich sie nach oben zog. Ihre Beine wackelten gefährlich unter ihr, doch das schien sie nicht zu kümmern, denn sie ging einen Schritt auf mich zu und drückte ihre Lippen federleicht auf meine Wange. Ein trauriges Lächeln zierte ihr Gesicht, aber es kamen keine neuen

Tränen mehr an die Oberfläche, woraufhin ich auch ein Grinsen aufsetzte. Dabei hätte ich am liebsten geschrien. Sie wollte nicht hier sein. Doch ich konnte sie auch nicht gehen lassen. Es war viel zu gefährlich, solange ich nicht wusste, wer ihren Daddy auf dem Gewissen hatte. Aber wenn ich den Mörder fand, konnte sie gehen, richtig? Würde sie dann wiederkommen? Freiwillig?

»Vielleicht nicht.« Meine Mundwinkel sanken wieder und ich strengte mich an, meine Gedanken in eine andere Richtung als Auroras perfekten Körper zu schicken, damit die Beule in meiner Hose zurückging. Mit überraschend wenig Erfolg. Mein Schwanz stand immer noch aufrecht und verlangte nach Aufmerksamkeit. Also hatte ich zwei Möglichkeiten. Entweder ich ging kalt duschen. Verdammt kalt, sodass meine Haut gefror, oder ich kümmerte mich selbst darum, sobald wir zuhause waren. Vorausgesetzt, dass ich bis dahin nicht explodierte.

»Was meinst du?« Auroras verwirrter Blick traf mich. Sie wischte sich die störrischen Strähnen aus dem Gesicht und wackelte mit der Nase. Dass das möglich war, hatte ich nicht gewusst, aber es war mit Abstand das Niedlichste, was ich je gesehen hatte. Es passte zu der Reinheit, die sie ausstrahlte und dem Leuchten, das sie umgab wie eine Erscheinung.

Ich räusperte mich, weil ich meiner Stimme nicht traute und verscheuchte die Gedanken. Ich sollte aufhören, sie mit Engeln zu vergleichen, sonst würde ich noch gläubig werden. »Wir werden herausfinden, wer deinen Dad getötet hat, damit du sicher bist. Und wenn du dann immer noch gehen willst, kannst du das tun.«

»Einfach so?« Überrascht riss Aurora die Augen auf. Sie waren leicht gerötet vom Weinen, aber deshalb nicht weniger eindrucksvoll. Durch das künstliche Licht im Raum schimmerten sie noch heller als sonst. Ihre Pupillen weiteten sich und verschluckten beinahe ihre Iris.

»Wenn du es wirklich willst.« Bestätigend nickte ich, legte eine Hand unter Auroras Kinn und zwang sie, mich anzusehen. Ihr Blick war so intensiv, so durchdringend, dass ich beinahe selbst den Kopf weggedreht hätte, um nicht länger in ihr Gesicht sehen zu müssen. »Es würde mir zwar das Herz brechen, dich zu verlieren, aber du kannst dann gehen, wenn du möchtest.«

»Ich will, aber ...« Aurora seufzte tief, sie ließ die Schultern sinken und schüttelte meine Hand ab, sodass sie ein paar Schritte von mir weggehen konnte. Sie zog ihre Füße über den Boden, wobei die Stofffetzen, die von ihrem Slip übrig waren, an ihren Beinen hinabrutschten. Beschämt beugte sie sich hinunter und hob die Stücke auf.

»Aber?«, bohrte ich nach, folgte ihr und schnappte mir die Überreste des Slips, um sie in mein Sakko zu stecken, wo auch ihr letztes Höschen gelandet war. Normalerweise war ich kein Fan von Unterwäsche und ich hatte auch nicht den perversen Fetisch, an getragenen Unterhöschen zu schnuppern, aber es bereitete mir eine Genugtuung, Auroras Slip bei mir zu tragen. Es war wie eine Trophäe. Und es erinnerte mich daran, dass ich sie nackt sehen durfte. Als erster und einziger Mann.

»Aber du musst aufhören.« Aurora versuchte nicht, mir den Slip wieder wegzunehmen. Stattdessen blieb sie stehen und drehte sich in meine Richtung, damit sie mir dabei zusehen konnte, wie ich meine Hand wieder aus meiner Tasche zog.

»Was?« Aufmerksam musterte ich sie, als sich ihre Körperhaltung veränderte. Sie drückte den Rücken durch, hob das Kinn und schlug gleichzeitig bittend die Augenlider zur Hälfte nieder. Die traurige, zusammengesunkene Erscheinung verschwand. An ihre Stelle trat Stolz, obwohl ihre Stimme etwas Flehendes hatte. Ich schauderte bei der Erinnerung daran, dass sie mich mit demselben Ton gebeten hatte, sie zu ficken.

»Hör auf zu suchen, Dom«, bat sie und legte mir eine Hand auf die Schulter. Zärtlich bewegte sie ihren Daumen über die Stoffschichten meines Anzugs und streichelte mich. In ihre Züge schlich sich ein abwesender Ausdruck. Obwohl sie mich ansah, schien sie durch mich hindurchzusehen, als würde sie etwas vollkommen anderes vor sich sehen und ich wüsste nur zu gern, um was es sich handelte, denn aus ihren Worten wurde ich nicht schlau. Ich drehte sie in alle Richtungen, trennte die Silben und setzte sie wieder zusammen, aber irgendwie wollte der Satz nicht richtig zusammenpassen. Sollte sie nicht wissen wollen, ob sie in Gefahr war oder nicht? Es sollte doch in ihrem Interesse sein, dass wir nach dem Mörder suchten, es sei denn …

»Wieso sollte ich … Du weißt es.« Überrascht hob

ich eine Augenbraue. Natürlich! Aurora wusste, wer ihren Dad ermordet hatte. Deshalb waren alle im Haus so ruhig. Keiner schien ernsthafte Panik zu haben. Selbstverständlich nicht, wenn die Santis sagten, dass es keinen Grund zur Sorge gab. Aber gab es den wirklich nicht? Nur weil Aurora wusste, wer Francesco kaltgestellt hatte, hieß das nicht zeitgleich, dass sie nicht das nächste Ziel sein konnte. Richtig?

»Hör einfach auf zu suchen, in Ordnung?«, flehte Aurora erneut und der Druck ihrer streichelnden Hand wurde fester. Sie massierte die Stelle an meiner Schulter. Es war angenehm und ließ mich aufseufzen, obwohl sich ein ungutes Gefühl in meiner Magengegend ausbreitete. Wer war der Mörder? Und wieso wollte Aurora mich davon abhalten, es herauszufinden? Das passte nicht zusammen.

»Wir müssen wissen ...«, widersprach ich und schnappte mir die Hand auf meiner Schulter, bevor sie mich weiter ablenken konnte. So sehr ich die Berührung von Aurora genoss und mich danach sehnte, so musste ich mir doch eingestehen, dass sie mir das Denken erschwerte. Mein Schwanz zuckte in der Hose und in meinem Kopf war entsetzlich wenig Blut, sodass es eine Weile dauerte, bis sich das Knäuel in meinem Kopf entwirren ließ, das sich bei all den ungeklärten Fragen gebildet hatte.

»Musst du nicht. Es war ein Unfall und wird nicht wieder passieren«, versprach Aurora, sah sich nach allen Seiten um, als hätte sie Sorge, jemand könnte uns hören und verschränkte ihre Finger mit meinen. Danach zog sie unsere Hände zu sich und besah unsere verschlungenen Glieder. Neben meinen Pranken wirkten ihre Hände winzig, doch es fühlte sich unglaublich an, sie zu halten. Für mich war es unvorstellbar, dass die wunderschönen, langen, reinen Finger auch nur einer Fliege etwas zuleide tun könnten. Doch Aurora war stark. Das hatte sie bewiesen. Sie hatte auf ihren eigenen Bruder geschossen. Aber hätte sie auch die Härte, die nötig war, um jemanden umzubringen?

Zuerst glitt mein Blick zu Davide und Antonio, doch die beiden unterhielten sich weiterhin, auch wenn sie immer wieder in unsere Richtung spickten. Doch sie konnten uns offensichtlich nicht hören, also sah ich wieder zu Aurora. »Hast du ...?« Ich konnte die Frage nicht beenden. Nein, das konnte nicht sein. So war Aurora nicht. Und wenn doch, wieso hatte sie Jahre damit gewartet? Sollte sie ihn wirklich getötet haben, wieso jetzt? Francesco hatte sie gequält. Ihr ganzes Leben lang. Und nun brachte sie ihn aus heiterem Himmel um?

»Und wenn?«, antwortete Aurora ausweichend und zog ihre Finger aus meinen, bis wir uns nicht mehr berührten. Noch immer konnte ich nicht glauben, was sie andeutete. Doch ein Geständnis war es nicht. Trotzdem kam ich nicht umhin, mir zu überlegen, was es bedeuten würde. Was, wenn sie ihn wirklich getötet hatte? Mord war bei der Mafia nichts Verwerfliches. Vatermord oder gar den Boss eines Clans zu töten war dagegen schon etwas ganz anderes. Alle Anhänger von Francesco würden ihr nach dem Leben trachten, wenn es herauskam. Und was noch viel schlimmer war: Kein Clan würde sie mehr aufnehmen aus Angst, sie würde wieder jemanden aus der Führungsriege ermorden.

»Bevor ich es nicht weiß, lasse ich dich nicht gehen«, sagte ich entschieden und verschränkte die Arme vor der Brust, um mich selbst davon abzuhalten, sie wieder zu berühren. Auch wenn mich der Gedanke, dass sie ihren Dad eventuell getötet hatte, abschrecken sollte, tat er es nicht. Stattdessen schwoll mein Schwanz weiter an, weil sich die Vorstellung von Aurora, wie sie ein Messer durch die Luft schwang und sich damit verteidigte, in meine Netzhaut brannte.

»Dann werde ich wohl sehr lange bleiben müssen.« Aurora schluchzte leise und biss sich anschließend auf die Unterlippe, um jeden weiteren Laut zu unterdrücken. Doch das war genau das Gegenteil von dem, was ich wollte.

»Sag mir einfach, was passiert ist, Aurora!«, verlangte ich, doch ich erntete nur ein vehementes Kopfschütteln. Egal, was geschehen war, Aurora hatte sich anscheinend fest vorgenommen, es mit ins Grab zu nehmen. Könnte ich es einfach dabei belassen? Sollte ich es abhaken? Vielleicht. Aber ich ging ungern Risiken ein, wenn sie vermeidbar waren und Aurora hatte durch ihr Schweigen mein Interesse geweckt. Ich würde auf jeden Fall herausfinden, was mit Francesco in dieser Nacht passiert war.

»Er hat bekommen, was er verdient hat.« Kälte war in Auroras Stimme zu hören. So eisig, dass mir ein Schauer über den Rücken jagte, weil ich die Härte nicht von ihr kannte. Ich hatte das gefühlvolle Mädchen kennengelernt, das ihr Herz auf der Zunge trug und dem ich immer ansehen konnte, was sie fühlte. Doch inzwischen hatte sie sich zu einer Frau weiterentwickelt und nun verbarg sie mehr vor mir, als ich gedacht hatte.

Ich verlagerte mein Gewicht von einem auf das andere Bein und rieb mir über die Stirn. Mittlerweile spürte ich wieder die Kopfschmerzen, die mich seit dem Frühstück quälten und die Aufregung half nicht dabei, sie loszuwerden. Es pochte unangenehm in meinen Schläfen – im gleichen Rhythmus, wie mein Schwanz zuckte. »Daran zweifelt niemand. Aber du hast Besseres verdient und deshalb …«

»Stimmt! Ich verdiene Besseres. Ich verdiene einen Mann, der mich will, weil ich mutig bin und lustig und viel zu emotional. Aber ich will niemanden, der mich möchte, weil ich Daddys kleines Mädchen und die Tochter eines riesigen Clans bin. Denn das wollte ich nie sein.« Aurora stemmte die Hände in die Hüften. Sie strahlte eine wahnsinnige Wut aus, doch ihre Worte waren nicht zornig. Nein, sie verrieten, wie hart sie es im Leben bereits gehabt hatte. Wie viele Typen hatten sie nur gewollt, um die Macht ihres *Padres* für sich zu beanspruchen? Und ich tat jetzt etwas Ähnliches, oder? Noch schlimmer, ich ging sogar eine Stufe weiter und riss mir die Macht von Francesco wirklich unter den Nagel.

»Ich würde dich sogar wollen, wenn du die Tochter eines obdachlosen Alkoholikers wärst«, murmelte ich und streckte die Arme aus, um sie zu berühren. Es stimmte. Egal, wer sie war oder ihre Eltern. Bei unserem ersten Treffen hatte ich davon keine Ahnung gehabt, aber sie hatte mich dennoch verzaubert. Mich unter einen Bann gelegt und nun konnte ich ihr nicht mehr entkommen.

»Und wieso sagst du mir das erst jetzt? Du hattest Jahre Zeit und kommst damit um die Ecke, wenn du Pläne mit meinem Bruder schmiedest.« Aurora warf die Hände in die Luft. Ein freudloses Lachen kam über ihre Lippen. Erneut stiegen Tränen in ihre Augen. »Sag etwas, verdammt!«, verlangte sie, aber in meinem Kopf war nichts als Chaos. Sätze wirbelten in meinem Schädel herum, aber nichts davon ergab wirklich einen Sinn. *Es tut mir leid. Ich hatte Angst, dass du nicht mehr kommen würdest. Es ist nicht wie du denkst.* Jeder Gedanke schnitt sich weiter in mein Herz, bis der kalte Klumpen auseinanderfiel und ich mir wünschte, weinen zu können, um den Druck in meinem Inneren loszuwerden, der mich drohte umzubringen.

»Ich weiß nicht was. Außer, dass es mir leidtut. Wirklich. Ich hätte es dir früher sagen sollen. Viel früher.« Und ich bereute es, dass ich es nicht getan hatte. Vielleicht wäre die Situation jetzt anders, wenn ich sie einfach bei einem ihrer vielen Besuche auf meinem Anwesen auf die Steinbank gedrückt und gefickt hätte. Aber dafür war es jetzt zu spät. Ich hatte die Chance verpasst.

»Ja, das hättest du«, stimmte Aurora zu, schlug meine Arme weg, sodass ich sie nicht berühren konnte, machte auf dem Absatz kehrt und lief davon. Schneller und schneller trugen ihre Füße sie von mir weg. Das war nun schon das zweite Mal an diesem Tag, dass sie vor mir flüchtete, doch deshalb tat es nicht weniger weh. Gern wäre ich ihr gefolgt, aber was hätte das gebracht? Es war alles gesagt worden. Ich könnte mich noch einmal entschuldigen, aber ich bezweifelte, dass es etwas ändern würde.

»Ärger im Paradies?« Davides Lachen erklang schallend hinter mir. Ein gehässiger Ton mischte sich in seine Stimme. Er schien besser darüber Bescheid zu wissen, was Aurora und mich verband, als ich angenommen hatte. Und es war ihm egal. Nein, er freute sich sogar noch über das Leid, das Aurora empfand.

»Halt die Klappe, oder ich lasse dich meine Schuhe doch noch mit der Zunge putzen«, schnauzte ich ihn an und sofort verstummte sein Lachen. Gut so. Er sollte sich davor hüten, sich über mich lustig zu machen. Meine Brüder und ich kamen vor ihm! Die Illusion sollte er ganz schnell wieder vergessen, dass er irgendwas zu sagen hatte, genau wie die Tonlage, in der er mit Aurora sprach. Denn je länger ich darüber nachdachte, desto klarer wurde mir, dass es vielleicht doch Liebe sein könnte, was ich für sie empfand. »Antonio, erledigst du den Rest?« Bittend sah ich zurück zu meinem Bruder, während ich meine Beine bereits in Bewegung setzte. Ich konnte nicht still stehen bleiben. Ich musste an die frische Luft. Vielleicht konnte ich dann besser atmen und hatte nicht mehr das Gefühl, an meinen Emotionen zu ersticken.

»Sicher.« Antonio nickte und drückte den Block an seine Brust und ging ein paar Schritte auf mich zu. »Was machst du?«, wollte er wissen und sah mich durch zusammengekniffene, forschende Augen an. Er machte sich Sorgen. Auch wenn er es nicht sagte, konnte ich es sehen. Ich seufzte. Einfach perfekt. Konnte der Tag noch schlimmer werden? Früher hatte ich mich um meine Brüder gesorgt und nun? Das Blatt hatte sich gewendet.

»Ich muss hier raus.« Ohne auf eine weitere Antwort zu warten, lief ich über den Flur und ließ die beiden hinter mir. Ich konnte es kaum erwarten, kühlen Sauerstoff in meine Lunge zu ziehen. Doch als ich den Ausgang erreichte und durchatmete, half es nicht. Ganz im Gegenteil. Mit jedem Schritt, den ich mich von Aurora entfernte, wurde der Druck in meiner Brust schlimmer. Scheiße! Ich war am Arsch. Und bis über beide Ohren verliebt.

VS

SECHS

AURORA

»Wir könnten es ihm sagen. Er würde es bestimmt verstehen«, mutmaßte Isabella zum wer weiß wievielten Mal. Ich hatte schon mehrfach gesagt, dass ich es für eine schlechte Idee hielt, doch meine Halbschwester schien mir nicht wirklich zuzuhören. Sie lag mit dem Bauch auf der Matratze und hatte die Füße in die Luft gestreckt, während sie mit der Bürste durch ihre langen Haare glitt. Inzwischen war von dem Nest, das jahrelang nicht gewaschen und gebürstet worden war, weil sie im Keller festgesessen hatte, nichts mehr zu sehen. Es war seidigen, glatten Strähnen gewichen und machte sie noch schöner. Sie war wirklich wundervoll anzusehen. Ob sie Dom gefallen würde? Mehr als ich? Ich schnaubte. Nicht schon wieder. Hatte ich mir nicht selbst geschworen, nicht mehr an ihn zu denken? Zumindest nicht auf diese Weise? Die Sache – was immer sie auch war – hatte sich erledigt. Er war jetzt mein Boss. So wie Dad es gewesen war. Dennoch konnte ich die Vorstellung von Dad und Dom nicht in Einklang miteinander bringen. Ich glaubte einfach nicht, dass Domenico auch nur eine der drakonischen Strafen verhängt hätte, die Dad sich in den letzten Jahren für mich ausgedacht hatte.

»Er vielleicht, aber was ist mit den anderen?«, erinnerte ich Isabella und musste selbst bei er Vorstellung schlucken. Ja, *Padre* war ein Arschloch gewesen, aber es gab genug Menschen, die ihn für seinen Führungsstil und seine Geschäfte geschätzt hatten. Und noch mehr Mafiamitglieder, die rasend waren vor Wut, weil wir es den Grazas ermöglicht hatten, an noch mehr Macht zu kommen, obwohl sie schon davor an der Spitze gewesen waren. Ich wollte nicht mit einem Messer im Hals, einer Kugel im Kopf oder einem Schwanz im Mund sterben, weil ich verhindert hatte, dass Francesco Santis noch mehr Leid über die Welt bringen konnte. Außerdem hatten wir keine andere Wahl gehabt. Ich hatte unter Schock gestanden, als es passiert war. Jedes normale Gericht würde diesen *Unfall* als Notwehr verbuchen, aber die Mafia lebte nun mal nicht nach den Regeln der Außenwelt. Nein, hier galt das Gesetz des Stärkeren und als Frau kam ich deshalb in der Hierarchie ganz weit unten. So weit, dass alle glaubten, mich herumschubsen zu können. Selbst Santiago, der sich gern herumkommandieren ließ – auch von mir –, weil es ihn erregte, und seit Dads Tod jemand anderen suchte, dem er in den Arsch kriechen konnte, behandelte mich, als würde ich unter ihm stehen. Dabei glaubte ich nicht, dass ich plötzlich ein anderer

Mensch wäre, wenn ich einen Schwanz statt einer Vagina hätte.

»Sie alle haben Dad gekannt. Er hätte uns umgebracht. Ich musste ...«, begann Isabella und sah schuldbewusst auf die Matratze hinunter. Dabei gab es nichts, wofür sie sich entschuldigen musste. Ich hätte genauso gehandelt wie sie. Im Grunde hatten wir es beide versaut. Sie, weil sie so lange gewartet hatte, um nach Hilfe zu rufen, und ich, weil ich nicht schnell genug reagiert hatte. Wir beide saßen im selben Boot. Uns beiden blühte der Tod, wenn jemals jemand erfuhr, was wir getan hatten. Schon allein deshalb konnte ich es Dom nicht sagen. Es ging schließlich nicht nur um mich, egal wie sehr ich hier weg wollte. Und das wollte ich wirklich. Nicht, weil ich es nicht ertragen konnte, in einem Haus mit ihm zu leben. Das Gegenteil war wohl eher der Fall. Ich genoss es, bei ihm zu sein und hätte mir nichts Schöneres vorstellen können, als mit ihm Nacht für Nacht im selben Bett zu liegen und mich an seine breite Brust zu kuscheln. Doch ich würde niemals wissen, ob wir zusammen waren, weil ein dämliches Testament es befahl und er viel Geld für mich bezahlt hatte, oder wir wahrhaftig füreinander bestimmt waren.

»Was wer von uns genau getan hat, ist unwichtig. Wir werden schweigen. Wenn wir warten, erledigt es sich vielleicht von selbst. Ein paar Monate, dann redet niemand mehr davon und Domenico wird spätestens in einem Jahr einsehen, dass es etwas Einmaliges war und uns gehen lassen.« Hoffentlich. Domenico konnte wahnsinnig starrsinnig sein und er hatte ein größeres

Durchhaltevermögen als jeder andere Mann, der mir je begegnet war. Er hielt es aus, Stunden und Tage allein in seinem Büro zu sitzen und sich mit keinem Wort darüber zu beschweren. Die Frage war nur, ob er es auch aushalten würde, mich um sich zu haben und gleichzeitig nicht mit mir zu reden. Wenn er nur einen Bruchteil von dem empfand, was ich für ihn fühlte, würde er mich irgendwann wegschicken, um den Schmerz nicht mehr fühlen zu können.

»Willst du das denn?« Isabella stoppte die Bewegungen der Bürste und legte sie neben das Bett auf den Boden. Ihre Ellbogen stützte sie auf die Matratze und legte ihr Kinn auf ihren Händen ab, während sie mich aufmerksam musterte. Ihr Starren war mir unangenehm, weil ich das Gefühl hatte, sie würde sehen können, wie sehr mich die Situation innerlich auffraß. Ich betrachtete sie durch den Spiegel vor mir und strich gleichzeitig mein Kleid glatt. Noch immer trug ich kein Höschen, doch ich hatte auch nicht vor, mir eines anzuziehen. Obwohl ich mir fest vornahm, dass ich stark bleiben und etwas Ähnliches wie in der Galerie nicht wieder passieren würde, war ich mir nicht sicher, ob es wirklich stimmte. Tatsache war, dass ich es gewollt hatte. Das und noch viel mehr. Aber ich hatte nicht genug Unterwäsche, damit jemand sie wie ein Barbar jedes Mal zerriss, wenn ihn die Lust übermannte.

»Nein, fang nicht so an. Natürlich will ich das.« Ich ließ meine Stimme kräftig klingen. Selbstbewusst, auch wenn ich mich nicht danach fühlte. Ich durfte nicht einknicken. Er hatte Geld für mich bezahlt. Das machte mich zu einer Prostituierten und jede sexuelle

Interaktion zu einem Geschäft. Nichts davon hatte etwas mit Liebe zu tun. Und wenn ich es mir nur oft genug selbst sagte, würde ich es vielleicht irgendwann glauben, obwohl das Flattern meines Herzens meine Worte als Lüge entlarvte.

»Vor nicht einmal zwei Stunden bist du hier reinspaziert mit einem Strahlen, das sogar einen Blinden geblendet hätte, und nun siehst du aus, als hätte dir jemand gesagt, du würdest nur noch einen Tag zu leben. Und ich soll mich nicht darüber wundern?« Isabella hob beide Augenbrauen und wackelte damit. Sie machte keinen Hehl daraus, dass sie mir nicht glaubte. Wie auch? Ich glaubte mir ja selbst nicht. Sie hatte recht, nach dem Sex mit Dom war alles anders gewesen. Ich hatte mich verändert. Plötzlich hatte vieles Sinn ergeben. Die Tatsache, dass ich mich nie zu jemand anderem hingezogen gefühlt hatte. Der Umstand, dass ich nicht an Dads Tiraden und Schlägen zugrunde gegangen war. Und wieso ich immer wieder in den Garten meines Feindes geflohen war. Weil ich mich in ihn verliebt hatte. Seit dem ersten Moment gehörte mein Herz ihm und seitdem schlug es auch nur für Dom.

»Er hat uns gekauft.« Ein Wimmern drang aus meiner Kehle und erfüllte den Raum. So laut, dass ich zusammenzuckte, was Isabella ein Lächeln auf die Lippen zauberte. Sie konnte leicht lachen. Es waren schließlich nicht ihre Träume, die wie eine Seifenblase zerplatzten. Aber waren meine wirklich für immer zerstört? Konnte es sein, dass Isabella recht hatte und ich viel Wind um nichts machte? Domenico war niemand, der mich zwingen würde, mit ihm ins Bett zu gehen. Ich hatte immer noch die Wahl, oder? Ich ließ den Kopf sinken. Verdammt, es war so schwierig und ich hatte solche Angst, die falsche Entscheidung zu treffen.

»Ja, aber irgendwer musste es«, sprach Isabella mir ins Gewissen, setzte sich auf und verschränkte die Arme vor der Brust. Bei jeder Bewegung quietschte der Lattenrost unter ihrem Gewicht, doch davon ließ sie sich nicht abhalten, mich ernst anzusehen.

»Also was? Ich soll einfach darüber hinwegsehen, dass er mit mir geschlafen hat, ohne es mir zu sagen?« Er hatte gelogen, oder? Es mir nicht zu sagen, galt als Lüge. Aber hätte ich ihm überhaupt zugehört? Als ich bei ihm angekommen war, wollte ich nichts mehr als seine Lippen auf mir zu fühlen. Wir hatten nicht viel geredet, bevor er mich berührt hatte und dafür war ich dankbar gewesen. Wäre ich umgekehrt, wenn er vorab ein klärendes Gespräch verlangt hätte? Wäre meine Wahl dann doch auf einen Wächter gefallen, der mich hemmungslos gefickt hätte, anstatt von Dom geliebt zu werden?

»Stell dir einfach die Frage, ob du es genauso wieder tun würdest, auch wenn er vorher ehrlich zu dir gewesen wäre«, sprach Isabella aus, was ich bereits dachte. Nein, ich hätte mich nicht von Dom davon abbringen lassen, meine Jungfräulichkeit zu verlieren. Nicht wegen dem Testament, sondern nur, wenn er mich nicht gewollt hätte. Aber das hatte er. Tat er vielleicht noch.

»Ich mag ihn«, beichtete ich und erntete wieder

Gelächter von meiner Schwester. Isabellas fröhliche Töne sorgten kurzzeitig dafür, dass ich mich leichter fühlte, besser. Sie drückte ihre Handfläche gegen ihren Bauch, als bekomme sie Magenschmerzen vom Lachen. Ihr Kopf lief rot an. Sie bekam keine Luft und es dauerte eine Weile, bis sie sich wieder beruhigt hatte.

»Ich denke, es ist ein bisschen mehr als das«, sagte sie zwischen ihrem Gekicher und auch auf mein Gesicht schlich sich ein kleines Lächeln. Vielleicht urteilte ich wirklich zu schnell. Ich musste länger darüber nachdenken und mir darüber klar werden, was ich wollte. Und genau diese Zeit würde ich bekommen. Viel zu viel für meinen Geschmack, denn Domenico sah ich die nächsten Tage nicht mehr.

»Ja, ich weiß.«

1 Woche später

Ich wartete und wartete auf die passende Gelegenheit, um erneut mit Domenico zu sprechen, doch er kam nicht wieder. Nach den Verhandlungen mit Davide hatte er das Haus verlassen und sich wieder in sein Büro zurückgezogen. In die vier Wände, in denen er sich am wohlsten fühlte. Wenn er uns etwas mitteilen wollte, schickte er einen seiner Brüder. Antonio und Alessio waren immer respektvoll und freundlich, doch bei jedem Treffen spürte ich, dass sie angespannter waren als beim letzten. Woran das lag, konnte ich jedoch nicht sagen und das bereitete mir Sorgen. War etwas passiert? Ich hoffte nicht. Bisher war die

Übernahme ruhig vonstattengegangen, was hauptsächlich daran lag, dass Dom kaum etwas änderte. Wir alle durften uns frei bewegen, bekamen genug zu essen und erledigten weiter die Aufgaben, die wir nach Dads Tod übernommen hatten. Bis auf Davide. Er bekam mehr zu tun. Vermutlich wollten die Grazas so verhindern, dass er auf dumme Gedanken kam. Und das war auch gut so. Mit jedem Tag, der verstrich, wurde er gehässiger und langsam wurden die Sticheleien in meine Richtung unerträglich. Ich verstand nicht, warum er mich dafür verantwortlich machte, dass die Grazas unseren Clan übernommen hatten, aber diesen Floh hatte ihm irgendwer ins Ohr gesetzt und nun behandelte er mich wie Abfall. Er verwandelte sich immer mehr in Dad. Es fehlte nur noch, dass er die Hand erhob und mich schlug.

»Sind sie nett zu dir?«, fragte ich vorsichtig, während ich weitere Dokumente von vor zehn Jahren in einen Müllsack stopfte, um das Arbeitszimmer auszumisten. Es gab im Haus insgesamt neununddreißig Zimmer und wir hatten es bisher bei nicht einmal der Hälfte geschafft, sie nach Dads Tod auszuräumen. Ganz zu schweigen vom Keller, in den niemand wirklich hinuntergehen wollte, um die ganzen Foltergeräte zu entfernen. Zum Glück hatte das Alessio übernommen. Ich hatte keine Ahnung, was er damit angestellt hatte, aber wenigstens erinnerten die unteren Etagen jetzt nicht mehr an ein Foltermuseum.

»Nett? Diese Wichser wollen, dass ich für sie arbeite. Einen Scheiß werde ich tun.« Schnaubend fegte Davide mit dem Arm ein paar Unterlagen vom Tisch.

Die Zettel schwebten kurz in der Luft, bevor sie durch die Erdanziehungskraft auf den Boden fielen und verstreut liegen blieben. Er kümmerte sich nicht darum, stieg über die Blätter und ging hinüber zum Fensterbrett, wo mehrere Akten bereits sortiert nach Jahren lagen.

»Und was willst du dann machen? Du hättest auch unter Dad arbeiten müssen.« Wahrscheinlich sogar mehr und viel härter. Außerdem hätte er dann mit kaltblütigen Strafen rechnen müssen, wenn er bei etwas versagt hätte. Bei den Grazas schien das nicht der Fall zu sein. Natürlich waren auch sie keine Unschuldsengel. Antonio hatte letztens einem der Köche eine verpasst, als der schlecht über Alice sprach. Daraufhin war ziemlich viel Blut in den Suppentopf geflossen, weil der Koch mit einer gebrochenen Nase davongekommen war. Die Suppe mussten alle essen, die es gewagt hatten, mit dem Koch zu lachen, doch der Rest von uns bekam etwas anderes zu essen vorgesetzt. Auch die Grazas waren also konsequent, aber gerecht. Etwas, das ihnen schon nach wenigen Tagen den Respekt der Angestellten einbrachte.

»Ja, aber dann hätte niemand erwartet, dass ich Schuhe putze.« Davide schnalzte abfällig mit der Zunge, ballte seine Hand zu einer Faust und schlug sie auf das Fensterbrett. Das Holz vibrierte. Die Unterlagen verschoben sich ein Stück, fielen aber nicht hinunter. Zum Glück. Es hatte mich eine Ewigkeit gekostet, alles richtig aufzureihen. Was vermutlich daran lag, dass ich mich nicht konzentrieren konnte. Mein Kopf war ein einziges Chaos und ich musste jedes Datum und jede Zahl doppelt oder dreifach lesen, um zu realisieren, was auf den Blättern stand.

»Domenico lässt dich seine Schuhe putzen?« Verwirrt hob ich meinen Kopf in Davides Richtung, obwohl ich mich bückte, um die verstreuten Unterlagen aufzuheben. Zwar waren die wichtigsten Dokumente bereits von Antonio mitgenommen worden, doch die Bücher über unsere Finanzaufzeichnungen der letzten Jahre mussten noch hier sein. Jedes Silvester hatte ich schließlich die Aufgabe gehabt, die Bücher zu prüfen und auf Unregelmäßigkeiten zu untersuchen. Dad hatte mich, Isabella und alle Frauen für unzurechnungsfähig, zu emotional und dumm gehalten, um bei der Mafia mitzumischen. Doch wenn es um Zahlen ging, war ich die Beste. Er wusste das und hatte es ausgenutzt. Und wenn auch nur ein kleiner Fehler bei den Finanzen zu finden war, hatte er mich dafür verantwortlich gemacht.

»Nein, ich darf Akten kopieren, was noch schlimmer ist«, beschwerte Davide sich und drehte sich vom Fenster weg, um mich anzusehen. Seine dunklen Haare hingen ihm fettig ins Gesicht, als hätte er nicht mehr geduscht, seit der Deal über die Bühne gegangen war. Dabei hatten wir erstaunlich viel Freizeit. Bis auf die kleinen Aufgaben hier und da, wurde uns nicht gesagt, was wir tun sollten. Wir durften uns allein beschäftigen, womit ich noch mehr Zeit hatte, über mein Verhalten und die Zukunft nachzudenken. Inzwischen bereute ich es, dass ich weggerannt war. Ich hätte bleiben und mit Domenico sprechen sollen. Er wollte nur das Beste für mich, richtig? Aber was war das Beste? Das herauszufinden war schwierig, fast so sehr wie ihn anzulügen und im Endeffekt tat ich das. Ich log. Er suchte Dads Mörder, während ich wusste, an wessen Händen sein Blut klebte.

»Vielleicht wollen sie nur abwarten, ob sie dir vertrauen können und dann ...«, bemühte ich mich, Davide zu beschwichtigen. Dabei war es mir eigentlich egal, ob er sich mit den Grazas verstand. Wenn ich Antonio, Alessio oder Domenico wäre, würde ich meinem Bruder auch nicht vertrauen. Er hatte Alice entführt und beinahe getötet. Natürlich würden die drei Brüder ihm keine wichtigen Aufgaben mit Verantwortung übergeben. Die Chance, verraten zu werden, war dafür viel zu groß. Wenn ich an der Stelle der Grazas gewesen wäre, hätte ich Davide Kaffee servieren lassen. Nicht nur den Brüdern, sondern auch dem Personal als Rache dafür, dass er alle immer wie Scheiße behandelt hatte, weil sie für uns arbeiteten. Dennoch lenkte mich das Gespräch mit Davide wenigstens kurzzeitig von meinen Problemen ab. Zumindest, bis Davides ekelhafte Art aus seinem Schneckenhaus kroch und die zornige Ader an seiner Stirn hervortrat.

»Ja, leider kann ich für niemanden die Beine breitmachen, um meine Treue zu beweisen«, murrte er, leckte sich über die Lippen und pfiff anzüglich, während er an meinen Beinen hinabsah. Sofort richtete ich mich auf und strich meinen Rock glatt. Er ging mir bis zu den Knien, weshalb er definitiv lang genug war, um ihn zu jedem Ereignis zu tragen – auch zu einem Kindergeburtstag. Dennoch fühlte ich mich unter seinem Blick dreckig und unpassend gekleidet.

»Ich ... Ich habe nicht ...«, widersprach ich, doch ich war so perplex, dass ich keinen geraden Satz herausbrachte. Wie konnte er so etwas sagen? Ich hatte nicht mit Dom geschlafen, um meine Stellung bei der Mafia zu verbessern. Das war das Letzte, an das ich dachte, als ich mich Dom hingegeben hatte.

»Wie auch immer.« Davide ging nicht auf mein Gestotter ein und machte eine wegwerfende Handbewegung. Es kümmerte ihn nicht, dass er meine Gefühle verletzt hatte. Wahrscheinlich hatte er es sogar geplant und er freute sich darüber, dass seine Worte etwas in mir auslösten. »Mach dich wenigstens nützlich und bring die Finanzbücher rüber zu diesen Wichsern. Den Weg solltest du ja bestens kennen.«

Ich schluckte. Der Tadel in seinen Worten war nicht zu überhören. Dachte er tatsächlich, mir wäre damals schon klar gewesen, dass wir irgendwann an diesem Punkt landen würden? Meinte er, das war der Grund, weswegen ich mich auf Dom eingelassen hatte? Das war lächerlich. Er wusste doch genau, warum ich Woche für Woche aus dem Haus geflohen war. Noch heute spürte ich die Schläge in meinem Gesicht. So fest und unnachgiebig, dass mein Körper aufgrund der Wucht wankte und auf dem Boden landete. Jedes Mal hatte ich mich zusammengekrümmt, weil ich wusste, dass Dad das nicht reichte. Nein, nicht solange er nicht mit dem Fuß ausholte und mir in den Magen trat. Wieder und wieder. Bis ich würgte, auf den Marmor spukte oder Blut hustete. Und bei all dem Schrecken wollte Davide mir nun vorhalten, dass ich liegen hätte bleiben sollen, anstatt zu den Grazas zu gehen? »Du bist hier der einzige Wichser und wenn du das nicht erkennst, bist du nicht mehr der Mann, den ich von früher kannte«, schrie ich, schnappte mir die Bücher, verließ mit eiligen Schritten den Raum und zog die Tür beim Hinausgehen mit einem Knall hinter mir ins Schloss. Ich hatte nichts Falsches getan. Niemals. Ich war das Opfer und ich würde mich nicht zur Täterin machen lassen, nur weil Blut an meinen Händen klebte und das besser in Davides Ansichten passen würde.

Während ich die Erinnerungen an jeden gebrochenen Knochen, jeden Schnitt und jede Platzwunde verdrängte, wanderten meine Gedanken automatisch weiter zu Mom und zu dem Lied, das sie immer gesungen hatte. *Lauf, Mäuschen, lauf,* ertönte ihre Stimme in meinem Kopf. Und ich tat, was sie sagte. Ich rannte und rannte. Die Finanzbücher drückte ich dabei fest gegen meine Brust. Ich sah nicht zurück, sondern lief einfach weiter. So wie sie es getan hatte. Sie hatte nicht zurückgeblickt und alles hinter sich gelassen. Zumindest wollte sie das, und wie ich war sie zu den Grazas geflüchtet. Doch eines unterschied uns: Sie dachte, Dad würde mich irgendwann zugrunde richten, so wie er es bei ihr getan hatte. Er hatte sie tyrannisiert , bis sie unter der Last zusammengebrochen war und sich umgebracht hatte. Aber mir würde das nicht passieren. *Lauf um dein Leben, Mäuschen, lauf, oder Daddy nimmt ein Messer und schneidet dich damit auf.* Ich war irgendwann im Leben stehen geblieben, ich hatte ihm das Messer abgenommen und ihn aufgeschnitten, statt die Klinge gegen mich selbst zu erheben. Und genau das würde ich Dom sagen. Er würde mich verstehen und mich beschützen. Der Alptraum würde sonst niemals enden. Ich konnte nicht warten, bis Davide sich gänzlich in Dad verwandelte.

Mit energischen Schritten überquerte ich den Garten, raste die Treppen zum Gebäude der Grazas nach oben, öffnete die Tür und trat hinein. Ich lief die Eingangshalle entlang, stieg die Stufen in den ersten Stock empor und machte mich auf die Suche nach Doms Büro. Mein Puls beschleunigte sich bei jedem Schritt. Das Herz pochte schnell in meiner Brust. Meine Hände wurden feucht. Er würde es verstehen. Er musste es einfach. Es war ein Unfall gewesen. Nicht geplant, aber notwendig. Dafür würde er mich nicht den Wölfen zum Fraß vorwerfen, richtig? Ich war mir sicher, dass er es nicht tun würde. Dennoch zögerte ich. Meine Bewegungen wurden langsamer. Unsicher dachte ich noch einmal darüber nach, was Isabella gesagt hatte. Sie war dafür, es zu beichten. Also sollte ich mich nicht schuldig fühlen. Trotzdem tat ich es.

»Aurora?«

Hinter mir erklangen plötzlich Schritte. Sofort drehte ich mich um und bereute es, keine Waffe mitgenommen zu haben. Zumindest eine kurze Schrecksekunde lang, bevor ich zwei Frauen am anderen Ende des Ganges erkannte. Dann war ich plötzlich froh, dass ich niemanden unbeabsichtigt in meiner Panik erschießen konnte, denn eine der beiden hatte ein Baby auf dem Arm und lächelte mich an. Das Kind war in eine grüne Decke eingewickelt, sodass ich nicht sagen konnte, ob es ein Mädchen oder ein Junge war, doch ich konnte mit Bestimmtheit sagen, dass es Alessios Baby war. Die blauen Augen waren unverkennbar seine und der dunkle Haarschopf zeichnete es als Mitglied der Familie Graza aus. Und so, wie es sich an die Frau mit den blauen Strähnen krallte, musste sie die Mutter sein. Ich durchforstete mein Gehirn nach ihrem Namen, doch ich fand keinen. Entweder er war mir entfallen, oder Dom hatte ihn nicht erwähnt. Dafür war mir die Frau neben ihr mit den blonden Haaren nur zu gut bekannt. Das letzte Mal, als ich sie gesehen hatte, war sie viel dünner, verletzt und von meinem Bruder gekidnappt gewesen, doch sie war es hundertprozentig.

»Alice, richtig?«, erkundigte ich mich und trat auf die beiden zu. Nicht, weil ich es wollte. Das bestimmt nicht. Eigentlich hätte ich gern die Beine in die Hand genommen und wäre vor einer Unterhaltung weggelaufen, doch das wäre unhöflich gewesen und das hatten sie nicht verdient. Außerdem erkaufte ich mir so ein wenig Zeit, bevor ich mich Dom stellen musste.

»Genau.« Alice nickte und deutete neben sich. Auf ihren Zügen breitete sich ein Grinsen aus, das ich erwidern musste. »Meine Freundin Lyra solltest du noch kennen«, stellte sie uns vor und gleich darauf verlagerte Lyra das Baby auf ihren rechten Arm, sodass sie mir die linke Hand entgegenstrecken konnte. Erst als Alice es erwähnte, erinnerte ich mich wieder. Ja, ich hatte ihr die Haare für ihre Hochzeit hochgesteckt, weil niemand anderes es geschafft hatte, ihre Wünsche umzusetzen, und Lyra beinahe einen Nervenzusammenbruch gehabt hätte. Der Buschfunk des Personals hatte die Probleme im Graza-Anwesen sogar an meine Ohren getragen. Von Brautzilla war die Rede gewesen und ich hatte mich verpflichtet gefühlt zu helfen. Auch wenn ich nur eine halbe Stunde Zeit gehabt hatte, damit Dad nicht merkte, dass ich weg war. Lorenzo hatte ihn für mich abgelenkt. Zwar musste er dafür Dads Mittagessen auf den Boden fallen lassen und sich eine Strafe verdienen, aber er hatte es ertragen und gemeint, dass jede Frau an ihrem Hochzeitstag glücklich sein sollte.

»Richtig, schön dich wiederzusehen.« Zaghaft ergriff ich Lyras Hand und schüttelte sie kurz, bevor ich sie wieder losließ. Ihre Finger waren angenehm warm und der Druck, den sie auf meine Handfläche ausübte, war kaum existent. Sie lächelte liebevoll und sah mich mit einem mitleidigen Blick an. Verwundert blickte ich zurück. So hatte ich mir die Frau von Alessio – dem selbsterklärten Mad Hatter – nicht vorgestellt. Äußerlich mit den Tattoos und den farbigen Haaren passte sie vielleicht ganz gut zu ihm, doch sie war viel ruhiger, weniger verrückt und ausgeflippt.

»Was machst du hier?«, wollte sie wissen und schlang ihren freien Arm wieder um das Baby, das daraufhin fröhlich brabbelte. Sabber lief über die Unterlippe des Kindes und befeuchtete den Ansatz des Stramplers, der unter der Decke zum Vorschein kam. Er hatte pinke Streifen, weshalb ich annahm, dass es ein Mädchen war. Und ein süßes noch dazu. Als dem Baby klar wurde, dass es nicht das Thema der Unterhaltung war, wurde ihm langweilig und es begann, mit den Patschehändchen nach Lyras Stirnfransen zu greifen.

»Ich soll diese Unterlagen dem neuen Boss bringen«, erklärte ich und unterdrückte ein Kichern. Erstaunlich, wie der Anblick eines Kindes es schaffte, mich alle Sorgen und Probleme vergessen zu lassen. Sobald ich es ansah, erschien mir das Leben so leicht und das Chaos in meinem Kopf war nicht mehr existent. Diese süßen blauen Augen hatten keine Ahnung, welche Gefahren in der Welt lauerten. Sie waren rein, unschuldig und einfach fröhlich. Genau das, was ich auch sein wollte.

»Du hättest sie einfach Antonio mitgeben können.« Alice räusperte sich und zog damit meine Aufmerksamkeit wieder auf sich. Unglaube lag auf ihren Zügen. Sie merkte, dass etwas nicht stimmte. Wie sollte sie auch nicht? Sie hatte vollkommen recht. Alessio und Antonio wechselten sich ab, sodass immer jemand bei uns im Haus war. Es wäre leicht gewesen, die Bücher einem von ihnen in die Hand zu drücken. Doch das wollte ich nicht. Ich musste Dom sehen, sonst würde ich noch den Verstand verlieren. Außerdem musste es einen Grund gehabt haben, warum Dom wollte, dass sie persönlich vorbeigebracht wurden, oder nicht?

»Ich ...« Meine Stimme versagte. Ein Krächzen kam aus meiner Kehle. Plötzlich war mein Hals staubtrocken und ich musste mehrmals schlucken, um wieder schmerzfrei sprechen zu können. »Ich weiß. Beim nächsten Mal werde ich es so machen«, versprach ich, obwohl ich wusste, dass es kein weiteres

Mal geben würde. Entweder Dom verstand es und ließ mich gehen, weil er der Meinung war, dass wir nicht mehr in Gefahr waren, oder er hielt mich für eine Bedrohung und tötete mich. Aber das würde ich Alice nicht auf die Nase binden. Deshalb winkte ich ihnen zu, drehte mich um und machte mich wieder auf den Weg zu Doms Büro.

»Aurora, warte!«, hielt Alice mich auf und warme Finger schlangen sich um mein Handgelenk. Ein Ruck an meinem Arm sorgte dafür, dass ich mich noch einmal umdrehte und genau in Alice′ Augen starrte, die mich sorgenvoll musterten. Ich schluckte. Langsam wurde mir das unheimlich. Die Anspannung von Alessio und Antonio und nun das Mitleid von Lyra und Alice? Was wurde hier gespielt? War mit Dom alles in Ordnung?

»Worauf?« Forschend schwenkte mein Blick zwischen den beiden hin und her, doch mehr als ein Seufzen erntete ich von Alice nicht, bevor Lyra ihr aufmunternd zunickte. Daraufhin ließ sie die Schultern sinken und ihre Miene verzog sich traurig. Sorge stieg in mir auf. Um die Mafia, mich und Dom. Ging es ihm nicht gut?

»Er vermisst dich«, flüsterte Alice. »Ich habe ihn noch nie so gesehen, Aurora.« Alice ließ meinen Arm los und zog sich ein Stück zurück, um mir mehr Platz zu geben, falls ich mich umdrehen und gehen wollte. Aber das konnte ich nun nicht mehr. Nicht, wenn ich wusste, dass es Dom wirklich nicht gut ging. Aber wieso eigentlich nicht? Hatte Alice recht und er vermisste mich so sehr wie ich ihn? Unwahrscheinlich, sonst würde er nicht hierbleiben und seine Brüder zu uns schicken, richtig?

»Du irrst dich, er war seit einer Woche …«, widersprach ich ihr und schüttelte den Kopf, um alle aufkommenden Gedanken und Hoffnungen im Keim zu ersticken. Nein, zuerst musste ich ihm erzählen, was ich getan hatte und dann würde ich mich unserer Beziehung widmen. Wenn es dann überhaupt noch eine gab.

»Er möchte dir Freiraum geben«, unterbrach Lyra mich und stellte sich wieder neben Alice. Das Baby auf ihrem Arm brabbelte vergnügt und streckte die Ärmchen nach Alice aus, als es damit fertig war, die Haare seiner Mommy durcheinanderzubringen. »Dom denkt, du würdest dich beruhigen, wenn er dir nur lange genug aus dem Weg geht und dass ihr danach in Ruhe über alles reden könnt. Aber ich bin anderer Meinung.«

»Dom geht es nicht gut. Er arbeitet noch mehr als sonst und schläft kaum noch. Wenn du also jemanden zum Reden brauchst, um dir beim Nachdenken zu helfen, kannst du dich gern an uns wenden«, sprach Alice für Lyra weiter, die von ihrem Baby abgelenkt wurde, das zu weinen begann, als es bemerkte, dass seinem unausgesprochenen Wunsch nach Alice' Haaren nicht Folge geleistet wurde. Lyra wiegte das Kind sanft in ihren Armen, damit es sich beruhigte. Ich wünschte, jemand würde versuchen, auch mich zu besänftigen. Die Worte der beiden wühlten mich auf. Sie waren nett, keine Frage, als wäre ich eine alte Freundin, der sie helfen wollten. Aber das würden sie vermutlich nicht mehr tun, wenn sie wüssten, was ich getan hatte.

»Ihr wollt, dass Dom und ich etwas anfangen. Das weiß ich und ich bin sehr dankbar für eure Hilfe, aber ich bin mir nicht sicher, ob es das Richtige für mich ist«, gestand ich und bemühte mich, den fahlen Geschmack in meinem Mund loszuwerden, der mir klar machte, wie verlogen meine Worte waren. Er war der Richtige. Das stand außer Frage. Keiner war besser für mich als Dom. Ich schluckte und schluckte, aber ich schmeckte immer noch die Galle auf meiner Zunge.

»Wir wollen, dass Domenico glücklich ist. Das ist ein großer Unterschied. Wenn du der Meinung bist, dass du nicht die Eine für ihn bist, ist das nicht zu ändern, aber dann solltest du ihm das sagen, damit er anfangen kann dich zu vergessen.« Alice' Worte waren hart und sie trafen mich tiefer als jeder Schlag in die Magengrube. Hatte ich nicht gerade noch gesagt, wie nett die beiden waren? Davon war nun nichts mehr übrig. Ihre Stimme klang schneidend und fordernd. Ihr Blick war kalt.

»Genau, denn es wird sicher irgendwo eine Frau geben, die perfekt für ihn ist«, stimmte Lyra zu und auch ihr Ton passte sich dem ihrer Freundin an, aber statt der kühlen Miene von Alice hatte Lyra ihre Augenbrauen erhoben und blickte mich auffordernd an, bis mir klar wurde, was die beiden versuchten. Sie wollten mich manipulieren. Mich eifersüchtig machen, damit ich mir Domenico mit einer anderen Frau vorstellte. Ärger stieg in mir auf. Nicht über die beiden, die anscheinend nur das Beste für Dom wollten, sondern auf mich selbst, weil es funktionierte. Als hätten sie mir die Bilder in den Kopf gepflanzt, sah ich auf einmal Dom vor mir, wie er die Hand einer Frau mit roten Haaren hielt. Wie er eine Blondine küsste und wie Dom einer Dame mit braunen Strähnen ein Baby reichte. Bild um Bild zog an meinem inneren Auge vorbei und mit jeder neuen Frau wurde es schlimmer. Das Gefühl des Verlusts überwältigte mich. Mein Magen drehte sich um. Der Geschmack in meinem Mund wurde noch stärker.

»Wo ist Dom jetzt?«, brachte ich krächzend hervor und ich hatte schon Angst, sie würden mir gleich sagen, dass er eine andere Frau auf seinem Zimmer hatte, doch dann entspannte sich Alice' Mimik wieder und sie setzte ein Lächeln auf.

»Zweiter Stock, erste Tür links«, sagte sie und zwinkerte mir zu. Ich erschauderte. Hatte ich Alessio und Antonio schon für furchteinflößend gehalten, war das nichts gegen ihre Frauen. Die beiden waren verschlagener als ich dachte und dabei hatten sie nur in die Mafia eingeheiratet. Ich wollte gar nicht wissen, was passiert wäre, wenn sie als Mafiatöchter zur Welt gekommen wären. Vermutlich würden sie dann bereits einen Clan leiten – auch ohne Schwanz.

»Wieso wollt ihr helfen? Sicher, Dom ist der Boss, aber ...« Aber sein Privatleben könnte euch egal sein. Mir war es zumindest immer egal gewesen, wen mein Dad gefickt hatte. Oder wen Davide in sein Zimmer schleifte, wenn er Lust hatte, mehr zu spüren als seine eigene Hand. Das waren Dinge, in die sich die Mitglieder nicht einmischten. Doch bei den Grazas gehörte es anscheinend dazu.

»Er ist unser Bruder«, stellte Alice klar und obwohl ich wusste, dass die beiden nicht blutsverwandt waren, traute ich mich nicht zu widersprechen, weil Alice es absolut ernst meinte. Das sah ich nicht nur an ihrem Blick, sondern auch an der Art, wie sie stolz das Kinn reckte. Sie war gern hier.

»Unser bester Freund«, kommentierte Lyra und ein breites Grinsen schlich sich auf ihre Lippen, das zeigte, dass es ihr ebenfalls wie Alice ging. »Egal, welches Problem es gibt, Dom ist der Erste, der sich darum kümmert. Er hält diesen Laden – unser Zuhause – am Laufen.«

»Außerdem verdient jeder ein Stückchen Wunderland.« Alice kicherte und sah aus, als würde sie gern noch etwas sagen, doch sie wurde von einer hohen Stimme unterbrochen. Alessio kam um die Ecke und rannte dabei einem kleinen Kind hinterher, das Alice in die Arme sprang, sobald es sie erreichte.

»Mommy, Mommy! Wo ist Daddy?«, fragte der kleine Junge, hielt sich mit den Händen an Alice' Schultern fest und drängte seinen Kopf an ihre Halsbeuge. Erst dann erreichte uns auch Alessio, dem Schweiß von der Stirn perlte. Sein Atem rasselte durch den Raum. Wie lange er dem Zwerg schon nachgelaufen war?

»Im Haus nebenan.« Alice' Strahlen wurden noch heller. Die pure Freude erschien auf ihrem Gesicht. Sie liebte dieses Kind und wenn ich die blonden Haare und die stahlblauen Augen richtig deutete, hatte ich den Sohn von Antonio und ihr vor mir. Es war ein wundervolles Bild, doch ich ertrug es nicht, weil sich in diesem Moment wieder die Vorstellung in mein Gehirn schlich, wie eine dritte Frau hinter der nächsten Ecke hervorkam, mit Doms Baby auf dem Arm. Ich unterdrückte ein Schluchzen.

»Können wir ihn holen?« Der Junge schob schmollend die Unterlippe vor und seine Gesichtszüge verformten sich traurig. »Er ist nie da.«

Ein schlechtes Gewissen machte sich in mir breit. Natürlich, die Kinder verzichteten auf ihre Väter, weil sie uns beaufsichtigen mussten. Und das war ganz allein meine Schuld. Der Einzige, der kein *bambino* zuhause hatte, war Dom, doch er mied mich wie die Pest, sodass seine Brüder übernehmen mussten.

Alice tippte ihrem Sohn gegen die Nase und drückte ihn fester an sich, bis ich dachte, beide würden keine Luft mehr bekommen. Doch stattdessen quietschte der Junge vergnügt. »Er muss noch arbeiten, aber wir können mit Tante Lyra spielen, *Topolino*.«

Topolino. Ich erstarrte. *Mäuschen*. Alice nannte ihr Kind ein Mäuschen. Es war vermutlich nur ein Zufall, dennoch zogen sich in meinem Inneren meine Organe krampfhaft zusammen, als ich wieder die Stimme meiner Mom hörte. *Lauf, Mäuschen, lauf*. Ich biss die Zähne zusammen, achtete darauf, keinen Laut von mir zu geben und die glückliche Familie nicht zu unterbrechen, während ich mir wünschte, selbst jemanden zu haben, zu dem ich rennen konnte, wenn es mir ging wie gerade eben.

»Und Lynn?«, fragte der Junge, drehte sich zu

Lyra und dem Baby und beugte sich leicht zu dem Mädchen, das ihren Cousin mit geröteten Augen ansah, den Mund aufriss und gähnte. Ein Lachen erklang und es dauerte eine Zeit lang, bis ich merkte, dass ich es war, die lachte. Die beiden waren unheimlich süß.

»Sie muss gleich zu ihrem Mittagsschlaf«, erklärte Lyra und schmiegte ihre Wange an die ihrer Tochter, die das Geschehen erneut mit einem Gähnen kommentierte, bevor sich Tränen in ihren Augen bildeten. Unleidlich verzog das Mädchen die Lippen. Ein Schluchzen kam aus ihrem Mund. Sie quengelte. Entweder wollte sie ganz dringend ins Bett, oder sie verstand Lyra schon so gut, dass sie gegen das Schläfchen protestierte.

»Aber es ist nicht Mittag. Das Essen ist schon ganz lange her.« Alice′ Sohn strampelte mit den Füßen und seine Miene veränderte sich ebenfalls. Doch statt traurig zu werden, lief sein Gesicht rot an. »Warum können wir nicht zu Daddy?«, fragt er erneut und ich drückte die Bücher fester an meine Brust. Meinetwegen. Gern hätte ich es ihm gesagt und erklärt, dass Erwachsene manchmal Mist bauen, aber das war nicht meine Aufgabe und ich war mir nicht sicher, ob es Alice recht wäre. Also tat ich das, was ich am besten konnte: flüchten.

»Entschuldigt mich bitte«, murmelte ich, ging ein paar Schritte rückwärts, um die kleine Familie ein wenig länger betrachten zu können und drehte mich erst dann um, sodass ich mich in den zweiten Stock aufmachen konnte. Meine Beine waren bleischwer.

Jeder Schritt war anstrengender als der letzte, dennoch ging ich weiter.

»Aurora? Er ist der beste Mann, den ich kenne, aber lass das nicht Antonio hören«, rief Alice mir hinterher und zauberte mir erneut ein Lächeln ins Gesicht. Ich konnte nur hoffen, dass Dom und ich irgendwann über all dem stehen konnten, damit ich öfter hier sein konnte. Denn dieses Gespräch hatte mir vor allem gezeigt, wie einsam ich war. Sicher, es gab Isabella in meinem Leben, aber wir hatten fürchterlich wenig gemeinsam. Wir verstanden uns nur wegen dem Schrecken, den wir gemeinsam überstanden hatten, auch wenn wir Schwestern waren. Doch Alice und Lyra könnten etwas werden, das ich nie besessen hatte: Freundinnen.

Ich schritt die Treppe in den zweiten Stock hinauf, überquerte den Flur und blieb vor einer massiven Holztür stehen. Kein Name war an der Tür angebracht. Eigentlich gab es nirgendwo in diesem Haus eine Beschilderung. Ganz nach dem Motto: Wer wissen sollte, wo alles war, wusste es bereits. Doch davon ließ ich mich nicht abhalten. Ich hob die Hand, ballte sie zu einer Faust und ... schaffte es nicht gleich anzuklopfen. Ich glaubte nicht, dass Alice mich zur falschen Tür geschickt hatte und ich war entschlossen gewesen, mit ihm zu reden, doch nun war es schwieriger, meine Angst zu überwinden, als ich dachte. Die Furcht schwappte in meinem Inneren hin und her. Sie stieg an und füllte mich aus, bis nichts anderes mehr übrig war. Aber das Gequengel von Alice′ Sohn, dem *Mäuschen*, lag mir immer noch in den Ohren. Er hatte ein Recht auf seinen Dad. So wie ich ein Recht auf einen *Padre* gehabt hätte. Einen, der sich um mich kümmert, statt mich zu schlagen. Die kleine Lynn würde so jemanden haben. Und das war gut so. Also nahm ich all meinen Mut zusammen und hämmerte gegen die Tür.

»Nicht jetzt!«, erklang Domenicos Stimme und ließ mich zusammenzucken. Das war nicht die Reaktion gewesen, die ich erwartet hatte. Dom hörte sich müde an, erschöpft und genervt, auch wenn ich noch nicht wusste, weshalb. Deutlich leiser klopfte ich erneut. »Ich sagte, nicht jetzt!«, ertönte es wieder, doch ich gab nicht auf und schlug noch einmal gegen das Holz. Das Geräusch von sich nähernden Schritten erklang und gleich darauf wurde die Tür aufgerissen. Doms wütendes Gesicht erschien im Türrahmen, doch es wurde sofort sanfter, als er mich erblickte. »Aurora?« Überraschung war in seiner Stimme zu hören und Verwirrung. Er hatte nicht damit gerechnet, mich zu sehen. Leider konnte ich nicht sagen, ob es ihn freute, oder nicht.

»Ich bringe die Bücher, die du haben wolltest«, sagte ich mangels einer Alternative, schob sie von meinem Brustkorb und hielt sie ihm entgegen. Ich setzte ein Lächeln auf, auch wenn ich mich nicht danach fühlte, und wartete ab. Es dauerte, bis Dom sich von seinem Schock erholte und die Finanzbücher entgegennahm.

»Ich hatte eigentlich deinem Bruder gesagt, dass er sie mir bringen sollte.« In seiner Stimme war kein Tadel zu hören. Sein Ton war völlig monoton, wodurch ich immer noch nicht wusste, ob es nicht ein Fehler war herzukommen. Doch dann trat Dom zur Seite und machte eine auffordernde Handbewegung ins Innere des Büros. Sofort schlüpfte ich an ihm vorbei und hörte, wie er die Tür schloss.

»Er verweigert die Mitarbeit«, erklärte ich und sah mich um. Ich war noch nie in diesem Zimmer gewesen, obwohl ich es schon dutzende Male durchs Fenster gesehen hatte. Es spiegelte auf interessante Art und Weise Doms Charakter wider. Nirgendwo stand irgendein Schnickschnack. Alles war effizient und auf die Arbeit ausgerichtet. Bis auf zwei Bilder, die auf dem Schreibtisch standen. Eines davon zeigte eine ähnliche Situation wie die, die mir gerade passiert war. Alice und Lyra mit den Kindern, doch diesmal waren Alessio und Antonio dabei. Sie lachten in die Kamera. Das andere Bild ließ meinen Herzschlag aussetzen. Da war ich. In Gedanken versunken starrte ich ins Leere, während ich auf der Steinbank im Garten der Grazas saß. Ich hatte keine Ahnung, wann es aufgenommen worden war, doch durch den Winkel konnte ich mir ziemlich sicher sein, dass es aus dem Bürofenster geschossen worden war. »Es fällt ihm schwer, sich an die neue Situation zu gewöhnen.«

»Dabei hatte ich extra darauf geachtet, dass sich nicht viel verändern würde.« Domenico runzelte die Stirn und folgte meinem Blick zu den Bildern. Als ihm klar wurde, dass ich mich selbst anstarrte, griff er zum Bilderrahmen und legte ihn mit dem Motiv nach unten auf den Schreibtisch. Er räusperte sich peinlich berührt, aber mir gab es neue Hoffnung. Er hatte ein Bild von mir hier stehen und das nicht erst, seit mein Dad tot war. Vielleicht konnten wir das Testament wirklich außer Acht lassen.

»Danke dafür«, flüsterte ich, lehnte mich gegen den Schreibtisch und sah ihn genauer an. Er war blasser als sonst und große Augenringe zierten sein Gesicht. Außerdem hatte ich das Gefühl, er würde dünner aussehen. Aß er wirklich nicht genug? Doch statt sich darum zu kümmern, dass es ihm besser ging, schien sein Fokus weiterhin auf mir zu liegen.

»Wie kommst du mit der Situation zurecht?« Fragend blickte er mich an und ging hinüber ins Eck, um ein Glas und eine Karaffe vom Servierwagen zu nehmen. Er schüttete die klare Flüssigkeit in das Glas und reichte es mir. Ich nippte kurz daran, weil ich hoffte, es wäre Wodka, doch leider war es nur Wasser, weshalb ich mir nicht die Mühe machte, weiter zu trinken.

»Du fehlst mir«, beichtete ich und sah zu Boden, weil ich es nicht ertragen konnte, ihn so nah bei mir zu haben, aber nicht zu wissen, ob es in Ordnung war, ihn anzufassen. Eine Woche. Früher hätte ich gesagt, dass sieben Tage nicht lang waren. Aber jetzt wusste ich es besser. Ich hatte ihn so sehr vermisst.

»Du mir auch.« Doms Schuhe kamen in mein Blickfeld, sodass ich wusste, dass er näher zu mir gekommen war. Eine Hand unter meinem Kinn ließ mich aufsehen, und schon spürte ich seine warmen Lippen, die sich auf meine Stirn drückten. Ich erzitterte, aber diesmal nicht vor Angst, sondern weil meine Organe sich wieder ausdehnten und mich tief durchatmen ließen. Der Krampf, der in meiner Brust gewohnt hatte, seit ich von Dom weggerannt war, löste sich auf. »Bitte, vergib mir«, hauchte er und küsste meine Stirn erneut. Sehnsüchtig lehnte ich mich seiner Berührung entgegen.

»Das hab ich schon, aber ... Irgendwer musste uns kaufen. Dad hat das gut eingefädelt, aber ich wollte ...« Ich stoppte ab. Ja, was wollte ich? Dom für immer von der Weite anschmachten? Hätte ich mich irgendwann getraut, zu meinen Gefühlen zu stehen? Oder wäre es wirklich so weit gekommen, dass mir erst auffiel, wie viel er mir bedeutete, wenn es zu spät war und eine andere Frau den Platz in seinem Herzen, der für mich vorherbestimmt war, eingenommen hatte?

»Was?« Doms Blick streifte meinen, bevor er auf meine Lippen hinabsah. Unsicher leckte ich mit der Zunge über meinen Mund. Würde er mich küssen? Wollte ich das? Verdammt, natürlich wollte ich es. Doch Dom tat es nicht.

»Es sollte freiwillig sein. Liebe sollte niemals auf Zwang beruhen«, erklärte ich und legte den Kopf in den Nacken, um besser zu ihm aufsehen zu können. Seine Iriden funkelten dunkel. Die Pupillen waren verengt. Er war genauso müde wie ich, aber ich bezweifelte, dass ihn nachts Alpträume wachhielten, in denen er seinen Dad abstach.

»Das tut es auch nicht. Ich würde nie irgendetwas von dir verlangen, was du nicht möchtest. Du kannst mich jederzeit stoppen.« Doms Stimme wurde tiefer. Der Bass brachte meinen Körper zum Vibrieren. Erregung stieg in mir auf, obwohl es sicher nicht die richtige Situation war, um übereinander herzufallen. Würde es immer so sein? Konnte ich mich nicht einmal normal mit Dom unterhalten, ohne dass mein Körper mir einen Strich durch die Rechnung machte?

»Aber es ist nicht wirklich meine Entscheidung, oder? Würdest du zulassen, dass ich mit jemand anderem zusammen bin, wenn ich darum bitte?« Würde ich überhaupt jemand anderen je so wollen wie ihn? Ich bezweifelte es und er anscheinend auch. Seine Mundwinkel zuckten amüsiert. Seine Hand legte sich um meine Hüfte.

»Willst du es denn?«, bohrte er nach und sprach damit aus, was ich dachte. Sollte ich lügen? Das wäre am einfachsten, statt ihm zu sagen, dass ich glaubte, nur mit ihm glücklich werden zu können. Doch wohin mich meine Lügen bisher gebracht hatten, sah ich, also entschied ich mich für die Wahrheit.

»Nein.« Ich schüttelte den Kopf. Tränen stiegen in mir auf und bahnten sich ihren Weg nach oben. Ich kämpfte mit aller Kraft gegen sie an.

»Willst du mich?« Doms Stimme wurde noch rauer. Ein düsterer Unterton mischte sich hinein und seine freie Hand griff nach einer Schachtel, die neben dem umgedrehten Bilderrahmen lag.

»Ja«, hauchte ich tränenerstickt und drückte meinen Körper näher an seinen. Ich brauchte ihn so sehr. Sah er das nicht?

»Für immer?« Doms Griff um meine Hüfte verfestigte sich. Sein Blick wurde ernst. Ein weicher Zug umspielte seine Kinnpartie, während er in seinen Fingern das Schächtelchen drehte.

»Wie meinst du das?« Verwirrt zog ich die Augenbrauen zusammen und sah von ihm zu der Schachtel und wieder zurück. Diese Szene sollte mir etwas sagen, doch es klickte erst in meinem Gehirn, als Dom es bereits aussprach.

»Werde meine Frau, Aurora«, bat er, aber es dauerte eine halbe Ewigkeit, bis mir klar wurde, was diese Worte zu bedeuten hatten. Er schob mit dem Daumen den oberen Teil der Schachtel nach oben und enthüllte einen Ring, der schöner war als aller Schmuck, den ich besaß. Ich hatte nie gedacht, dass mir irgendwer irgendwann diese Frage stellen würde. Ich hatte immer damit gerechnet, dass Dad mir in ein paar Jahren einfach einen Ehemann vor die Nase setzen würde. Oder mich umbrachte. Doch nun, da sie an mich gerichtet wurde, wusste ich nicht, was ich sagen sollte.

»Bitte?« Verwirrt entwand ich mich seinem Griff und stolperte ein paar Schritte rückwärts. Weit kam ich jedoch nicht, weil ich nicht gerade zurückging und der Schreibtisch größer war als angenommen. Zum Glück folgte Dom mir nicht, sodass ich Platz hatte, um durchzuatmen und zu denken. Es war zwar immer noch schwer, einen klaren Gedanken zu fassen, wenn er im selben Raum war, aber wenigstens hüllte mich sein Geruch nicht mehr ein.

»Ich will, dass du meine Frau wirst. Die Vorstellung, jemand anderes könnte dich anfassen, wie ich es tue, macht mich krank. Ich möchte, dass du in Sicherheit bist. Dass du nie wieder eine Träne vergießt, weil du traurig bist und du es genießt, wenn ich dich zum Weinen bringe, weil du dich so gut fühlst wie noch nie zuvor.« Dom hielt die Schachtel vor sich, sodass die Lichtstrahlen, die durch das Fenster schienen, genau auf den Stein fielen und ihn noch heller strahlen ließen.

»Was? Nein!« Bitte, bitte, erwähne nicht den Sex. Wie konnte er mir das antun? Wusste er nicht, wie sehr ich mir wünschte, ihn wieder in mir zu haben? Dabei sollte diese Entscheidung mein Gehirn treffen und nicht meine Klitoris, die sich nach seiner Berührung sehnte.

»Nein?«, wiederholte Dom und nun war es an ihm, ein paar Schritte zurück zu stolpern. Fast, als hätte ich ihn geschlagen. Sein Gesicht verzog sich. Ein leidender Ausdruck erschien darauf, der mir das Herz brach. Aber es war dennoch das Richtige, oder? So durfte ich nicht Ja sagen. Nicht, solange er nicht alle Informationen hatte.

»Nein! Wir hatten kein einziges Date, haben uns nur unterhalten, wenn ich vor meinem Dad geflüchtet bin und ...« *Und ich verheimliche dir, dass ich eine gottverdammte Mörderin bin.* Ich schluchzte. Die Tränen drohten die Überhand zu gewinnen und mich unter sich zu begraben. Ich musste es ihm sagen. Sofort. Er musste verstehen, dass es nicht an ihm lag.

»Ich denke nicht, dass es etwas über unsere Beziehung aussagt, wenn ich deine Lieblingsfarbe nicht kenne. Du weißt so viel über mich, kennst mich besser als sonst irgendjemand. Und du machst mich glücklich. Die Tage ohne dich waren furchtbar.« Dom klappte die kleine Schachtel zu, legte sie neben sich auf den Tisch und kam langsam auf mich zu, damit ich die Chance hatte, ihn zu stoppen, wenn ich das wollte, doch das hätte mich umgebracht. Es hätte mein Herz für immer zum Stillstand gebracht. Also streckte ich ihm sogar die Arme entgegen und kuschelte mich an ihn, als er bei mir ankam.

Nein. Ja. Er hatte recht. Ich konnte es nicht leugnen. Was bedeutete schon meine Lieblingsfarbe? Ich war mir nicht einmal sicher, ob ich überhaupt eine hatte. »Ich …« *Ich will, aber zuerst muss ich dir etwas beichten.* Sag es, verflucht! Ich wollte es doch. Wieso konnte ich es dann nicht einfach sagen? Und dann musste ich auch gar nichts mehr antworten. Ein Schrei ertönte. Laut und deutlich, obwohl die Tür zum Büro geschlossen war. Und noch einer. Und dann noch einer. Stille folgte. Doch Dom reagierte sofort. Er zog eine Waffe unter seinem Sakko hervor, drückte mich hinter sich und zielte auf die Bürotür. Aber keiner kam hindurch. Dafür war wieder ein Schrei zu hören.

»Was ist das?«, fragte ich und versuchte, die kreischende Stimme jemandem zuzuordnen, aber sie war zu hoch, zu verzerrt, sodass ich keine Ahnung hatte, um wen es sich handelte. Domenico schien dabei weniger Probleme zu haben. Er warf mir über die Schulter einen Blick zu.

»Alice!«, hauchte er und legte den Kopf leicht schief. Er wartete auf den nächsten Schrei, aber der kam einfach nicht. Seine Augen weiteten sich. »Alice!«, rief er und stürmte los. Er riss die Tür auf, sprintete den Flur entlang und rannte die Stufen nach unten. Ich folgte ihm so schnell ich konnte, zuckte jedoch zusammen, als Alice wieder schrie.

»Oh mein Gott!« Alice' Stimme hallte durch die erste Etage, sodass wir sie leichter finden konnten.

Dom kam vor mir bei ihr an und sein Körper versperrte mir kurzzeitig den Blick auf die Gestalt, die auf dem Boden lag, weshalb ich neben ihn trat. Schockiert riss ich die Augen auf und starrte auf die regungslose Person. Die Haut des Mannes war blass und hatte einen bläulichen Schimmer. Er trug dunkelgrüne Kleidung, auf der dennoch Grasflecken zu sehen waren. Doch sie gingen in dem Meer aus Blut unter, das überall verteilt war. Seine Schürze, die dunklen Haare und die Haut waren mit dem Lebenssaft beschmiert, der aus einer Wunde an seinem Hals tropfte. Eine riesige Lache war unter seinem Körper zu sehen.

»Ist er tot?«, fragte Lyra nervös, hörte aber nicht auf, Lynn zu schaukeln, die mittlerweile im Kinderwagen lag und trotz der Schreie weiterschlief, als wäre alles in Ordnung. Aber das war es nicht. Ganz und gar nicht. Da lag ein verfickter Toter! Wie sollte er bei dem Blutverlust noch leben? Ganz zu schweigen von seiner Kehle, die ich durch die Verletzung am Hals sehen konnte. Irgendwer hatte sich alle Mühe dabei gegeben, ihn zu enthaupten, hatte es aber anscheinend nicht geschafft oder war unterbrochen worden, denn die Wundränder waren zerfranst und die Klinge lag in einer Pfütze Blut.

»Wer ist das?« Dom beugte sich weiter über die Leiche, die uns aus leeren Augen ansah. Der Mund des Mannes stand offen und er klappte auch nicht zu, als Dom mit einem Finger den Kopf zur Seite drehte, um den Schnitt genauer zu betrachten. Dabei legte er die Tätowierung frei, die am Schlüsselbein der Leiche entlang wanderte. Efeu, der eine Sichel umschlang. Fuck!

»Hudson?«, wisperte ich fragend, obwohl ich mir sicher war, dass er es war. Das Tattoo war zu einzigartig, um ein Zufall zu sein. Irrtum ausgeschlossen. Er war es. Der Mann, der die Hecke am versteckten Tor – meinem Fluchtweg – immer ein wenig länger gelassen hatte, damit das Türchen nicht auffiel, war jetzt tot.

»Was?«, schrie Alice schrill, während sie damit beschäftigt war, ihrem Sohn die Augen zuzuhalten, dem Tränen unter ihren Fingern über die Wangen liefen. Er schluchzte und krallte sich an die Beine seiner Mom. Ich hoffte, dass er nicht der Erste gewesen war, der den Toten entdeckt hatte. Keine Therapie der Welt würde das wieder in Ordnung bringen.

»Sein Name ist Hudson. Er ist ... war ... der Gärtner.« Mein Gestammel ärgerte mich, weil Dom einen Arm um mich schlang. Dabei war nicht ich es, die getröstet werden musste, sondern Alice und das Kind. Und Lyra, die stumm weinte, während sie darauf achtete, dass Lynn weiterschlief. Dennoch kümmerte er sich zuerst um mich. Verdammt, ich liebte diesen Mann. Dafür, dass ich ihm wichtig war, aber auch dafür, dass er Prioritäten setzte. Und genau das tat er, als er einen Kuss auf meinen Scheitel drückte und das Kommando übernahm. Hier lief ein Mörder frei herum und als Boss war es seine Aufgabe, alle zu beschützen.

»Egal, wer er ist. Jetzt ist er tot. Lyra! Lass die Kinder nicht aus den Augen! Wo ist Antonio, Alice?« Sein Blick wanderte zu seinen Schwägerinnen. Alice ging mit ihrem Sohn ein Stück zu Lyra, die den Jungen sofort mit einer Hand an sich zog und ihn umarmte, während sie mit der anderen weiter den Kinderwagen hielt.

»Er ist gerade zurückgekommen und hat Alessio hinübergeschickt. Er schläft in unserem Schlafzimmer«, antwortete Alice mechanisch. Auch ihr liefen Tränen über die Wangen, doch sie hielt sich tapfer. Sie drückte den Rücken durch und erwiderte Domenicos Blick stolz, während sie peinlich genau darauf achtete, nicht auf die Leiche am Boden zu starren.

Dom seufzte tief. Ich wusste auch, warum. Egal, wo das Schlafzimmer lag, es war anscheinend weiter weg als das Büro, sodass Antonio seine Frau nicht schreien gehört hatte. Das hieß, irgendwer musste ihn holen und ihm Bescheid sagen. Die Kinder waren keine Option. Sie brauchten jemanden, der bei ihnen blieb. Aber auch Alice und Lyra konnte Dom nicht schutzlos durch die Gänge wandern lassen. Beide waren nicht bei der Mafia aufgewachsen und somit unerfahren im Umgang mit Waffen. Nur er und ich nicht. Also mussten wir uns trennen und das schien Dom genauso wenig zu freuen wie mich. »Aurora, bleib mit Lyra bei den Kindern und schieß auf alles und jeden, der euch gefährlich werden könnte, klar?«, verlangte er und drückte mir seine Pistole in die Hand, bevor er seine Lippen auf meine presste. Viel zu kurz, um als richtiger Kuss zu gelten, aber lange genug, damit die Sehnsucht nach ihm in meinem Inneren stärker wurde. »Pass auf dich auf!«, trichterte er mir ein, streckte seine Hand nach Alice aus und nickte mir zum Abschied noch einmal zu.

»Sicher«, murmelte ich, entsicherte die Waffe und

sah mich aufmerksam um, damit ich im Notfall bemerkte, falls irgendwas den Kindern oder Lyra gefährlich werden konnte. Und ich würde schießen. Wirklich. Egal, wer es sein würde. Ich schluckte noch einmal, als mein Blick Hudson streifte. Irgendwer hatte ihn umgebracht und ich konnte es nicht ändern, aber ich dachte sofort an Davide. Er war wütend. Das konnte ich verstehen. Aber würde er deshalb einen Unschuldigen abschlachten?

»Alice, komm mit!«, forderte Dom, streckte eine Hand nach ihr aus und lief in Windeseile mit ihr den Gang hinab, um Antonio zu suchen. Angst schnürte mir die Kehle zu, als ich daran dachte, dass den beiden etwas zustoßen könnte. Oder Isabella. Oh mein Gott! Wo war sie? Was war, wenn sie bei Davide war?

»Was passiert hier?« Lyras Stimme war nicht mehr als ein Flüstern. Panik war darin zu hören und erinnerte mich wieder daran, dass Alessio ebenfalls in Davides Fänge geraten könnte. Ich betete, dass es ihnen allen gutging. Ich würde mir niemals verzeihen, wenn Lynn ihren Dad verlor, weil meine Familie kaputt war. Doch lange konnte ich mich nicht mit meiner Angst aufhalten. Ich durfte es nicht. Die Waffe in meiner Hand wog schwer. Ich musste Lyra und die Kinder beschützen. Koste es, was es wolle. Nicht nur, weil ich nicht wollte, dass sie meinetwegen starben, sondern sie waren Doms Familie. Er liebte sie und ich ... ich liebte ihn. Tränen schossen mir in die Augen und ich blinzelte sie eilig weg, bevor meine Sicht verschwamm. Es ging ihm gut. Das musste es einfach. Dennoch wusste ich, die Möglichkeit bestand, dass er bereits von irgendwem erschossen worden war, oder dass jemand ihm gerade eine Knarre an den Kopf hielt.

»Ich weiß es nicht. Ich weiß es wirklich nicht.« Meine Stimme klang tränenerstickt, während ich die Waffe höher hielt und auf die Tür zielte. Doch würde ich es überhaupt schaffen zu schießen? Wenn Davide etwas mit der Sache zu tun hatte, könnte ich ihn umbringen, um Doms Familie zu beschützen? Wären sie mir wichtiger als mein eigenes Fleisch und Blut? Ich wusste es nicht. Und ich konnte nur hoffen, dass ich es nicht herausfinden musste. Zum Glück erhörte diesmal irgendwer meine Gebete.

SIEBEN

AURORA

»Was machen wir hier?«, hallte Davides wütende Stimme durch den Raum, als Alessio gerade die Eingangstür verschloss und damit alle in die Eingangshalle sperrte. Von den Küchengehilfen bis zum Reinigungspersonal waren alle, die im Anwesen meiner Familie gewohnt hatten, hergebracht und zusammengepfercht worden. Wasser und Essen standen auf großen Tischen bereit und einige Matratzen, falls jemand schlafen wollte. Der Raum schrie geradezu danach, dass wir ihn so schnell nicht wieder verlassen würden, was noch mehr Panik auslöste als die Nachricht von Hudsons plötzlichem Ableben. Aber auch das war nicht spurlos an der Belegschaft vorüber gegangen. Dads Tod war für viele zwar überraschend gekommen, aber es war kein schwerer Verlust. Hudson jedoch war für seine Hilfsbereitschaft bekannt gewesen. Er war immer freundlich zu allen gewesen und hatte nie ein böses Wort verloren. Über niemanden. Dass ausgerechnet er ermordet worden war, war ein schwerer Schlag. Auch für mich. Sicher, ich hatte nicht viel mit ihm zu tun gehabt, doch er hatte mir früher immer Blumen aus dem Garten für die Vase in meinem Zimmer mitgebracht, wenn ich Geburtstag hatte. Orchideen und Lilien – meine Lieblingsblumen. Außerdem hatte er immer Lorenzo geholfen, der als Dads Butler die unmöglichsten Aufgaben zu bewältigen hatte. Zumindest, bis sie sich irgendwann wegen eines Streits aus dem Weg gegangen waren. Ob Lorenzo etwas mit der Sache zu tun hatte? Mein Blick schweifte über die Anwesenden. Es dauerte nicht lange, bis ich ihn fand. Er unterhielt sich mit Santiago. Ihre Mienen waren grimmig, die Muskeln angespannt.

»Fürs Erste bleiben alle in diesem Gebäude. Keiner geht nach draußen«, bestimmte Alessio knurrend und steckte sich den Schlüssel zur Tür demonstrativ in die Hemdtasche, sodass er meine Aufmerksamkeit wieder auf sich zog. Die Nachricht war klar: Keiner würde ohne seine Zustimmung hier wegkommen. Seine Wut konnte ich nur zu gut verstehen. Sein Kind war in Gefahr gewesen und einer in diesem Raum war schuld daran. Die Grazas würden kein Risiko eingehen und darüber war ich froh. Obwohl ich die Nachkommen erst seit ein paar Stunden kannte, war ich dennoch schockverliebt in die beiden. Es wäre eine Tragödie, wenn ihnen etwas zustoßen würde.

»Die kleine Schlampe mit den Kindern ist aber auch ...«, setzte Davide an, der mit zu Fäusten geballten Händen auf Alessio zuging und ihm augenscheinlich den Schlüssel abnehmen wollte. Mit wenig Erfolg, denn bevor er auch nur zu der Hemdtasche greifen konnte, krallte Alessio seine Hände in Davides Kragen und hob meinen Bruder ein Stück vom Boden hoch.

»Vorsicht! Wenn du meine Frau noch einmal so nennst, wirst du bald keine Zunge mehr haben, mit der du sprechen kannst«, zischte Alessio kalt, schob Davide nach hinten und ließ ihn gleichzeitig los, sodass mein Bruder zurückfiel und mit dem Hintern auf dem Boden aufschlug. Er keuchte vor Schmerz, schaffte es jedoch in letzter Sekunde, sich mit den Armen abzustützen, damit er nicht auf den Hinterkopf aufprallte.

»Auch wenn es dich einen absoluten Scheißdreck angeht, Davide, Lyra, Alice und die Kinder bleiben im Santis-Anwesen. Allein. Antonio passt auf sie auf und wird sofort jeden erschießen, der sich dem Haus auch nur nähert. Alle anderen sind hier. Also auch der Mörder von Francesco Santis und Hudson. Bis wir nicht wissen, wer hier wahllos Menschen abschlachtet, werden wir jeden eurer Schritte kontrollieren«, meldete sich Dom zu Wort und mein Kopf drehte sich in die Richtung, aus der seine Stimme erklang. Ich hatte ihn nicht mehr gesehen, seit er mit Alice verschwunden war. Stattdessen hatte mich irgendwann einer der Wachen gebeten, in die Eingangshalle zu gehen und Lyra war inzwischen mit den Kindern von Alessio abgeholt worden. Erleichterung durchflutete meinen Körper. Es ging ihm gut. Zwar hatte ich nichts anderes erwartet, da Domenico der vorsichtigste Mann war, den ich kannte, dennoch hatte mir das Stimmengewirr in meinem Kopf keine Ruhe gelassen, das mir sagte, er könnte sterben.

»Das kannst du nicht machen. Du hast kein Recht dazu, uns einzusperren«, wütete Davide weiter. Er sprang auf seine Füße und stapfte auf Domenico zu, der die Treppe zum ersten Stock nach unten ging. Dabei hatte Dom den Kopf hoch erhoben. Seine Wirbelsäule war durchgestreckt und seine eleganten Bewegungen ließen ihn beinahe wie einen König aussehen. Wäre da nicht die Waffe gewesen, die er offen an seinem Gürtel zur Schau trug. Schritt für Schritt kam er zu uns herunter und die Menge teilte sich vor ihm, damit zwischen ihm und Davide kein Hindernis stand.

»Wirklich nicht, Kapitän?« Dom betonte Davides neuen Titel extra, während er auf ihn zuging, und ein Grinsen schlich sich auf seine Züge, als Davide unter dem Ton zusammenzuckte. »Ich denke alle, die keinen Mord begangen haben, werden dankbar sein, dass wir auf sie aufpassen.« Domenico sah sich nach links und rechts um und zustimmendes Gemurmel erklang. Natürlich, alle hatten Angst zu sterben und das nächste Opfer zu sein. Somit würde sich keiner der Angestellten beschweren, sondern nur diejenigen, die wussten, dass sie nichts zu befürchten hatten. Regte Davide sich deshalb so auf? Weil er der Mörder war? Er passt ins Bild. Perfekt, um genau zu sein. Und er war der Einzige, den es zu stören schien, dass wir in der Halle festsaßen.

Davide schnalzte mit der Zunge und drehte sich zu mir. Kopfschüttelnd verdreht er die Augen. »Aurora, hast du ihm das Gehirn rausgefickt, oder wieso verliert der Typ plötzlich den Verstand?«, wollte er wissen, aber ich konnte nicht antworten. Allgemeines Luftschnappen erklang. Die Blicke der Umstehenden richteten sich auf mich. Blut schoss mir in die Wangen. Was hatte er gerade gesagt? Meine Unterlippe begann unkontrolliert zu zittern. Scham kroch in jede Pore meines Körpers und dagegen half auch nicht Isabellas warme Hand, die sie mir auf die Schulter legte. Ich schluchzte. Sie sollten wegsehen. Die Blicke verursachten mir eine Gänsehaut. Sie schienen mich zu durchbohren. Sofort fühlte ich mich nackt. Ekel breitete sich in mir aus. Wie konnte er nur? Die erste Träne rollte über meine Wange. Dom sah sie, doch er stand zu weit weg, um mich zu trösten. Aber zum Leidwesen von Davide, stand er nah genug an meinem Bruder.

»Wie bitte?«, knurrte Dom, packte Davide, aber anstatt ihn loszulassen wie Alessio, rammte er meinen Bruder gegen die nächste Wand. Es knallte, als Davides Hinterkopf auf der Mauer aufschlug. Die Wand vibrierte und gab ein Grollen wie das eines Donners von sich. Davide keuchte schmerzerfüllt. Er krümmte sich zusammen und schloss die Augen, doch er blieb aufrecht stehen, als Dom die Hände von seiner Kleidung nahm, um ihm anschließend ins Gesicht zu schlagen. Domenicos Faust raste auf Davides Wange zu. Es krachte. Irgendein Knochen knackste. Die Haut oberhalb des Auges platzte auf. Sein Kopf wurde zur Seite geschleudert. Blut spritzte. All das geschah innerhalb eines Wimpernschlags, bevor Davide sich auch nur bewegen konnte. Doch als mein Bruder realisierte, was gerade passierte, begann er, sich zu wehren. Abwehrend hob er die Arme, um sein Gesicht vor weiterem

Schaden zu schützen, doch das hinderte Dom nicht daran, weiter auf ihn einzuschlagen. Da der Kopf nicht mehr freizugänglich war, landete Doms Faust diesmal in Davides Magen. Mein Bruder würgte. Santiago, der ganz in der Nähe stand, starrte Dom mit aufgeklapptem Mund an und trat hastig einen Schritt zurück, als hätte er Angst, er könnte als nächstes Domenicos Wut zu spüren bekommen. Doch er unternahm nichts, um Davide zu helfen. Ganz anders als Doms Bruder.

»Dom! Domenico, hör auf!«, schrie Alessio, eilte auf die beiden zu und riss Dom an der Schulter zurück, doch der dachte nicht daran aufzuhören. Immer und immer wieder schlug er auf Davide ein, dessen Beine schon bald unter ihm nachgaben. Weitere Knochen brachen. Bei jedem Knacksen zuckte ich zusammen. Davide stöhnte vor Schmerz.

»Du widerliche, kleine Kakerlake wagst es …«, brüllte Dom und hämmerte auf Davides Rippen ein. So fest, dass er sich selbst dabei verletzte. Die Haut über seinen Knöcheln lief rot an und irgendwann gab sie unter der Wucht der Schläge nach. Blut sickerte aus den Wunden. Es musste wehtun, aber Domenico achtete nicht darauf. Wie ein Wahnsinniger schlug er auf Davide ein und zog damit alle Blicke auf sich, sodass mich niemand mehr beachtete und ich mir verstohlen die Träne von der Wange wischen konnte.

»Dom! Komm runter! Du musst dich beruhigen.« Alessio zerrte an Doms Schultern und schaffte es kurzzeitig, ihn von Davide wegzuziehen. Vielleicht hätte das gereicht, um den Kampf zu beenden, doch Davide war ein Arschloch und anscheinend auch noch dumm genug, einen wütenden Stier weiter zu triezen. Vielleicht war mein Bruder lebensmüde, oder er war ein Idiot. Vielleicht auch beides.

»Was? Stimmt es etwa nicht?« Davide spuckte in Domenicos Richtung. Der Speichel war mit Blut durchzogen. Bereits jetzt begann sein Auge anzuschwellen und schon bald würde er auf dieser Seite nichts mehr sehen können. »Jeder hier weiß, dass du sie fickst, und das hast du auch schon, bevor Dad gestorben ist. Vermutlich hat sie ihn umgebracht, damit sie nicht mehr als Verräterin gilt, wenn sie sich dem Feind an den Hals wirft.«

Scharf sog ich die Luft ein. Mir drehte es den Magen um. Dem Feind an den Hals werfen? War das sein gottverdammter Ernst? Die Scham und Trauer schlugen in Wut um. Er – ausgerechnet er – wagte es, mir vorzuwerfen, mich mit den Feinden abzugeben? Er hatte mit jemandem aus dem Graza-Clan zusammengearbeitet, um Alice zu entführen! Hatte ich ihm das jemals vorgeworfen? Oder sonst irgendwer? Und nun verwendete er meine Gefühle für Dom gegen mich? Vielleicht, wenn er einmal den Mund aufgemacht und sich gegen Dad zur Wehr gesetzt hätte, wäre all das nie passiert. Unser toter Bruder Henry und er wären zusammen stark genug gewesen, um Dad von seinem hohen Ross zu stürzen, aber er hatte das Leben als Speichellecker vorgezogen. Aber ich nicht und das tat mir nicht leid. Ich hatte versucht, Dad ins Gewissen zu reden und hatte dafür mehr als einmal Prügel kassiert.

»Davide! Es reicht jetzt! Lass es gut sein!«, mischte

Isabella sich ein, bevor ich ebenfalls auf ihn losgehen konnte. Ohne es zu bemerken, hatte ich mich in seine Richtung bewegt und die Hände bereits nach ihm ausgestreckt. Dabei wusste ich gar nicht, was ich tun sollte. Ihn ebenfalls schlagen? Das würde ihn nicht halb so verletzen wie die Schläge, die Dom ihm verpasst hatte.

»Aber sie ...« Davide drückte die Finger seiner rechten Hand gegen seinen linken Rippenbogen und keuchte schwer. Seine Stimme klang belegt und sein Brustkorb hob und senkte sich kaum, obwohl sein Atem sich anhörte, als wäre er gerade mehrere Kilometer gelaufen. Dennoch hatte er noch genug Kraft, um den Mund zu öffnen.

»Hör einfach auf!«, bat Isabella ihn nachdrücklich, hielt mich weiter zurück und stellte sich sogar vor mich, sodass ich Davide das Maul nicht stopfen konnte. Wärme durchflutete mich beim Anblick meiner Schwester, die sonst nicht freiwillig mit anderen Menschen redete, aber sich für mich vor eine Menschenmenge stellte, um mir beizustehen. Davide sah sie ebenfalls erstaunt an und zur Überraschung aller, richtete er sich auf und torkelte an der Wand entlang zu einer der bereitgelegten Matratzen. Er sagte nichts mehr, stützte sich nur an der Mauer ab und legte sich hin. Allgemeines Aufatmen war zu vernehmen. Die Spannung, die in der Luft lag, löste sich langsam auf, auch wenn Alessio seinen Bruder immer noch festhielt. Doms Blick folgte Davide. Noch immer sah Domenico aus, als würde er ihn gern umbringen, doch stattdessen gab er ein Handzeichen und eine junge

Frau mit weißem Kittel lief auf Davide zu. Sie kniete sich neben die Matratze und begann, meinen Bruder zu untersuchen, der sie eine *Schlampe* nannte und ihre Hände wegschlug. Ihr Blick suchte Domenico, der sie aufmunternd anlächelte und wieder startete sie einen Versuch, Davide zu helfen.

»Danke«, flüsterte ich Domenico zu und trat an seine Seite. Obwohl er Davide alles Schlechte wünschte, ließ er ihn dennoch behandeln. Meinetwegen. Mein Herz füllte sich mit Stolz. Alice hatte recht. Er war ein guter Mann, der beste. Und er wollte, dass ich seine Frau wurde. Das war wie ein Traum. »Dom! Ich weiß, keiner soll den Saal verlassen, aber …«

»Diese Regel gilt nicht für dich, *vita mia*. Wenn du lieber gehen willst, kannst du das. Solange alle anderen hier sind, läuft der Mörder nicht frei herum und du bist sicher«, versicherte Dom und sah auf die Wunden seiner rechten Hand hinab. Blut lief über seine Finger und tropfte auf den Boden. Die Verletzungen waren nicht tief, aber ich wollte auf keinen Fall, dass sie sich entzündeten.

Schnell zog ich Isabellas Tuch von ihrem Hals, wofür sie mir einen entzürnten Blick zuwarf, doch ich ignorierte ihn und band den Stoff über Doms Hand, damit die Blutung gestoppt wurde. »Ich darf also ganz gehen?«

»Ist es so schlimm für dich, bei mir zu sein?« Traurig lächelte Dom, während er den provisorischen Verband ansah. Das Tuch saugte sich sofort mit Blut voll, aber für eine Weile würde es reichen. Dom schien das genauso zu sehen, denn er hob die Hand an meine

Wange und strich zärtlich mit dem Daumen über meinen Kiefer.

»Nein«, hauchte ich, weil ich tatsächlich nicht von ihm wegwollte. Nicht jetzt, wenn er verletzt war. Und nicht, während mein Bruder sich aufführte wie ein Vollpfosten. Genau diese Worte waren das, wovor ich Angst gehabt hatte. Ich hatte die Sorge, dass alle mich ansehen würden wie eine Schlampe oder eine Verräterin. Doch als ich die Worte wirklich hörte, waren sie nur halb so schlimm wie in meiner Vorstellung, solange Dom bei mir war. »Eigentlich will ich nur in ein Bett.« Mit dir. Ich wollte mich an Doms Brust kuscheln und seinen Geruch einatmen, um den Anblick von Hudsons aufgerissenen, toten Augen zu vergessen.

»Du kannst in meinem Zimmer schlafen, wenn du möchtest. Oder ich lasse dir ein anderes Bett beziehen, damit du dich ausruhen kannst«, schlug Domenico vor, doch das war nicht notwendig. Kein Bett wäre mir lieber als seines. Ich wollte mich in seine Bettwäsche einrollen und am Stoff riechen, der bestimmt nach ihm duftete. Die Wut auf Davide war inzwischen verraucht und zurück blieb nur die Dankbarkeit, die ich für Dom empfand, dafür, dass er sich für mich einsetzte. Für uns. Ich war in diesem Kampf und mit all der Verwirrung nicht allein. Wieso hatte ich das nicht gleich bemerkt?

»Bleibst du bei mir?« Die Bitte kam nur schwer über meine Lippen, weil ich wusste, wie egoistisch sie war. Es war gerade jemand gestorben und weitere Unschuldige waren in Gefahr, während ich nur an die Beziehung zwischen Dom und mir denken konnte. Aber diesmal wollte ich selbstbezogen sein und auf nichts anderes hören als mein Herz. Ich musste Dom sagen, was ich getan hatte und dann lag die Entscheidung bei ihm, ob der Ring in seinem Büro immer noch für mich war, oder nicht.

»Alessio, behältst du alles im Auge? Ruf dir Verstärkung! Je mehr desto besser. Alle anderen Befehle und Geschäfte werden bis auf Widerruf auf Eis gelegt«, murmelte Dom seinem Bruder zu, sah aber weiterhin mich an. Die Streicheleinheiten an meinem Kiefer zogen sich langsam bis zu meinem Hals. Doms Mund stand einen Spalt offen, während er mich berührte. Gern hätte ich ihn geküsst, aber das musste warten, bis wir allein waren.

»Geht klar, Boss.« Bestätigend grinste Alessio, zog ein Telefon aus seiner Hosentasche und begann bereits, eine Nummer zu wählen. Zeitgleich schob Domenico mich vor sich her und zur Treppe, an deren untersten Stufe zwei Männer in Anzügen standen. Die Brosche, die einen Skorpion abbildete, zeichnete die Zwei als Mitglieder des Graza-Clans aus. Respektvoll nickten sie ihrem Boss zu und ließen uns vorbei, stellten sich aber sofort wieder vor die Stufen, als eine weitere Person auf die Treppe zuging.

»Wohin gehst du?«, ertönte Isabellas Stimme hinter uns und zwang mich somit, mich noch einmal umzudrehen. Sie wirkte besorgt, doch ich lächelte beruhigend. Ein schlechtes Gewissen kam in mir hoch, weil ich sie allein ließ, aber ich hoffte, Alessio würde auf sie achtgeben und sie beschützen, falls ihr jemand zu nahe trat. Davide zum Beispiel. Er hieß es sicher nicht gut, dass sie für mich Partei ergriffen hatte.

»Ich lege mich nur hin, Isabella.« Lüge. Aber es reichte, wenn eine von uns Herzflattern hatte, weil sie auf dem Weg zu ihrer eigenen Beerdigung war. Isabella würde schon früh genug erfahren, dass ich es Dom gesagt hatte. Sollte er nicht verstehen, warum wir es tun mussten, würden wir sowieso als elendige Verräterinnen enden.

»Vergesst wenigstens nicht zu verhüten.« Isabella begann zu lachen und zwinkerte Dom verschwörerisch zu, dessen Mundwinkel daraufhin verräterisch zuckten. Die Situation amüsierte ihn, auch wenn er versuchte, es zu verstecken.

»Isabella!«, rief ich und verengte die Augen, um ihr einen bösen Blick zuzuwerfen, obwohl ich nicht wirklich wütend auf sie war. Sie wusste nicht, was gerade in mir vorging und für sie musste es wirklich so aussehen, als würde ich mich zurückziehen, um mit Dom zu schlafen. Es wäre toll gewesen, wenn es nur darum gegangen wäre. Ich vermisste seinen Körper auf meinem. Aber zuerst gab es Wichtigeres.

»Lass uns gehen.« Dom zog mich am Handgelenk die Treppe nach oben und mit jeder Stufe stieg meine Nervosität, bis sie mich innerlich zerriss. Die Stunde der Wahrheit war gekommen.

»Wir wurden unterbrochen.« Domenico schloss die Tür hinter sich und drehte das Schloss, sodass wir ungestört waren. Stille breitete sich zwischen uns aus, als wir die Geräusche der anderen Menschen hinter uns ließen. Wir waren allein. Zum zweiten Mal in den letzten drei Stunden, doch es kam mir vor, als wäre viel mehr Zeit seitdem vergangen. Noch immer sah ich Hudsons aufgerissene Augen vor mir und das dunkle, rote Blut, das den Boden überschwemmte. Ich hörte Alice' Schreie und das Weinen ihres Sohnes. Es war fürchterlich. Schlimmer, als auf Dads Leiche zu starren. Um ihn tat es mir nicht leid und ich hatte genau gewusst, wer ihm welche Schnitte zugefügt hatte. Aber das hier war etwas ganz anderes. Plötzlich gab es wirklich einen Mörder, vor dem ich Angst haben musste. Die Karten wurden neu gemischt und ich war eine wahnsinnig schlechte Spielerin.

»Ja, ein Toter kann einen Heiratsantrag ziemlich runterziehen, egal wie romantisch er gestaltet ist«, sagte ich, um irgendwas gegen die gespenstische Stille zu tun. Doch das Lachen, das ich ausstieß, verwandelte sich in ein Schluchzen, während ich tiefer in Domenicos Schlafzimmer trat. Alles hier drin wirkte kahl. Leer. Es gab keine Fotos, keine Bücher, keine Fenster. Nichts außer einem riesigen Schrank, zwei Nachttischen und einem Bett. Das Mobiliar war in einem dunklen Braun gehalten, das beinahe schwarz wirkte. Es passte zu Dom, keine Frage, dennoch kam es mir kalt vor. So sollte ein Heim nicht aussehen, auch wenn die schwarze, glänzende Bettwäsche wunderschön im Schein des künstlichen Lichts reflektierte. Müde setzte ich mich auf die Bettkante. Der Tag dauerte schon viel zu lange und ich war mir sicher, dass ich diese Nacht kein Auge zumachen würde. Nicht, solange wir nicht wussten, was hier vor sich ging.

»Heißt das, du bleibst bei deinem Nein?« Doms Stimme wurde rauer. Angst schien darin mitzuschwingen. Er trat näher zum Bett und sah auf mich hinab. Von meiner sitzenden Position sah er noch viel größer und eindrucksvoller aus. Die Erinnerungen an das Geräusch der Schläge, die er Davide verpasst hatte, kam mir wieder ins Gedächtnis. Ich wusste, dass Dom stark war, aber er hatte Davide hochgehoben, als wäre mein Bruder ein störrisches Kleinkind. Davide hatte keine Chance gegen ihn.

»Was, wenn es so wäre?«, fragte ich und schob damit nur meine Aufgabe vor mir her. Ich musste ihm von Dad erzählen. Sofort. Ich hatte lange genug gewartet. Aber Doms Blick war so liebevoll, dass ich es nicht über mich brachte. Würde er mich jemals wieder so ansehen, nachdem er die Wahrheit kannte?

»Dann müsste ich mir überlegen, wie ich beim nächsten Mal frage.« Domenico zwinkerte und ging vor mir auf die Knie, sodass unsere Augen auf einer Ebene waren. Mit den Händen stützte er sich auf der Bettkante links und rechts neben meinem Körper ab. Seine Lippen waren so nah, dass ich seinen Atem auf meinem Gesicht spüren konnte.

»Du willst noch einmal fragen?« Mein Herz verrutschte in meinem Brustkorb. Es fühlte sich an, als würde es wandern und einen Weg hinaus suchen, um zu Dom zu kommen. Er wollte mich noch einmal fragen. Zuerst dachte ich noch, er hätte mich gebeten, seine Frau zu werden, weil es das Einfachste für ihn war, um mich zu besänftigen und die Konditionen des Testaments von uns zu schieben. Doch er musste es ernst meinen, wenn er wieder und wieder fragen wollte, richtig?

»Solange, bis du Ja sagst«, bestätigte Dom und streifte mit seinen Lippen hauchzart meinen Mund. Er fühlte sich gut an. Viel zu gut, um wahr zu sein. Alice hatte recht, so stellte ich mir das Wunderland vor, und kurz spielte ich mit dem Gedanken, es Dom nicht zu sagen. Ich könnte es für immer verheimlichen. Isabella würde das sicher für mich tun. Doch wollte ich das? Mein Leben würde auf einer Lüge basieren. Und plötzlich wurde das strahlende Wunderland düster. Es verlor an Farbe. Der Geschmack von Dom auf meinen Lippen löste sich auf und zurück blieb nur eine metallische Note. Ich schmeckte Blut. Meine Sicht färbte sich rot.

»Ich habe ihn umgebracht.« Mechanisch verließen die Worte meinen Mund. Eine Silbe nach der anderen rollte über meine Zunge, bis der Satz im Raum stand. Allein und verlassen. Ich hoffte, Dom würde verstehen, was ich meinte, doch er zuckte zurück, sodass er mein Gesicht betrachten konnte.

»Was?«, fragte er und Verwirrung breitete sich auf seinen Zügen aus. Ich versuchte, meine Miene so ausdruckslos wie möglich zu halten, damit er nicht mitbekam, wie schwer es mir fiel, ihn weiterhin anzusehen, doch mit jedem Buchstaben verdüsterte sich seine Mimik, bis sie aussah, als hätte ich ihm gerade den Tod von einem seiner Brüder überbracht. »Hudson? Wie? Du warst die ganze Zeit bei mir.« Dom schüttelte den

Kopf, als könnte er sich keinen Reim auf meine Worte machen. Doch das stimmte nicht. Irgendwo in seinen Augen blitzte eine Erkenntnis auf.

»Nicht Hudson, aber Dad«, flüsterte ich, zog meine Beine nach oben und legte sie auf dem Bett ab, sodass ich sie mit den Armen umschlingen konnte. Dadurch konnte Dom mich zwar nicht mehr berühren und musste ein Stück zurück rutschen, doch es ermöglichte mir, mich kleinzumachen und das wollte ich. Ich wollte schrumpfen und schrumpfen, bis ich verschwand.

»Ich ... ich verstehe nicht.« Dom nahm die Arme vom Bett und verschränkte sie stattdessen vor seiner Brust. Seine Muskeln spannten sich an. Ich konnte die Konturen unter seinem Hemd genau erkennen. Durch den Kampf mit Davide kam er mir sogar noch bulliger vor.

»Ich habe Dad umgebracht«, beichtete ich und war stolz, dass meine Stimme monoton klang, obwohl in mir die Hysterie ausbrach. Erinnerungen mischten sich mit der Gegenwart. Meine Sicht verschwamm und ich sah wieder seinen massigen Körper, wie er auf dem Küchenboden zuckte, während ein Messer aus seinem Rücken ragte.

»Was ist passiert, Aurora?« Domenicos Hände legten sich auf meine Schultern. Ich konnte sie nicht sehen, aber ich spürte sie. Kraftvoll hielten sie mich fest, damit ich nicht umkippen oder weglaufen konnte. »Hat er dich verletzt und du hast dann ...«

»Nein.« Wenn es so gewesen wäre, dann hätte es eine Berechtigung gehabt, oder? Dann wäre es Notwehr gewesen oder ein Unfall, aber die Wahrheit war, dass nur die ersten ein oder zwei Stiche so gewertet werden konnte. Danach hatte ich nur noch zugestochen, weil ... Ich wusste es nicht. Vermutlich, weil ich nicht wollte, dass er mich ewig in meinem Zimmer einsperrte und ich wirklich endete wie Mom. »Ich ... Es tut mir so leid.«

»Aurora! Ich muss es wissen. Was genau hast du getan?« Der Griff um meine Schultern wurde fester, aber er schaffte es nicht mehr, mich ins Hier und Jetzt zurückzuziehen. Nein, ich lag wieder in meinem Bett im Santis-Anwesen wie am Beginn der grauenvollen Nacht, in der Dad starb. Ich wälzte mich hin und her. Schweiß perlte über meine Stirn. Mein Nachtkleid klebte an meinem Rücken. Ich zitterte am ganzen Körper.

»Ich hab gegen eine seiner Regeln verstoßen«, begann ich zu erzählen und bemühte mich, den Kloß in meinem Hals hinunterzuschlucken. »Ich bin nachts aufgestanden, obwohl ich das nicht sollte. Aber er hatte mich tagsüber geschlagen. So wie er das immer gemacht hat, seit er von Davide erfahren hat, dass ich es war, die euch geholfen hat, Alice zu retten. Doch diesmal hat er mich so stark geschlagen, dass ich eine Platzwunde auf der Stirn hatte. Es tat nicht weh, aber sie hörte nicht auf zu bluten, also wollte ich ins Badezimmer, um die Verletzung zu reinigen und die Blutung zu stoppen.« Ich erinnerte mich noch genau an das Blut, das auf mein Kopfkissen getropft war. Der Stoff hatte das meiste aufgesogen und war deshalb völlig durchnässt. Es war unangenehm gewesen, darin zu liegen. Ich hatte den Überzug wechseln wollen, aber das hätte nichts gebracht, solange ich immer weiter blutete. Also hatte ich meine Beine aus dem Bett geschwungen, die Tür geöffnet und war ins Badezimmer geschlichen. Auf Zehenspitzen in der Hoffnung, niemand würde mich entdecken. Hatte auch keiner. Zum Glück war alles still geblieben. Der Rest war ebenfalls in ihren Zimmern gewesen, betend, dass eine weitere Nacht im Horrorhaus vorüberging.

»Und?« Domenicos Stimme drang zu mir wie aus weiter Ferne, während ich mir wieder ins Gedächtnis rief, wie ich über dem Waschbecken im Bad stand, meine Stirn mit lauwarmem Wasser wusch und danach ein riesiges Pflaster auf die Wunde drückte, als die Blutung endlich unter Kontrolle war, sodass ich wieder weiterschlafen konnte. Na ja, zumindest hätte ich weiterschlafen können, wenn ich in meinem Zimmer angekommen wäre. Aber das war ich nicht.

»Auf dem Rückweg habe ich plötzlich Stimmen in der Küche gehört. Sie waren nicht laut, aber irgendwas stimmte nicht. Es war wie ein Stöhnen. Immer und immer wieder. Anfangs dachte ich, irgendwer vom Personal hätte dort Sex. Also schlich ich in die Küche, um ihnen zu sagen, wie viel Ärger sie bekommen würden, wenn Dad oder einer seiner Schergen sie dabei erwischte.« Ich lachte freudlos. Ich hatte es für einen schlechten Witz gehalten, als ich auf leisen Sohlen in den Küchenbereich gestolpert war. »Aber es war niemand vom Personal.« Ein Schluchzen kam aus meiner Kehle, bevor ich es verhindern konnte. Ich wünschte, ich wäre einfach wieder ins Bett gegangen. Alles hätte verhindert werden können, wenn ich in meinem Blut liegen geblieben wäre. Dad wäre nicht gestorben, sein Testament wäre nie in Kraft getreten und Dom würde mir nicht gegenübersitzen und meinen bebenden Körper festhalten. »Dad war in der Küche. Er sah mich nicht, weil er mit dem Rücken zu mir stand. Und weil er damit beschäftigt war ...« Ich stoppte, als ich wieder den Anblick seiner nackten Kehrseite vor mir hatte. Seine dunklen, graumelierten Haare waren unverkennbar gewesen, genau wie die dominante Stimme, die Befehle geflüstert hatte. *Beweg dich schneller. Ja, genau so. Weiter, kleine Schlampe. Du bist die perfekte Hure. Ich werde dich ficken, bis du nicht mehr stehen kannst.* Mir drehte sich bei der Erinnerung der Magen um. Ich würgte. Magensäure stieg meine Speiseröhre hoch und es kostete mich all meine Konzentration, mich nicht zu übergeben. Doch egal, wie sehr ich mich anstrengte, das Bild vor meinen Augen verschwand nicht. Dad hämmerte weiterhin den dünnen Körper gegen die Küchentheke. Das Geschirr, das darauf lag, klirrte. Aber davon ließ er sich nicht abbringen, oder von dem Flehen, das die Küche erfüllte. »Er war damit beschäftigt, Isabella zu vergewaltigen. Sie hat geschrien und geweint, während er seine Hände um ihren Hals gelegt und zugedrückt hat. Dad hat wieder und wieder in sie gestoßen, ihr gesagt, wie hübsch sie war, wenn sie gefickt wurde und wie sehr er sich auf den Moment freute, wenn das Leben aus ihren Augen wich.« Seine Finger hatten perfekt um ihren schlanken Hals gepasst, ohne jegliche Anstrengung. Mit Leichtigkeit hatte er ihr die Luft abgedrückt, während sich ihr Gesicht zuerst rot verfärbt hatte und dann blass geworden war. Ihre Augen waren vor Schreck geweitet gewesen und mit Adern durchzogen. Ihr Körper hatte sich gewehrt, aber egal, was sie getan hatte, er hatte sie wieder gegen die Theke geschlagen und lauter gestöhnt, als würden ihre Qualen ihn anheizen. »Er wollte sie umbringen«, hauchte ich und spürte die ersten Tränen, die über meine Wange liefen. Schnell gesellten sich immer mehr dazu. Sie waren überall. In meinen Augen, an meinen Wimpern, auf meiner Wange und in meinem Mund. Sie schmeckten salzig. »Zuerst stand ich so unter Schock, dass ich mich nicht bewegen konnte. Ich wusste nicht, was ich tun sollte. Einfach weggehen konnte ich nicht. Ich durfte Isabella nicht allein mit diesem Monster lassen, aber er hätte sicher nicht einfach von ihr abgelassen, wenn ich ihn darum gebeten hätte. Noch nie in meinem Leben habe ich so eine Angst verspürt wie in diesem Moment. Ich dachte, ich wäre die Nächste, wenn ich ihn auf mich aufmerksam machte und ihm damit zeigte, dass ich von seinem dreckigen Geheimnis wusste.« Hätte er vielleicht einfach aufgehört, wenn ich geschrien hätte? Wäre das Personal uns zur Hilfe gekommen, wenn ich nur laut genug gewesen wäre? Sie hatten Dad hunderte Male dabei beobachtet, wie er mich schlug und hatten nie etwas getan. Doch vielleicht – nur vielleicht – hätte es diesmal einen Unterschied gemacht, wenn sie mitbekommen hätten, was für ein krankes, perverses Schwein er war. Er hatte seine eigene Tochter vergewaltigt. Sein Fleisch und Blut.

»Also hast du was getan?« Doms Stimme erklang

und richtete meine Gedanken wieder in die richtige Richtung. Es machte keinen Unterschied mehr. Zu oft hatte ich das *Was-wäre-wenn-Spiel* gespielt. Die Nächte nach Dads Tod hatte ich nur das getan. Aber es würde nichts mehr ändern. Ich hatte nicht geschrien, sondern war still geblieben. Die ganze Zeit über.

»Ich hab eines der Messer aus dem Messerblock genommen. Isabella hat nur noch geröchelt. Sie schwankte. Vermutlich wurde ihr langsam schwindelig. Sie bekam keine Luft mehr.« Das war untertrieben. Ihre Stimme hatte versagt, als sie nach Hilfe rufen wollte. Ihre Augen hatten sich panisch im Raum umgesehen. Auch wenn sie selbst nicht mehr schreien konnte, signalisierte ihr Körper sehr deutlich, welche panische Angst Isabella gehabt haben musste. Angst davor, dass er immer weiter machte, oder davor, dass er sie umbrachte. Aber ihm war es egal gewesen. Er hatte nicht losgelassen. Dad war so erregt gewesen, hatte gestöhnt und ihre Wange geküsst, als würde nichts Schlimmes passieren. Vielleicht, wenn er nicht so in seiner Lust gefangen gewesen wäre, hätte er bemerkt, dass Isabella mich entdeckt hatte, während ich auf den Messerblock zuging. Die Messer waren aus wunderschönem Silber, aber die Griffe waren in schwarz gehalten. Ich suchte nicht nach dem größten, sondern schnappte mir einfach irgendeines. Zu diesem Zeitpunkt war mir nicht bewusst, was ich gleich tun, oder wozu ich überhaupt imstande sein würde. »Ich erinnere mich noch, dass ihre Augen mich fixiert haben. Sie hat stumm um Hilfe gefleht und dann hatte ich einen Aussetzer. Ich weiß nicht mehr, was genau ich getan habe. Vielleicht habe ich darüber nachgedacht, ob es das Richtige ist oder nicht, aber Tatsache ist, dass mir erst klar wurde, was ich tat, als die Klinge bereits in seinem Rücken steckte. Er hat sofort von Isabella abgelassen und ich zog das Messer wieder aus ihm heraus.« Es war schwer gewesen, ihm die Klinge ins Fleisch zu rammen. In Filmen sah es immer so einfach aus, aber das war es gar nicht. Das Messer war beim Eindringen auf Widerstand gestoßen. Sehnen und Muskeln waren im Weg gewesen. Es war kein glatter Schnitt gewesen. Die Klinge hatte gehakt und gehakt. Immer wieder. Doch irgendwie hatte ich doch die Kraft gehabt, das Messer ganz hineinzustoßen, bevor ich es mit einem Ruck wieder rauszog. »Dad hat sich zu mir umgedreht, während ihm Blut über die Kehrseite lief. Es war gefühlt überall. An seinem Körper, an meiner Hand und Isabellas Lippen, aber ich denke, dass das ihr eigenes Blut war. Vielleicht hatte er sie gebissen, bevor ich gekommen war. Ich weiß es nicht.« Vieles von dieser Nacht konnte ich mir nur zusammenreimen, weil ich keine richtige Antwort darauf hatte. Isabella wollte nicht darüber reden und ich auch nicht, wenn ich ehrlich war.

»Er ist auf dich losgegangen?«, mutmaßte Dom und das Gewicht verschwand von meinen Schultern. Stattdessen spürte ich, wie sich die Matratze neben mir senkte. Eine Hand legte sich auf meinen Rücken und begann mich durch mein Shirt zu streicheln. Die kreisrunden Berührungen waren beruhigend, doch sie konnte nicht verhindern, dass mein Puls stieg, während ich an die kalten Augen dachte, die mich angesehen –

nein, durchbohrt – hatten, als Dad sich zu mir wandte. Isabella hatte gierig nach Luft geschnappt und sich an der Theke festgehalten, damit sie nicht umfiel. Ihr Körper war nackt gewesen und sie hatte gar nicht erst versucht, die Blessuren vor mir zu verstecken, die ihre Haut zierten. Blaue Flecken, Knutschflecken, Bisse. Wie eine Schaufensterpuppe stand sie da und starrte ins Leere.

»Er schrie mich an, meinte, dafür würde ich bezahlen und wollte nach mir greifen. Ich hatte solche Panik.« Ich schniefte und wischte mir mit den Händen über die Wangen, aber die Tränen hörten nicht auf zu fließen. Doms Hand an meinem Rücken half ein wenig, aber es war nicht genug, weshalb ich mich zur Seite und somit gegen ihn lehnte. Seine Arme umfingen mich, ohne dass ich etwas sagen musste. »Dad beugte sich weiter zu mir und schob sich damit selbst auf das Messer. Der zweite Stich war damit eigentlich ein Versehen. Doch er wurde so wütend. Er sagte, er würde uns alle umbringen. Mit mir und Isabella würde er nur anfangen und er fragte, ob ich durch Moms Tod nicht gelernt hatte, dass ich mich nicht mit ihm anlegen sollte.« Ich wusste noch, dass seine Worte schlimmer gewesen waren als seine furchteinflößende Erscheinung. Ich dachte an die Chefköchin, die mir jedes Jahr zum Geburtstag mein Lieblingsessen kochte, an all die Zimmermädchen, die in den letzten Jahren meine Einsamkeit erträglich gemacht hatten und an Davide. Ich hatte schon meinen Bruder Henry verloren. Das war noch gar nicht so lange her und ich wollte Davide nicht auch verlieren, selbst wenn er ein Arschloch war.

»Also hast du wieder zugestochen?« In Domenicos Stimme lag kein Ekel oder Tadel. Nein, er fragte einfach nach, ohne mich zu verurteilen, wofür ich dankbar war. Er hörte sich die ganze verfluchte Geschichte an, bevor er entschied, welche Strafe ich verdiente. Haltsuchend kuschelte ich mich tiefer in seine Arme, doch sein Geruch konnte den Gestank meiner Erinnerungen nicht übertünchen. Es roch nach Eisen, Schweiß und Sex. Die Kombination passte nicht zusammen und verursachte erneut Brechreiz.

»Ich habe die Klinge erneut aus ihm rausgezogen und ihm gegen die Knie getreten, damit er zu Boden geht. Dann wollte ich mir Isabella schnappen und weglaufen, aber er hat mit der Hand meinen Fuß gepackt. Daraufhin hat sich Isabella ein weiteres Messer geholt.« Ich schloss die Augen, aber die Bilder verschwanden nicht. Wieder griffen die eiskalten Finger nach mir, umschlangen mein Fußgelenk und hielten mich zurück. Panik erfasste mich. Ich biss mir so fest auf dic Lippen, dass ich das Blut nicht nur riechen, sondern jetzt auch schmecken konnte. Erneut holte ich mit dem Messer aus und wollte ihm in die Armbeuge schneiden oder die Finger abhaken, damit er mich losließ. Aber ich erreichte ihn nicht ohne hinzufallen. Und dann war da die Erleichterung, als ich Isabella sah. Ihre Brüste wackelten auf und ab, während sie sich auf Dad stürzte. Er war so auf mich konzentriert, dass er sie erst bemerkte, als sie rittlings auf ihm saß – die Hände beide um den Griff der Klinge geklammert – und die Arme auf ihn hinabsausen ließ. Es dauerte nur einen einzigen Stich, bevor ich mich traute, mich weiter hinabzubeugen und ebenfalls mein Messer einzusetzen. Blut war überall hingespritzt. Isabella hatte es durch ihre Bewegungen in jede Ecke der Küche befördert. Und ich machte mit. Schnitt um Schnitt, damit jeder im Haus eine bessere Zukunft haben würde. »Wir haben gemeinsam so lange auf ihn eingestochen und ihn aufgeschlitzt, bis der Griff um meinen Fuß sich gelöst hat. Er hat noch gezuckt und ein Gurgeln kam aus seinem Mund, aber als die Panik endlich abflachte und uns klar wurde, was wir getan hatten, war er bereits tot.« Ich schluchzte. Mein Körper hatte gebebt bei dem Anblick von Dads Leib, der sich verkrampfte. Doch zu diesem Zeitpunkt hattesich sein Brustkorb schon nicht mehr bewegt. Wie auch? Unzählige Einstiche hatten seine Gestalt geziert. Sein gesamtes Blut musste sich in dieser Küche befunden haben. Ein Messer hatte in seinem Bauch gesteckt. Während ich meines beim letzten Stich herausgezogen hatte, hatte Isabella sich nicht die Mühe gemacht. Elegant war sie von Dad heruntergestiegen, als wäre sie seine Geliebte, die ihn gerade geritten hatte, statt ihn umzubringen. Zu zweit hatten wir dagestanden. Gekrümmt und verloren. Ihre Hand hatte sich in meine geschlichen. Wir hatten uns aneinander festgeklammert. Tränen waren über unsere Gesichter gelaufen. Und wie damals heulte ich auch jetzt stumm. Als ich wieder glaubte, das Blut an mir zu fühlen und der Ekel über meine eigene Tat mich überwältigte.

»Wieso habt ihr es niemandem gesagt?«, flüsterte Dom und der Griff um mich wurde stärker, als hätte er Angst, ich könnte ihm entwischen, wenn er mich losließ. Aber das würde ich nicht. Weil er gerade alles war, das ich brauchte, um nicht vollkommen zusammenzubrechen. Seine Wärme, sein Geruch und das Gefühl, das er in mir auslöste. Er streichelte mich, küsste mein Haar und schenkte mir einen Ort des Friedens in seinen Armen, obwohl ich ihn nicht verdient hatte.

»Wir haben die Messer abgewaschen, seinen Körper in sein Schlafzimmer gehievt und danach den Boden in der Küche geputzt. Dann sind wir einfach ins Bett gegangen und haben getan, als wüssten wir von nichts, bis sein Butler ihn morgens in seinem Zimmer fand. Nackt, blutend und zerstochen. Wir hatten keine Ahnung, wem wir es hätten sagen sollen. Selbst wenn sie uns geglaubt hätten, dass es keine Absicht war und er Isabella sonst getötet hätte …« Ich schluckte. Nein, ich bereute nicht, dass wir es niemandem gesagt hatten. Was wir getan hatten, ja, aber nicht, es danach für uns behalten zu haben. Wir hatten eine Ewigkeit gebraucht, um das ganze Blut loszuwerden. Die roten Blutspritzer waren nur schwer von den weißen Küchenschränken abzuschrubben gewesen. Ganz zu schweigen vom Boden und den Rillen zwischen den Fliesen, in die das Blut gelaufen war. Isabella und ich hatten geputzt, bis unsere Finger vom Reinigungsmittel wund gewesen waren und weiter, bis die Küche wieder glänzte. Und weiter, damit auch der Weg zu seinem Schlafzimmer erstrahlte. Jemand, der nichts von unserer Tat wusste, hätte vom Boden essen uns nichts davon merken können. Dennoch hatte ich tagelang Panik gehabt, dass wir irgendwo einen Fleck vergessen hatten und gleich jemand in mein Zimmer stürzen würde, um mich zu erschießen. »Dad hat so viele getötet und nie hat jemand etwas getan.« Niemand hätte uns geholfen. Niemals. Sie alle hatten Angst um ihr eigenes Leben.

»Wieso hast du es mir nicht gesagt?« Domenicos Arme drückten mich ein Stück von ihm weg, damit er mich ansehen konnte. Es schmerzte von ihm getrennt zu werden, auch wenn es nur wenige Zentimeter waren. Aber noch schlimmer war die Betroffenheit und die Enttäuschung in seinem Gesicht. Er gab sich die Schuld, dass ich nach der Tat nicht mit ihm gesprochen hatte. Ich konnte ein weiteres Schluchzen nicht unterdrücken. Doch diesmal war es nicht stumm wie zuvor, sondern geräuschvoll und irgendwie erleichtert. Der klagende Laut dröhnte in meinen Ohren und ließ die Erinnerungen verschwimmen, bis sie nur noch das waren: Erinnerungen. Nichtssagenden Bilder. Sie hatten keine Bedeutung mehr. Alles, was jetzt zählte war Dom. Er musste mir vergeben, richtig? Aber wie sollte er, wenn ich selbst es schon nicht schaffte, mir einzureden, dass ich keine andere Wahl gehabt hatte.

»Ich hatte Angst. Es ging schließlich nicht nur um mich, sondern auch um Isabella und ich weiß, dass du nach den Regeln der Mafia lebst und nach denen …« Ich biss die Zähne zusammen. Nach denen hatte ich Hochverrat begangen. Den Boss, den *Padre* zu töten, war noch schlimmer als die *Omerta* – die heiligen Gesetze der Mafia – zu brechen und mit den Bullen zu kooperieren. Dom wusste das. Verstehen breitete sich auf seinen Zügen aus und er drückte mich wieder an sich. »Ich wollte nicht, dass du plötzlich denkst, ich wäre eine kaltblütige Mörderin. Du hättest mich nie wieder mit diesem liebevollen Blick angesehen und das hätte ich nicht verkraftet.«

»Ich würde dich nie, niemals anders ansehen. Egal, was du tust oder getan hast«, versicherte er und drückte mir einen langen Kuss auf mein Haar. Sehnsüchtig seufzte ich. Ich wünschte, er würde mich richtig küssen. Meine Sorgen und Ängste vertreiben und mich vergessen lassen, was passiert war. Das konnte er. Ich wusste das. Als er mich gegen den Baum gedrückt und genommen hatte, waren meine Gedanken weit weg gewesen. An einem Ort, an dem es niemanden gab außer ihn und mich. Doch das war mehr, als ich von ihm verlangen konnte. Also schluckte ich die Bitte hinunter und lauschte seinen Worten. »Was ist mit Hudson passiert?«, wollte er wissen und ich versuchte, nicht verletzt zu sein. Dachte er, ich hätte ihn ermordet? Ein Blick in seine Augen verriet, dass es nicht so war. Neugier stand in ihnen geschrieben, aber nichts Verurteilendes.

»Ich weiß es nicht«, antwortete ich ehrlich und bekam eine Gänsehaut, weil Dom seine Hände von mir nahm und sich von der Matratze erhob. Er brachte Distanz zwischen uns. Es tat weh, aber ich sagte nichts. Ich würde ihn nicht anbetteln, mich zu halten, wenn er es nicht wollte, egal wie sehr ich es brauchte. Und das tat ich. Weil ich Angst hatte. Mein Leben hatte sich in kürzester Zeit drastisch geändert und obwohl ich es seit Kindheitstagen gewohnt war, vom Tod umgeben zu sein, war es etwas ganz anderes, plötzlich im Fadenkreuz gelandet zu sein.

»Gut, dann suchen wir also nur seinen Mörder.« Ein Lächeln blitzte in Doms Gesicht auf, doch es hielt sich dort keine Sekunde, bevor er die Bettdecke ergriff und sie zurückschlug. Verwirrt betrachtete ich ihn, bis er den Stoff um meine Schultern legte. Scharf sog ich die Luft ein. Natürlich, ich zitterte. Er musste denken, mir war kalt. Erneut lief ein Schwall Tränen über mein Gesicht. Noch immer kümmerte er sich darum, wie es mir ging. Womit hatte ich das verdient? Ihn? Er konnte viele anderen Frauen haben. Mafiatöchter, die keinen Mord begangen hatten. Oder tat er das nur, damit ich mich in Sicherheit wog, damit er nicht gleich entscheiden musste, was er mit mir tun sollte?

Dom wurde still, als er sich wieder neben mich setzte. Eine Minute verging. Und noch eine. Ich genoss die Ruhe, doch ich wusste, sie würde nicht ewig anhalten. In mein Gehirn schlichen sich Horrorszenarien von Dom, wie er mich erschoss, oder seinem Bruder Alessio, der mich in seinen berühmten Folterkeller mitnahm. War das mein Schicksal?

»Was passiert jetzt?«, fragte ich, als ich die Warterei nicht mehr aushielt. Die Ungewissheit war eine Qual. Schlimmer, als zu wissen, was mir blühte. Nervös kaute ich an der Innenseite meiner Wange. Ich zerbiss die weiche Haut, bis meine Zähne zu tief gegen das Fleisch stießen und ich Blut schmeckte.

»Alle bleiben in der Eingangshalle.« Dom legte eine Hand auf meinen Oberschenkel und strich hinunter bis zu meinem Knie, das er sanft streichelte. Der

Rock meines Kleides rutschte dabei Stück für Stück nach oben, doch das schien ihn nicht zu kümmern. Ich wurde mir jedoch darüber bewusst, wie sehr ich seine Berührungen vermisste. Ich wollte, dass er unter den Stoff fuhr und seine Hand zwischen meine Beine legte. Er sollte mich die Angst vergessen lassen, die in meinem Inneren wütete.

»Das meinte ich nicht.« Ich schloss die Augen und versuchte, mich dem Gefühl seiner Finger auf meinem Schenkel hinzugeben, doch die Furcht wog schwerer als die Erregung. Sogar aus dem Grab schaffte Dad es noch, mein Leben zu kontrollieren und mich davon abzuhalten, glücklich zu sein. »Was wird aus Isabella und mir?« Und aus uns beiden? Würde er mich noch einmal bitten, ihn zu heiraten? Ich wollte es. Das stand fest.

Domenicos Hand stoppte. Er drehte den Kopf in meine Richtung und betrachtete mich aus zusammengekniffenen Augen. Seine Augen glitten über meinen Körper und ich spürte, wie sich die Härchen an meinen Armen aufstellten. Ich war seinem Blick ausgeliefert. Seine Zunge schnellte hervor. Er leckte sich über seine Lippen. Der Griff an meinem Schenkel wurde fester. »Braucht Isabella psychologische Hilfe?«

»Sie möchte nicht mit einem Fremden reden.« Auch wenn ich es ihr hunderte Male angeboten hatte. Sogar mit mir sprach sie kaum darüber. Egal, was Dad ihr angetan hatte, es war so schlimm, dass sie es verdrängte, die Erinnerungen in eine Kiste stopfte und sie nie wieder öffnete. Das machte es zwar nicht ungeschehen, aber ich würde sie nicht zwingen, wenn sie nicht reden wollte. Es war ihr Leben, ihre Entscheidung. Dad hatte ihr schon genug die Kontrolle entrissen. Ich würde es nicht genauso machen, indem ich nicht auf ihre Wünsche einging.

Domenico nickte verstehend, auch wenn ich ihm keine Erklärung lieferte. »Fürs Erste ist das in Ordnung, aber wir sollten ihr trotzdem zu einer Therapie raten. Dein Dad war ein pädophiles Schwein und das sollten wir nicht auf die leichte Schulter nehmen. Wer weiß schon, was er ihr noch zugemutet hat. Auf jeden Fall muss sie nicht unten in der Halle bleiben. Zusammengepfercht mit so vielen Männern fühlt sie sich bestimmt nicht wohl. Ich werde einen der Wachmänner bitten, sie rüber zu Lyra und Alice zu bringen. Die beiden werden sich gut um sie kümmern.«

»Danke.« Überrascht riss ich die Augen auf. Ich hatte mit vielem gerechnet. Aber nicht damit. Mit zittrigen Händen zog ich die Decke höher, sodass sie sich wie ein sicheres Schutzschild anfühlte. Sie spendete mir Wärme, obwohl mein Innerstes gerade gefror. Noch immer wurde Dom nicht wütend. Er schrie nicht, nannte mich keine Verräterin oder zog mich aus seinem Zimmer, um mich der Meute zum Fraß vorzuwerfen. Nein, er reagierte verständnisvoll und mit jeder Sekunde bereute ich es mehr, dass ich nicht früher etwas gesagt hatte. Auch schon, bevor ich zum Messer gegriffen hatte. Wäre das vielleicht die Lösung gewesen? Die Polizei wäre mir keine Hilfe gewesen, aber die Grazas eventuell schon.

»Und wie geht es dir?« Doms Finger wanderten von meinem Knie zu meiner Hüfte und auch seine andere Hand umschlang mein Becken. Er packte zu und bevor ich überhaupt realisierte, was er vorhatte, war mein Hintern bereits in der Luft und im nächsten Moment wurde ich auf seinen Schoß gezogen. Er platzierte meinen Hintern auf seinen Schenkeln und legte dann von hinten seine Arme schützend auf meinen Bauch. Erschrocken keuchte ich auf.

»Ich hab Alpträume, aber außer die Angst wegen eines Mordes getötet zu werden, geht es mir gut.« Mein Rücken schmiegte sich an Doms Vorderseite, als sich meine Muskeln entspannten und der erste Schreck nachließ. Er wiegte mich sanft hin und her, während er den Kopf an meiner Schulter ablegte. Sein Atem streifte über mein Ohr. Ich erschauderte und Gänsehaut breitete sich über meinen kompletten Körper aus.

»Du hast nichts zu befürchten. Wir schreiben den Tod deines Dads dem Wichser zu, der Hudson getötet hat. Das wird reichen und niemand wird diese Theorie hinterfragen.« Doms Worte hatten eine beruhigende Wirkung, auch wenn ich immer noch damit rechnete, dass er mich gleich von seinem Schoß stieß und eine Waffe zog. Konnte es das wirklich gewesen sein? Das war alles? Keine Folter, kein Tod?

»Vielen Dank, Dom. Wirklich! Ich bin dir so unendlich dankbar«, flüsterte ich und kämpfte wieder gegen die Tränen, die nicht mehr aufgrund der Angst und der Trauer über mein Gesicht liefen, sondern aus Liebe. Gott, ich liebte Dom so sehr. Dafür, dass er mich festhielt, mich streichelte und nur das Beste für mich wollte. Weil er mir Sicherheit gab in einer Zeit, in der nichts Bestand hatte und Menschen starben wie Fliegen. Er war einfach er und es gab niemand anderen auf dieser Welt wie ihn.

»Du musst dich nicht bedanken, *vita mia.*« Dom drehte seinen Kopf ein Stück, sodass er einen Kuss an die Stelle setzen konnte, an der mein Hals in meine Schulter überging. Sanft strichen seine Lippen über meine Haut und langsam stoppten die Tränen. Meine Sicht klärte sich und mein Körper reagierte auf die Nähe zu Domenico. Lust flutete meinen Organismus, als mir klar wurde, dass mein Hintern gegen seinen Schwanz drückte, während ich auf ihm saß.

»Wieso machst du das?«, wollte ich wissen und hörte die Worte immer wieder. Sie dröhnten in meinem Kopf. *Vita mia.* Er hatte mich in letzter Zeit oft so genannt und es war besser als Dornröschen, dennoch hatte ich Sorge, dass er nicht wusste, was er zu mir sagte. Es war bescheuert, wenn ich daran dachte, dass er bestimmt besser Italienisch sprach als ich. Aber ich musste sicher sein. Weil mir diese drei Silben alles bedeuteten.

»Was?« Wieder fanden seine Lippen meine Halsbeuge. Er küsste sich hinunter zu meinem Schlüsselbein und dann wieder hinauf zu meinem Kiefer. Dabei hinterließ er eine feuchte Spur auf meiner Haut. Sofort begannen die Stellen, an denen er mich berührte, zu kribbeln. Hitze verbrannte die restliche Angst in meinem Inneren. Dom würde mir nichts tun. Niemand konnte jemanden so liebkosen, wenn er ihm etwas Schlechtes wollte, richtig? Also ließ ich mich in das Gefühl der Liebe fallen, das mich umgab.

Ich stöhnte und schloss genießend die Augen, während ich meinen Kopf in den Nacken legte. Nervös rutschte ich auf Doms Schoß hin und her, bis ich spürte, dass sich in seiner Hose etwas regte. »Mich dein Leben zu nennen«, hauchte ich und drückte mein Becken fester in seine Leiste, als ich endlich die Konturen seines Schwanzes fühlte, der sich immer wieder gegen meinen Hintern drückte.

»Weil du genau das bist.«

ACHT

DOMENICO

»Sag das nicht«, bat sie leise und keuchte, als ich meine Hände von ihrer Hüfte nahm, um sie unter ihr Kleid wandern zu lassen. Nach ihrer Geschichte wollte ich sie so nah wie möglich bei mir haben. Ich wünschte, meine Finger könnten ungehindert über ihre nackte Haut gleiten und jeden Zentimeter berühren. Als ich sie auf meinen Schoß setzte, dachte ich nicht darüber nach, wie schwierig es werden würde, sie so auszuziehen. Doch sie erneut von mir hinunter zu heben, kam nicht infrage. Nicht, solange ich das Gefühl hatte, sie zu verlieren, wenn ich mich auch nur zu schnell bewegte.

»Warum? Es ist die Wahrheit. Mein Leben besteht aus der Arbeit und dir. Nichts konnte mich aus diesem beschissenen Büro holen außer dir.« Und wenn ich gewusst hätte, was im Haus neben mir vonstattenging, wäre ich viel früher aus meinem Schneckenhaus gekrochen, hätte die Tür eingetreten und Francesco Santis selbst umgebracht. Doch dafür war es jetzt zu spät.

Nichts wird Auroras Ansehen beschmutzen. Nichts und niemand. Wenn das nötig war, um sie in meine Arme zu treiben, würde ich ihrem Dad sogar noch eine Dankeskarte aufs Grab legen. Sie war genau da, wo sie hingehörte, und diesen Platz würde ihr keiner wegnehmen. Es war sogar noch mehr: Ich würde sie nie wieder gehen lassen.

»Ich bin eine Mörderin.« Aurora rieb mit ihrem Arsch über meinen Schritt. Blut schoss in meine Lenden. Meine Eier, die sich jedes Mal bei ihrem Anblick zusammenzogen, wurden schwer in meiner Hose. Fuck, es war noch nicht lange her, dass ich sie gefickt hatte, aber ich konnte an nichts anderes denken, als wieder in ihr zu sein. Ich war ein Arschloch. Sie schüttete mir ihr Herz aus und ich stellte mir vor, wie mein Schwanz in sie glitt und roch an ihrem Haar.

»Darüber lässt sich streiten.« Ich drückte meine Hoden fester gegen ihren Hintern und strich ihren glatten Körper entlang. Meine Finger fanden ihren Slip, doch ich ließ ihn, wo er war – fürs Erste. Stattdessen fuhr ich weiter nach oben, bis ich endlich an ihrem BH ankam, der ihre Brüste verdeckte.

»Ich habe ihn umgebracht«, protestierte Aurora, doch ihre Stimme war schwach und leise, weil sie sich zeitgleich meinen Fingern entgegenstreckte, die an ihren Rücken wanderten und den Verschluss des BHs öffneten. Die Häkchen gaben unter dem Druck meiner Hand nach und sprangen auf.

»Du hast deine Schwester beschützt und ihr damit das Leben gerettet. Er hatte es verdient.« Er schon, aber sie nicht. Aurora würde ein gutes Leben haben.

Das beste von allen und ich würde persönlich dafür sorgen. Vielleicht kam sie als Trophäe in mein Haus, verkauft von ihrem Vater wie eine Hure, aber nun war sie hier und sie würde meine Frau werden. Egal, was es mich kostete.

»B-Blut k-klebt an meinen Händen«, stammelte sie. Ihr schien das Denken genauso schwer zu fallen wie mir, weil sie nach jedem Wort keuchte und ihr Körper sich unruhig unter meinen Berührungen bewegte. Die Laute, die ihren Mund verließen und das sanfte Stöhnen zwischendurch, fuhr direkt in meinen Schwanz, der langsam wuchs, bis er schmerzhaft fest wurde.

»Und an meinen nicht? Dornröschen, hast du dir schon überlegt, wie viele Menschen ich getötet habe? Verdammt, ich habe gerade deinen Bruder verprügelt. Also, wer von uns ist das Monster?« Ich leckte mit meiner Zunge ihren Hals entlang. Ich musste sie so dringend schmecken, aber diese Position verwehrte mir einen Kuss, also gab ich mich damit zufrieden, ihren Nacken zu liebkosen und mit den Fingerspitzen nach ihren Brustwarzen zu suchen. Aurora stöhnte tief, als ich sie fand. Prall waren sie aufgestellt und lechzten nach Aufmerksamkeit.

»Du bist kein schlechter Mensch.« Aurora wimmerte. Ich reizte ihre Nippel, knetete ihre Titten und rieb meinen Schwanz an ihrem Hintern, um sie in Stimmung zu bringen und sie vergessen zu lassen, was hinter der Tür meines Schlafzimmers auf uns wartete. Das war es, was sie brauchte. Und ich ebenfalls. Doch Aurora schien gar nicht so viel Vorspiel zu benötigen wie angenommen. Sie reagierte auf jede Berührung, sei sie auch noch so zart, und genau das liebte ich.

»Doch, Dornröschen.« Ich war der Teufel, sonst würde mir das hier nicht so viel Freude machen. Dann würde ich sie nicht befummeln, nachdem ich ein Bild davon bekommen hatte, was ihr Dad ihr all die Jahre zugemutet hatte. Doch ich konnte nicht aufhören. Ich wollte sie. So einfach war das. Und solange sie nichts dagegen sagte, würde ich sie mir nehmen. »Aber ich hoffe trotzdem, dass das nichts ändert.«

»Woran?« Aurora spreizte die Beine, fuhr zwischen ihre Schenkel und massierte den Teil meines Schwanzes, den sie erreichen konnte, ohne aufzustehen. Der simple Druck ihrer Hand sorgte dafür, dass ich knurrte. Mein Schaft zuckte. Die Hoden füllten sich. Meine Spitze rieb an meiner Boxershorts. Fuck, das war großartig. Ich musste dringend aus dieser Hose raus, aber das konnte ich nicht, solange Auroras warmer Arsch gegen meine Leiste stieß, weshalb ich meine Hände von ihren Brüsten nahm und sie wieder auf ihre Hüften legte.

»Dass du mich liebst«, hauchte ich in ihr Ohr, erhob mich mit ihr, drehte uns und warf Aurora vor mir aufs Bett. Sie landete mit dem Brustkorb zuerst auf der Matratze. Der Lattenrost quietschte leise, als ich hinter ihr aufs Bett stieg und ihren Körper unter mir vergrub. Ich drängte meinen Schwanz wieder an ihren Hintern und drückte sie mit meinem Gewicht tiefer in den Schaumstoff der Matratze. Die Bettdecke lag irgendwo neben uns, nachdem sie ihr von den Schultern gerutscht war, aber wir würden sie nicht brauchen. Ich würde schon dafür sorgen, dass ihr nicht kalt wurde.

»Ich …« Perplex warf Aurora mir einen unsicheren Blick über ihre Schulter zu. Ihre Lippen zitterten. Fragend starrte sie mich an, entspannte sich jedoch, als ich ihr Kleid nach oben schob und damit ihren Slip freilegte. Er bedeckte kaum etwas von ihrer Scham und dennoch zu viel, sodass ich mit den Händen nach dem dünnen, schwarzen Stoff griff und ihn quälend langsam über ihre Beine streifte. Danach landete er auf dem Boden oder unter dem Bett. Keine Ahnung. Es war auch nicht wichtig. Im Notfall würde sie ohne ihn mein Zimmer verlassen.

»Denn ich tue es. Ich liebe dich und es tut mir leid, dass ich so lange gebraucht habe, um das zu verstehen.« Ich streichelte über ihren Hintern, beugte mich hinunter und setzte einen Kuss auf ihre rechte Pobacke. Sofort stellten sich die Härchen auf ihrem ganzen Körper auf. Ich grinste und griff zeitgleich nach meinem Gürtel. In Windeseile öffnete ich ihn, zog ihn aus den Schlaufen meiner Hose und behielt ihn ein wenig länger als notwendig in der Hand, um mir vorzustellen, welches Geräusch es erzeugen würde, wenn ich damit auf ihren Hintern schlug. Doch heute war nicht der richtige Zeitpunkt dafür. Auf keinen Fall wollte ich, dass sie das Gefühl hatte, ich würde sie für ihre Beichte bestrafen. Denn das Gegenteil war der Fall. Ich wollte sie loben und sie belohnen, weil sie es mir gesagt hatte, obwohl sie offensichtlich Todesangst gehabt hatte. Trotzdem bekam ich die Vorstellung nicht aus dem Kopf, wie sich ihr Arsch rot verfärbte.

Bald würde ich es tun. Als würde sie meinen Blick spüren, bewegte Aurora ihren Hintern. Es war unheimlich sexy, wie sich ihr Fleisch bewegte. So willig. Doch das leise Schluchzen zerstörte die Schönheit, die sie ausstrahlte. »Wieso weinst du?«, fragte ich und zögerte, als meine Finger nach meinem Hosenknopf griffen. Wollte sie aufhören? Bedauernd lehnte ich mich ein Stück zurück, damit sie sich umdrehen konnte, wenn sie das wollte, doch sie wandte nur die Augen ab und sah auf die Matratze hinunter.

»Ich liebe dich auch«, flüsterte sie zögerlich, stützte ihre Ellbogen an der Matratze ab und spreizte die Beine so weit, dass ich jeden Zentimeter ihres Körpers betrachten konnte. Ich keuchte. Meine Finger rissen meine Hose so schnell auf, dass der Knopf abriss, aber es kümmerte mich nicht. Ich strampelte mit den Füßen, um den lästigen Stoff loszuwerden und zog ihn samt Shorts von meinem Körper, bevor ich auch mein Sakko loswurde und wieder nach ihrem Becken griff. Mein Schwanz stand stramm von mir ab. Die Eichel kam unter der Vorhaut hervor. Dick und rot leuchtete sie mir entgegen, bereit in Aurora einzudringen. Ich wusste, dass ich hier irgendwo Kondome hatte und genügend Gleitgel, um sie in den Arsch zu ficken, aber ich wollte erneut ihre Pussy mit meinem Sperma füllen und diesmal würde ich mir alle Zeit der Welt nehmen, um zuzusehen, wie es aus ihr heraustropfte.

»Und das ist ein Grund zu weinen?« Ich lachte, legte die Finger meiner rechten Hand um meinen Schaft und pumpte ihn schnell zweimal. Ein Stöhnen drang aus meinem Mund. Verdammt, wenn das so weiterging, würde ich kommen, bevor ich in ihr war. Sie sah wahnsinnig schön aus, wie sie vor mir auf dem Bett kniete und nur darauf wartete, dass ich meinen Schwanz in ihr versenkte. Langsam setzte ich meine Spitze an ihrer Mitte an und fuhr durch die nasse Spalte. Trotz ihrer Tränen war Aurora feucht und bereit. Ihre Schenkel zitterten, als ich mit der Eichel ihren Kitzler berührte.

»Es tut mir so leid, wie ich mich verhalten habe«, murmelte sie, doch ich verstand sie kaum, weil die Hälfte ihres Satzes in einem langgezogenen Stöhnen unterging. Sie warf den Kopf zurück. Ihre Haare fielen ihr über den Rücken. Ihr Eingang zuckte zusammen, flehte geradezu nach meinem Schwanz und sie wimmerte enttäuscht, als sie die Leere in sich fühlte. Fuck! Scheiß drauf! Ja, ich wollte sie fingern, lecken und ihr mehrere Orgasmen bescheren, bevor ich sie fickte. Außerdem wollte ich ihre Titten küssen, ihre Nippel liebkosen und sie um den Verstand bringen. Aber dafür blieb später noch Zeit. Zuerst musste ich in ihr sein und sie so hart nehmen, dass sie vor Schmerz und Lust schrie. Nicht, weil es ein Bedürfnis von ihr war, das ich stillen wollte, so wie ich es sonst bei Frauen tat. Nein, weil ich es brauchte. Ich musste sie besitzen. Jeden Millimeter ihres Körpers. Die ersten Lusttropfen drangen aus meiner Spitze. Ich verrieb sie mit meinem Daumen und setzte danach meinen Schaft erneut an ihrem Loch an. Ja, ich würde sie schnell ficken und hart und danach, danach würde ich mir die Zeit nehmen, sie zu erkunden und sie zu lieben. Immer und immer wieder.

»Vergiss es einfach, Dornröschen. Das spielt keine Rolle mehr«, versicherte ich ihr, auch wenn ich kaum noch wusste, worüber wir gerade geredet hatten. Es war auch unwichtig. Mein Puls schoss in die Höhe, als ich meine Spitze immer weiter gegen ihr gieriges Loch drängte. Aurora stöhnte laut auf und drückte sich mir entgegen. Die Worte zwischen uns lösten sich in Rauch auf. Die Lust vertrieb die düstere Atmosphäre und alles rückte in den Hintergrund außer Auroras Körper, der meinen Schwanz in sich aufnahm. Ich schob mich an ihren zuckenden Muskeln vorbei, dehnte sie auf und konnte nicht verhindern, dass meine Augenlider sich flatternd schlossen. Aurora war heiß und eng um mein Glied. Sie umschloss mich fest und zog mich tiefer in sich, bis ich ihre Arschbacken an meinem Unterleib fühlte und sie bis zum Anschlag ausfüllte.

»Du fühlst dich gut an.« Aurora wimmerte verzweifelt. Sie versuchte, nach vorn zu wippen und sich dann selbst auf meinem Schwanz aufzuspießen, doch das ließ ich nicht zu. Ich legte eine Hand auf ihren unteren Rücken und ergriff mit der anderen ihren Haarschopf. Nicht, weil es sich nicht gut anfühlte, denn das tat es. Es ging mir nur nicht schnell und hart genug. Ich wollte, dass sie stöhnte, vergaß, wo unten und oben war und mich anflehte. Vorsichtig drückte ich Aurora am Steißbein weiter nach unten, damit ich mich in einem steileren Winkel in ihr bewegen konnte. Wieder ertönte einer ihrer lustvollen Laute.

»Gleich wird es noch besser«, prophezeite ich und begann vorsichtig in sie zu stoßen. Ich glitt aus ihrem

Loch und drängte mich anschließend wieder hinein, ohne auf Widerstand zu treffen. Ich lächelte. Einfach perfekt. Alles an meinem Dornröschen. Ich wollte es ihr sagen, doch stattdessen verzog ich den Mund zu einem Stöhnen und beschleunigte das Tempo. Jeder Stoß war härter als der vorherige. Lautes Klatschen war im Raum zu hören, wann immer meine Haut auf ihre knallte. Das Bett unter uns quietschte ununterbrochen. Es wackelte und verstärkte meine Bewegungen. Der Geruch nach Schweiß vermischte sich mit den Blumen, nach denen Aurora roch. Die bittere Note meines Spermas war ebenfalls im Zimmer zu vernehmen. Gierig sog ich das Gemisch in meine Lungen, während mein Griff um ihre Haare sich verfestigte und ich ihren Kopf weiter nach hinten zog. Ihre Augen waren auf die Decke gerichtet, aber ihr Blick war seltsam leer, als wäre sie weit weg. Ihre Mitte pochte um mich herum. Aurora gab undefinierbare Laute der Verzückung von sich. Mein Schwanz pulsierte bei den Tönen. Schwarze Flecken zogen sich durch meine Sicht. Meine Eier zogen sich erneut krampfhaft zusammen und kündigten den baldigen Orgasmus an. Aber diesmal war es nicht nur ein körperliches Begehren, das durch den Sex gestillt wurde. Nein, es war viel mehr. Ich genoss, wie mein Penis immer härter wurde und der Druck in meinen Lenden stieg, aber noch mehr sehnte ich mich nach dem Gefühl, das sich von meinem Scheitel bis zu meinen Zehen in mir ausbreitete, während ich in Aurora war. Zuhause. So ließ es sich wohl am besten beschreiben. Ich fühlte mich warm und sicher. Angekommen. Und zufrieden. Ich hatte ewig nicht mehr so empfunden. An das letzte Mal erinnerte ich mich kaum noch. Damals hatte Mom noch gelebt und das Einzige, was ich von der Mafia wusste, war, dass es Filme über sie gab. Doch nun kehrte dieses Gefühl mit aller Macht zurück. Stärker als je zuvor und zeigte mir auf, dass es mir gefehlt hatte, ohne dass ich es je bemerkte. Das war es, wonach ich jahrelang gesucht hatte. Aber nun hatte ich Aurora gefunden. Lächelnd stieß ich noch tiefer in sie. Meine Beine bebten unter meinem Gewicht und der Anstrengung, doch ich ignorierte es und jagte meinem Orgasmus nach, der zum Greifen nah schien. Blut loderte in meinen Adern, brachte mich zum Schwitzen und erhitzte jeden Winkel meines Körpers. Aber noch reichte es nicht. Frustriert drückte ich ihren Rücken weiter nach unten, sodass sich ihre Brüste gegen die Matratze pressten und sie den Arsch in die Luft strecken musste. Ihre Knie rutschen unter ihr weg, doch sie brachte sich immer wieder in Position und ließ zu, dass ich sie wie ein Wahnsinniger fickte. Vielleicht war doch ich es, der hier den Verstand verlor.

»Mehr! Bitte! Dom, ich brauche mehr«, schrie Aurora. Ihr Mund stand weit offen. Sie kam mir bei jedem Stoß entgegen. Ihr schwerer Atem erfüllte den Raum. Auch ihr liefen Schweißperlen über die Schläfen. Ihr Gesicht war gerötet. Sie streckte den Rücken durch. In ihrer Stimme lag ein verzweifeltes Betteln, das mir zeigte, dass sie genauso weit war wie ich. Noch ein paar Stöße und ihr Körper würde sich verkrampfen, nur um sich in Ekstase aufzulösen.

»Sag mir, was du willst!«, forderte ich und stoppte

kurz meine Bewegungen. Ich schnaufte laut, weil ich kaum noch Luft bekam, aber ich war mir fast sicher, dass ich auch ohne Sauerstoff überleben konnte, solange Aurora bei mir war. Sie hielt still, wodurch ich die Kontraktionen noch stärker an meinem Schwanz fühlen konnte. Sie engten mich ein und ließen dann locker. Wieder und wieder. Es war eine Folter, von der ich wollte, dass sie nie endete.

»Ich will dich sehen.« Aurora wollte mir den Kopf zuwenden, um mir in die Augen zu schauen, doch durch meine Hand in ihrem Haar, schaffte sie es nicht. Sofort löste ich den Griff. Blaue Iriden fanden meine. Sie glänzten feucht, aber in ihnen lag so viel Liebe, dass mein Herz freudig in meiner Brust auf und ab hüpfte und mein Schwanz wieder in ihr zuckte. Das Lächeln auf meinen Lippen wurde breiter. Auch ich sehnte mich danach, ihr ins Gesicht zu sehen, wenn sie kam. Ich wollte den Moment, wenn sie schrie, sich an mich klammerte und die Augen weit aufriss, nicht verpassen. Doch ich wusste genau, was das bedeutete. Traurig seufzte ich, obwohl klar war, dass wir nur den Bruchteil einer Sekunde getrennt sein würden.

»Dreh dich auf den Rücken und Winkel die Beine an!«, befahl ich und zog mich widerwillig aus ihr zurück, damit sie sich bewegen konnte. Aurora legte sich auf den Rücken und spreizte die Schenkel sofort, damit ich wieder in sie eindringen konnte. Und das tat ich auch. Die kalte Luft an meinem Schwanz war die Hölle für mich, weil es sich anfühlte, als hätte ich plötzlich etwas Lebensnotwendiges verloren. Aber das Gefühl verging, sobald ich wieder in Aurora war. Ich stöhnte. »Du bist die schönste Frau, die ich je gesehen habe«, murmelte ich und beugte mich über sie. Zeitgleich nahm ich den Rhythmus wieder auf. Schnell und unnachgiebig hämmerte mein Schwanz in ihr Loch. Ihre Wangen waren gerötet. Sie biss sich auf die Unterlippe, doch sie konnte nicht verbergen, wie sehr es ihr gefiel. Und das sollte sie auch nicht. Ich wollte es sehen. Unbedingt. Genauso sehr wie ich meinen eigenen Orgasmus herbeisehnte. Ich stieß und stieß in sie, hielt mich an Auroras Schenkeln fest und verschloss ihren Mund mit meinem, bis wir beide rasselnd Luft holen mussten. Der Druck in meinen Lenden stieg. Er baute sich weiter auf und wurde beinahe unerträglich. Mein Blutdruck schoss durch die Decke. Die Stirnfransen fielen mir ins Gesicht. Auroras Pupillen weiteten sich. Kurzzeitig wurden ihre Augen leer. Ein stummer Schrei drang aus ihrer Kehle und ihr Körper verspannte sich unter mir. Die Muskeln in ihrem Inneren zogen sich zusammen. Sie engten mich ein, bis ich glaubte, mein Schwanz würde mit ihr verschmelzen. Auroras Mund klappte auf.

»I-ich liebe dich«, schrie, nein, brüllte sie. So laut, dass ich glaubte, die Gäste in der Eingangshalle mussten sie hören. Aber es hätte mir nicht egaler sein können. Sie sollte es von allen Häuserdächern dieser Welt schreien. »Oh Gott, Dom!«

Leidenschaftlich fickte ich sie durch ihren Orgasmus und wollte jede Sekunde genießen, die verging, bis sich ihre Muskulatur wieder entspannte und sie zufrieden seufzte. Doch meine eigene Erregung machte mir einen Strich durch die Rechnung. In dem Moment, in dem Aurora mir ihre Liebe gestand, löste sich der Druck in meinem Inneren schlagartig auf. Das Blut in meinen Lenden kochte über. Die Welt verschwamm vor meinen Augen und meine Eier verkrampften sich. Die Adern auf meinem Penis traten hervor. Mein Schwanz pulsierte. Sperma schoss aus meiner Spitze und füllte Aurora aus. Mein Körper zuckte unkontrolliert. All der Stress der letzten Woche löste sich auf, verschwand ins Nichts und ließ nur die Explosion von Freude, Liebe und Glück in mir zurück. Ich liebe dich. Diese drei kleinen Worte bedeuteten die Welt für mich und ich wollte sie immer und immer wieder hören. Das war alles, was ich wusste, als ich langsam wieder zur Besinnung kam und meine Sicht sich wieder schärfte. Ich brach auf Aurora zusammen, aber sie beschwerte sich nicht. Stattdessen schmiegte sie sich an meinen Körper und ließ zu, dass ich ein letztes Mal in sie stieß, bevor mein Schaft langsam erschlaffte. Dennoch wollte ich mich noch nicht von ihr lösen und blieb liegen. Ich stützte meine Ellenbogen an den Seiten ab, damit sie nicht mein ganzes Gewicht tragen musste.

»Nicht so sehr wie ich dich«, wisperte ich und presste einen Kuss auf ihre Schläfe, während ich die Augen schloss und ihren unvergleichlichen Duft einatmete. Wenn ich bisher noch irgendwelche Zweifel gehabt hätte, wären sie nun fort. Ja, sie war die Richtige. Die Einzige. Und ich würde sie gleich noch einmal ficken. Langsamer diesmal. Aber das hatte noch Zeit. Zuerst wollte ich ihre Nähe einfach genießen und mir vorstellen, dass es für immer so sein könnte.

VS

NEUN

DOMENICO

Sie sah so friedlich aus, wenn sie schlief. Inzwischen hatte sich ihr Kleid und ihr BH ebenfalls zum Rest unserer Kleidung auf den Boden gesellt. Ihr nackter Körper lag fest um meinen geschlungen und sie kuschelte sich an mich, während sie träumte. Hin und wieder konnte ich meinen Namen aus ihrem Mund vernehmen, was mir ein Lächeln auf mein Gesicht zauberte. Ganz anders als das penetrante Klopfen an der Tür. Egal, wer es war, ich hätte ihn am liebsten umgebracht. Vielleicht würde ich das ja noch, wenn der Idiot es schaffte, Aurora aufzuwecken, die erst vor wenigen Minuten eingeschlafen war. Nach mehreren Orgasmen. Anfangs hatte ich noch mitgezählt, wie oft sie kam, doch irgendwann wurde der Wechsel zwischen Ekstase und Liebesschwüren so fließend, dass ich den Überblick verloren hatte.

Wieder klopfte es, doch diesmal konnte ich mein genervtes Schnauben nicht unterdrücken. Ich konnte für den armen Tölpel vor der Tür nur hoffen, dass es wichtig war, denn sollte ich mich ohne Grund aus dem Bett quälen, würde er statt Davide die nächsten Monate meine Schuhe putzen dürfen. »Ich komme«, zischte ich, schob Aurora ein Stück von mir und zupfte die Decke über ihrem Körper zurecht, damit ihr nicht kalt wurde, bevor ich mir meine Hose schnappte und sie überzog, um die Tür zu öffnen. Dahinter strahlte mich bereit das hämische Gesicht meines Bruders an.

»Ich dachte, das wärst du bereits genug mit Aurora?«, scherzte Alessio und leckte sich anzüglich über die Lippen. Dieser Mann war ein Ehemann und Vater, verdammt noch mal! Ich verdrehte die Augen, konnte aber nicht verhindern, dass ich grinste, als wäre ich eine Crackhure, die ihren nächsten Schuss bekam. Ich fühlte mich fantastisch. Nichts konnte meine Stimmung trüben. Zumindest hatte ich das gedacht, bevor mein Bruder alles zunichtemachte, indem er vor meiner Tür aufgeschlagen war. Als Boss hatte ich keine Pausen. Vielleicht sollte ich dankbar sein, dass mein Underboss für mich übernommen hatte, damit ich Zeit mit der Liebe meines Lebens verbringen konnte. Dann musste Davide doch zum Schuhe putzen herhalten. »Wie gewünscht hat Rafael ihre Schwester ins andere Haus gebracht«, berichtete Alessio und streckte den Hals, um hinter mich zum Bett zu sehen, doch ich positionierte mich so, dass er hoffentlich nicht das Chaos aus Kleidung auf dem Boden sah. Es reichte, wenn sie mich mit Aurora aufzogen und mir sagten, wie sehr ich angeblich schon immer in sie verschossen war. Ich musste ihnen nicht auch noch den Beweis liefern, dass sie recht hatten.

»Sehr gut! Sonst noch etwas?« Auffordernd sah ich ihn an und verschränkte die Arme vor der Brust. Damit konnte ich jedoch nicht den Knutschfleck verdecken, der entstanden war, als Aurora sich während eines Orgasmus an meinem Schlüsselbein festgesaugt hatte. Ich sollte wirklich anfangen Kragen zu tragen. Alessio lachte kurz auf, doch dann wurde er wieder ernst.

»Es wurde eine weitere Leiche beim Durchsuchen des Hauses gefunden. Laut der Leichenstarre würde ich sagen, sie ist um die gleiche Zeit gestorben wie Hudson.« Alessio ließ die Schultern sinken und schüttelte den Kopf. Fuck! Nicht noch ein Toter. Das war gar nicht gut. Einer konnte ein Unfall sein, aber zwei waren vorsätzlich. Fieberhaft überlegte ich, wer es sein könnte, doch mir wollte niemand einfallen. Ich kannte das Personal der Santis auch einfach zu wenig.

»Sie?«, bohrte ich nach und warf einen Blick hinter mich ins Zimmer. Aurora schlief immer noch. Dennoch war ich besorgt, dass sie das Gespräch mitbekommen könnte und das war das Letzte, was ich wollte. Also trat ich – halbnackt – aus dem Zimmer und lehnte die Tür hinter mir an.

»Ihr Name war laut den anderen in der Halle Esmeralda und sie war für die Wäsche bei den Santis zuständig.« Alessio ging ein paar Schritte zurück, um mir Platz zu machen. Dabei sahen sich seine Augen ganz genau im Flur um, als hätte er Angst, uns könnte jemand belauschen. Dabei konnte das nicht sein. Alle waren in der Eingangshalle und die war besser bewacht als jedes Schmuckstück in diesem Haus. Doch ich schätze seine Vorsicht. Irgendwas stank hier gewaltig und wir durften nicht nachlässig sein. Auch ich nicht. Das bedeutete auch, dass ich mir nicht mehr mehrere Stunden freinehmen konnte, um sie mit Aurora im Bett zu verbringen. Enttäuschung breitete sich in mir aus. Dabei dürstete es mich jetzt schon danach, sie wieder zu berühren.

»Wie ist sie gestorben?« Ich schob mein Privatleben beiseite und versuchte, mich auf das Wesentliche zu konzentrieren. Zwei Menschen waren in diesem Gebäude gestorben, während sie eigentlich unter meiner Obhut standen. Wenn das die Runde machte, würde man an meinem Führungsstil zweifeln. Ich war erst seit kurzer Zeit der Boss. Es war schwer genug, sich einen Namen zu machen, auch ohne diese Scheiße.

»Irgendwer hat ihr eine Plastiktüte über den Kopf gestülpt und so lange zugedrückt, bis sie keine Luft mehr bekommen hat. Sie war bereits tot, bevor sie auf den Boden aufschlug. Sie muss sich aber noch übergeben haben wegen dem Schock, denn in der Plastiktüte schwamm Erbrochenes.« Alessio lachte, während sich mir der Magen umdrehte. Als Arzt, oder besser gesagt als Foltermeister mit medizinischen Kenntnissen, waren Körperflüssigkeiten Normalität, aber ich wollte damit nichts zu tun haben.

»Danke für die ausführliche Beschreibung.« Ich knurrte und strich mir die Haare aus dem Gesicht. Immer wieder fiel eine Strähne über meine Stirn, bis ich es aufgab und sie einfach hängen ließ. Die Haare waren immer noch nass vom Schweiß und ich fühlte mich müde, aber das war es wert gewesen.

»Gern geschehen.« Alessio nickte mir zwinkernd zu und lachte, als er den Ekel auf meinem Gesicht sah. Und als hätte er damit noch nicht bewiesen, dass er wie Herpes war – unerwünscht und nervig – setzte er noch eine Schippe drauf. »Hast du sie ins Koma gevögelt?«, fragte er und wackelte schamlos mit den Augenbrauen. Obwohl ich versuchte, mir ins Gedächtnis zu rufen, dass mein Bruder einfach ein ewiges Kind bleiben würde, spürte ich den Drang, meine Fäuste fest in sein Gesicht zu rammen.

»Zeit für dich zu gehen, Alessio!«, befahl ich, öffnete die Tür hinter mir und wollte zurück ins Zimmer, um Aurora ein letztes Mal zu berühren, bevor ich mich anziehen und wieder um meine Pflichten kümmern musste. Doch Alessio hörte auf zu lachen, machte einen Satz nach vorn und hatte schneller seine Hand auf der Türklinke als ich.

»Warte! Ich will wissen, ob ihr das auf die Reihe bekommt.« Seine Finger umklammerten die Klinke und hielten sie fest, sodass ich sie unmöglich öffnen konnte, weshalb ich ihm wieder meine Aufmerksamkeit zuwandte. Ich hoffte nur, Aurora würde einfach weiterschlafen. Sie sollte nicht aufwachen und ich war nicht da.

Ich räusperte mich. »Wieso? Das geht dich nichts an.« Doch, tat es. Als meine Nummer zwei musste Alessio alles aus meinem Leben wissen, damit wir uns uneingeschränkt vertrauen konnten. Außerdem hatte ich ihn oft genug nach Lyra gefragt, als er mit ihr zusammengekommen war, weil ich alles tun wollte, damit er mit ihr glücklich wurde. Doch ich schaffte es nicht, darüber zu reden. Noch hatte Aurora nicht Ja gesagt und auch wenn sie mich liebte und ich sie, lief nie alles nach Plan. Bevor ich ihr also nicht meinen Ring an den Finger gesteckt hatte, würde ich mich hüten, meiner Familie etwas zu sagen. Sie sollten sich nicht freuen, wenn die Möglichkeit bestand, dass ich sie im Nachhinein enttäuschte.

»Ich hab mit Lyra gewettet, dass du die Sache versaust.« Alessio zuckte mit den Schultern, als würde die Antwort auf der Hand liegen. Ich wollte meine Finger um seinen Hals legen und ihn am liebsten erwürgen. War das sein Ernst? Ich hatte eine beschissene Mordermittlung am Hals und versuchte nebenbei mein Liebesleben auf die Reihe zu bekommen und er schloss Wetten darauf ab, wann Aurora und ich uns trennten? War ihm nicht klar, dass es mich umbringen würde, sie zu verlieren?

»Bitte? Habt ihr sie noch alle? Das ist mein Leben! Ich dachte, Alice würde positiv auf euch Verrückten abfärben, aber ...« Wut explodierte in meinem Inneren. Das durfte nicht wahr sein. Ich konnte mich nicht erinnern, dass ich gegen Lyra und ihn gewettet hatte, dabei war ihre Situation noch auswegloser gewesen als unsere. Und sie hatten es dennoch geschafft. Der Gedanke beruhigte mich ein wenig. Vielleicht hieß das auch für mich und Aurora, dass alles gut gehen würde.

»Alice hat die Wette gestartet. Wenn es nach ihr geht, hören wir bald die Hochzeitsglocken läuten«, unterbrach Alessio meine Tirade und sorgte damit dafür, dass mir die Worte im Hals steckenblieben. Nicht, weil ich überrascht war, dass Alice bei dieser Scheiße mitmachte. Zugegeben, das war ich, aber es ging eher darum, dass ich die Situation falsch eingeschätzt hatte. Sie wetteten nicht gegen, sondern für uns. Sie wollten, dass es funktionierte. Laut meiner Schwägerin sollten wir heiraten und das war es doch, was ich wollte? Dennoch würde ich den Haufen zusammentrommeln und ihnen die Leviten lesen, sobald wir den Mörder gefasst hatten.

»Sag Alice und den anderen, dass sie sich eine andere Freizeitbeschäftigung suchen sollen.« Ich schüttelte den Kopf, umfasste Alessios Handgelenk und zog es von der Türklinke weg. Anfangs wollte er es nicht zulassen und grinste, aber als sein Handy klingelte, ließ er freiwillig los. Er fischte sein Telefon aus seiner Hosentasche, nahm den Anruf entgegen und hielt sich das Display ans Ohr.

»Was gibt es, Rafael?«, wollte er wissen und eine verzerrte Stimme war am anderen Ende zu vernehmen. Ich verstand nicht, was Rafael sagte, aber er klang aufgeregt. Insgeheim betete ich, dass nicht noch eine Leiche aufgetaucht war. Vielleicht sollten wir zur Sicherheit das Personal durchzählen, damit wir sicher sein konnten, dass nicht noch jemand fehlte.

»Ja, ich bin schon auf dem Weg.« Alessio beendete das Gespräch, steckte sein Telefon wieder weg und setzte einen Gesichtsausdruck auf, der mir sagte, dass ich nicht mehr zurück in dieses Zimmer gehen würde, außer, um mir mein Hemd zu holen.

»Was ist los?«, fragte ich und hoffte, dass ich mich irrte und Rafael nur bei irgendeinem Papierkram Hilfe brauchte. Natürlich war es nicht so. Enttäuscht begann ich, meine Stirn zu massieren. Langsam kehrten die Kopfschmerzen zurück und ich befürchtete, dass mein Gehirn vor lauter Problemen bald platzen könnte.

»Davide macht in der Halle Ärger. Er scheint nicht glücklich mit der Situation zu sein.« Alessio betonte jede einzelne Silbe übertrieben und zog sie in die Länge, um darauf hinzuweisen, dass es ihn einen Scheiß interessierte, ob Davide glücklich war oder nicht. Mir ging es da ganz ähnlich. Inzwischen hatten die Wunden an meiner Hand zwar aufgehört zu bluten, aber sie brannten immer noch.

»Haben wir genug Leute, um ihn zu separieren?« Oder um ihn umzubringen und seine Leiche hinter dem Haus zu verscharren? Ich wagte zu bezweifeln, dass ihn irgendwer vermissen würde. Vielleicht konnten wir auch ihn loswerden und es auf den Mörder schieben? Kurz spielte ich wirklich mit diesem Gedanken, doch Aurora würde mir die Haut abziehen, wenn sie davon erfuhr und das war das Letzte, das ich wollte.

Alessio nickte langsam, rieb sich aber überlegend das Kinn, als müsste er noch einmal darüber nachdenken, wo unsere Männer gerade postiert waren. Ich kannte zwar den ursprünglichen Plan, doch ich hatte keine Ahnung, ob sich etwas in der Zwischenzeit geändert hatte. Etwas, das mir ebenfalls nicht ähnlich sah. Ich veränderte mich, aber ich war mir noch nicht sicher, ob mir das gefiel. »Ja. Denkst du, er war es?«

»Du nicht?« Überrascht zog ich die Augenbrauen nach oben. Ich hatte angenommen, dass Davide unser Hauptverdächtiger war, aber Alessio schien das anders zu sehen. Gut, vielleicht hatte er recht und ich ließ mich von dem Hass auf Davide blenden. Es wäre auch leichter, wenn er sich nicht immer wie ein Arschloch benehmen würde.

»Keine Ahnung. Meiner Meinung nach verhält er sich zu auffällig. Wenn er es war, sollte er dann nicht still sein? Sich mit dir in der Halle zu prügeln ist zumindest nicht sehr vertrauenserweckend.« Alessio zuckte mit der Achsel und verzog das Gesicht, als würde es ihm selbst nicht gefallen, dass er ausgerechnet Davide verteidigen musste. Aber sein Ansatz klang logisch. Andererseits war Davide einfach ein impulsiver Bastard. Vielleicht war er wirklich der Mörder und konnte sich dennoch nicht zurückhalten.

Ich seufzte. Alessio hatte recht. Es war noch nicht an der Zeit, irgendwen zu verurteilen oder auszuschließen. »Schön, befragt alle, wo sie waren. Alle, die kein Alibi haben, kommen in die engere Auswahl und jeder, der ein Motiv hat …«

»Es gibt bereits eine Liste.« Alessio trat einen Schritt von der Tür zurück, kramte wieder in seiner Hosentasche und zog ein zerknittertes Blatt hervor, das mehrmals gefaltet worden war. Rillen durchzogen das Papier, als er es auseinanderfaltete. Verblüfft starrte ich ihn an. »Was? Im Gegensatz zu dir, arbeite ich. Kann ja nicht jeder von uns herumvögeln«, verteidigte er sich und ein Lächeln schlich sich auf meine Züge. So kindisch Alessio auch immer noch sein mochte, ich war verdammt froh, ihn meinen Underboss nennen zu dürfen.

»Hauptverdächtiger?«, bohrte ich nach und riss

ihm den Zettel aus der Hand, auf dem mehrere Namen geschrieben standen. Die Tinte war an einigen Stellen verwischt, aber alles war lesbar. Leider. Selbst mir fiel auf, wie viele Namen es waren. Mit all den Menschen hatte er gesprochen? Verdammt, es musste mehr Zeit vergangen sein, als ich dachte.

Alessio verzog empört die Lippen und schnappte sich die Liste wieder, um sie zusammenzufalten und wieder in seiner Hosentasche verschwinden zu lassen. »Lorenzo Costa. Er ist Francescos Butler gewesen.«

Der Butler hat ihn gefunden, kamen mir Auroras Worte wieder in den Sinn. Lorenzo hatte die Leiche ihres Dads entdeckt. Natürlich war er somit ganz oben auf der Liste der Verdächtigen, nur war Francescos Tod nicht mehr ungeklärt. Aurora hatte es getan und ich könnte nicht stolzer auf sie sein. Sie hatte ihre Schwester beschützt, ihre Familie. Ich hätte nicht anders gehandelt als sie.

»Wir suchen nicht mehr nach dem Mörder von Francesco.« Wütend auf mich selbst rieb ich mir über den Nacken. Fuck, statt Alessio zu sagen, dass er Isabella hier wegbringen sollte, hätte ich in meiner Nachricht auch dieses kleine Detail erwähnen können. Aber jetzt war es zu spät. Ich hoffte nur, dass wir nicht wieder von vorn anfangen mussten.

»Nicht?« Verwirrt schob Alessio die Augenbrauen zusammen, sodass eine Falte über seiner Nase entstand. Seine Augen verengten sich. Er wartete darauf, dass ich ihm mehr sagte, aber dafür hatten wir später noch Zeit. Für jetzt reichte es, wenn er wusste, dass wir nur zwei Morde hatten, die wir aufklären mussten. Je weniger Menschen von Francescos Mörder wussten, desto besser.

»Nein, lange Geschichte. Wie passt Lorenzo zu Hudson und Esmeralda?« Wir hatten den Butler, den Gärtner und ein Hausmädchen. Wie passte das zusammen? Konnte es wirklich sein, dass Francescos Butler genauso brutal war wie Francesco selbst und deshalb die anderen aus Spaß ermordet hatte? Es erschien mir unlogisch. Wäre es dann nicht besser gewesen, sie zu töten, als Francesco noch am Leben war? Dann hätte Lorenzo immerhin mit keiner Strafe rechnen müssen.

»Lorenzo hat zur Tatzeit niemand gesehen und da Francesco tot ist, hat er eigentlich auch keine richtige Aufgabe mehr im Haus. Er unterstützt die Hausmädchen bei ihrer Arbeit und behauptet, er hätte die Betten im ersten Stock des Santis-Haus überzogen, aber das kann keiner bestätigen.« Alessio pfiff durch die Zähne und lehnte sich neben mich an die Wand. Er fuhr sich über das Gesicht. Müdigkeit war darin zu sehen.

»Er hat kein Alibi, aber was hat das mit den Toten zu tun?« Es gab sicher genug, die zur Tatzeit irgendwo gewesen waren, wo sie niemand gesehen hatte. Es war nicht so, dass wir jeden Schritt von allen kontrollierten. Sie durften sich frei bewegen, solange sie ihren Aufgaben nachgingen. Aurora beispielsweise war bei mir gewesen, aber gemeinsam hätten wir dennoch einen Mord begehen können, um uns dann gegenseitig zu decken. Somit konnten wir nicht einmal die mit Alibi wirklich ausschließen.

Auf Alessios Lippen erschien ein Grinsen, als

würde er meine Gedanken erraten. »Lorenzo hatte Streit mit Hudson. Er hat dem Gärtner vorgeworfen, eine Affäre mit Esmeralda zu haben«, verriet er und machte seine These damit wahrscheinlicher. Das war ein Motiv. Verbrechen aus Leidenschaft kamen häufig vor, richtig?

»Und Lorenzo war eigentlich mit Esmeralda zusammen?«, mutmaßte ich und überlegte mir bereits, wieso Lorenzo dann auch sie und nicht nur Hudson umgebracht hatte. Wenn er Esmeralda so sehr geliebt hatte, dass er sie nicht mit einem anderen Mann sehen wollte, dann hätte sie ihm doch auch zu viel bedeutet, um sie töten. Bei mir wäre es jedenfalls so. Ich würde jeden Typen umbringen, der Aurora zu nahekam, aber ihr selbst könnte ich kein Haar krümmen.

»Nein, mit Hudson.« Alessio lachte. Mein Mund klappte auf. Hatte er das gerade wirklich gesagt? Doch sein Gelächter brach nicht ab. Er meinte es ernst. Eine homosexuelle Romanze unter den Augen von Francesco? Das war schwer zu glauben. Die beiden Männer hatten Glück, dass der alte Santis davon nicht Wind bekommen hatte, sonst wären sie zusammen gestorben.

»Was sagt Lorenzo zu den Vorwürfen?«, wollte ich wissen und verdrängte die Vorstellung von Francesco, für den es zwar in Ordnung war, seine eigene Tochter zu ficken, aber der bei Homosexualität eine Grenze zog, weil es laut ihm Perverse waren, die sich keine Männer nennen durften. In seiner kranken Welt ergab das Sinn. In meiner war Francesco einfach ein Arschloch. Ein krankes, widerliches, abscheuliches Arschloch.

»Er will mit Aurora sprechen.« Alessio sah mich bedeutungsschwer an. Natürlich könnten wir Aurora das zumuten und würden so schneller Antworten bekommen, doch das war nicht das, was ich wollte. Sie hatte schon genug erlebt. Konnte der Wichser sie nicht in Frieden lassen? Schlimm genug, dass ihr Bruder sich benahm wie ein Höhlenmensch und ihre Schwester traumatisiert war.

»Das kann er sich abschminken.« Meine Stimme klang wie ein Knurren und es tat mir leid, dass Alessio meine Wut zu spüren bekam, aber ganz bestimmt würde ich die Liebe meines Lebens nicht allein zu einem mutmaßlichen Mörder schicken, damit er ihr wehtun konnte, oder was auch immer er vorhatte. Nein, das würde ich zu verhindern wissen. Aurora musste in Sicherheit sein.

»Das hab ich ihm auch gesagt. Er wartet unten in einem separaten Raum darauf, dass du mit ihm redest.« Beschwichtigend hob Alessio die Arme und brachte mich dazu, meine Hände wieder zu lockern, die ich zu Fäusten geballt hatte. Dennoch blieben Abdrücke meiner Nägel in meinen Handflächen zurück. Verdammt, ich durfte nicht auf alles so emotional reagieren, wenn es um Aurora ging.

»Sehr gut.« Meine Muskeln entspannten sich. Ich lehnte mich gegen die Wand und schloss für einen Moment die Augen. Wieso war die Liebe so schwierig? Und warum hatte Dad mir nicht mehr über den Umgang mit Frauen beigebracht, statt mir zu zeigen, wie ich richtig eine Waffe hielt? Beliebige Schnallen zu ficken war einfach gewesen, aber nun hatte ich das Gefühl, alles falsch zu machen. »Kannst du hierbleiben und auf Aurora aufpassen, bis sie aufwacht?«

»Ich wollte eigentlich mit Antonio tauschen, um Lynn und Lyra zu sehen.« Zerknirscht biss Alessio die Zähne zusammen und kratzte sich am Scheitel. Ein hoffnungsvoller Ausdruck trat in seine Augen. Er vermisste seine Familie. Natürlich tat er das. Sie waren es nicht gewohnt, voneinander getrennt zu sein. Sollte sich die Spur mit Lorenzo als falsch erweisen und dieser Zustand somit noch eine Weile anhalten, müsste eine andere Lösung gefunden werden. Vielleicht konnte Rafael die Koordination der Wachen übernehmen, damit meine beiden Brüder bei ihren Frauen bleiben konnten.

»Nimm Aurora mit!«, entschied ich, weil ich nicht wusste, wie ich das Problem fürs Erste besser lösen sollte. Mit etwas Glück hatte Lorenzo es getan, dann wäre dieser Alptraum in wenigen Stunden vorbei. »Sie wird sich freuen, wenn sie sich mit Isabella unterhalten kann.«

»Geht klar, Boss.«

»Lorenzo«, begrüßte ich den schlaksigen Mann, der zusammengesunken auf einem Stuhl saß, als ich den Raum betrat, der an die Eingangshalle grenzte. Sein Kopf fuhr in die Höhe und seine Augen richteten sich auf mich. Sie waren gerötet, als hätte er geweint. Seine Haare fielen ihm strähnig ins Gesicht, als hätte er seit Tagen nicht geduscht. Vermutlich war es auch so. Wenn man unterwegs war, um Menschen umzubringen, hatte man keine Zeit für Körperhygiene. Aber was sollte ausgerechnet ich dazu sagen? Nach dem Sex mit Aurora hätte ich eine Dusche vertragen können, doch stattdessen hatte ich nur meine alte Kleidung übergeworfen und war nach unten geeilt.

»Endlich! Können Sie mich zu Aurora bringen?«, fragte er viel zu laut für meinen Geschmack. Seine Stimme klang panisch und aufgeregt. Er streckte den Hals und versuchte, einen Blick hinter mich zu erhaschen, als hoffe er, ich hätte Aurora mitgebracht.

»Was wollen Sie von ihr?« Interessiert kniff ich die Augen zusammen und musterte ihn genauer. Sein Körper sah nicht besonders kräftig aus. Hudson war viel massiger gewesen als er und hatte definitiv auch mehr Muskeln. Wenn er ihn wirklich umgebracht hatte, musste er Hudson überrascht haben. Bei einem direkten Kampf wäre er unterlegen gewesen.

»Ich muss sie sprechen. Es ist dringend.« Lorenzo zog an den Fesseln, mit denen er an den Stuhl gekettet war. Ein metallisches Rascheln erklang. Unbehaglich rutschte er auf der Sitzfläche hin und her. Wie lange er schon hier saß? Er war blass. Alle Farbe war aus seinem Gesicht gewichen und irgendwas versetzte ihn in Angst und Schrecken. Es wäre normal in seiner Situation, aber ich wurde das Gefühl nicht los, dass nicht ich es war, der ihm das Fürchten lehrte.

»Wieso? Haben Sie vor, auch sie zu töten?«, bohrte ich nach und ging ein paar Schritte auf ihn zu, um mich auf den Stuhl fallen zu lassen, der vor ihm stand. Lässig rutschte ich ein Stück nach vorn, bis ich auf der

Kante der Sitzfläche saß und meine Ellbogen auf meinen Knien abstützte.

Lorenzos Mund klappte auf, als wäre diese Anschuldigung eine Zumutung. Langsam begann er den Kopf zu schütteln, doch seine Bewegungen wurden immer schneller, bis ich glaubte, er würde ein Schleudertrauma erleiden. »Ich habe Francesco nicht getötet.«

»Ich weiß.« Ich legte den Kopf schief und wartete, was er zu sagen hatte. Es war ein Versuch, an mehr Informationen zu kommen. Ich wollte, dass er andere beschuldigte, es gewesen zu sein. Selbst wenn er es am Ende nicht war, könnten die Namen uns helfen, den richtigen Mörder zu schnappen. Doch statt andere anzuschwärzen, atmete Lorenzo erleichtert aus.

»Aurora hat es Ihnen gesagt, richtig?«, wollte er wissen und seine verspannten, panischen Züge glätteten sich. Er lächelte zwar nicht, aber zumindest schien ihn diese Information zu beruhigen. Im Gegensatz zu mir. Es gab also doch mehrere Personen, die wussten, was mit Francesco passiert war. Das war alles andere als gut. Andererseits hatte er es bisher niemanden verraten, oder? Sonst wäre Aurora inzwischen tot.

»Ja. Sie wussten es?« Misstrauisch zog ich die Augenbrauen zusammen und lehnte mich im Stuhl nach hinten, bis ich mit dem Rücken gegen die Lehne stieß. Ich verschränkte die Arme vor der Brust und tippte ungeduldig mit dem Zeigefinger gegen meinen Oberarm, als er nicht sofort antwortete.

Lorenzo schluckte und starrte auf meinen Finger.

»Was sie getan haben? Natürlich. Die beiden haben sich alle Mühe gegeben, aber als sein Butler musste ich jederzeit wissen, wo er war. Auch wenn er seine eigene Tochter in der Küche fickte. Hätte ja sein können, dass er etwas zu trinken brauchte«, beeilte er sich zu erzählen und verzog angewidert die Lippen. Auch mir wurde schlecht. Lorenzo hatte also in der Nähe gewartet und wenn Francesco ein Getränk wollte, war er nicht einfach zur Spüle gegangen und goss sich selbst Wasser in ein Glas. Nein, er hatte Lorenzo gerufen. Ein bitterer Geschmack breitete sich in meinem Mund aus.

»Sie haben es niemandem verraten?« Auffordernd sah ich ihn an und drückte mich weiter im Stuhl nach hinten, bis ich die Waffe spürte, die zwischen meiner Hose und meinem Rücken auf ihren Einsatz wartete. Egal, mit wem er gesprochen hatte, ich würde ihm eine Kugel verpassen, um meine Frau zu beschützen.

»Nein, Aurora ist keine Mörderin. Sie ist ein gutes Mädchen. Es war nicht ihre Schuld«, brüllte er aus dem Nichts und Schweißperlen bildeten sich auf seiner Stirn. Sein Gesicht wurde, wenn möglich, noch bleicher. Ich stutzte. Hatte er etwa Angst, ich könnte Aurora etwas antun, weil ich es wusste? Verwirrung breitete sich in mir aus. Irgendwas stimmte hier nicht, aber ich kam noch nicht darauf, was es war. Lorenzo schien sich überhaupt keine Sorgen um sein eigenes Leben zu machen. Sollte er nicht Angst haben, dass ich ihn für schuldig hielt und ihn erschoss? Oder hatte er jeden Tag mit Francesco gedacht, es wäre sein letzter und war inzwischen so abgestumpft, dass er den Tod als Geschenk ansah?

»Aber Sie schon, oder? Sie sind ein Mörder. Warum haben Sie Hudson und Esmeralda umgebracht?« Meine Stimme wurde eisig, als ich wieder an Hudson dachte und den Schnitt in seinem Hals. An die Schmerzen, die er erlitten haben musste. Es war barbarisch. Und Esmeralda? Was für ein Mann musste man sein, um eine unschuldige Frau zu töten?

»Ich war das nicht«, beharrte Lorenzo und seine Pupillen weiteten sich. Doch er blickte nicht weg. Er wich mir nicht aus. Untypisch für jemanden, der schuldig war, aber vielleicht war er ein Psychopath. Doch wieso setzte er sich dann derart für Aurora ein?

Die Verwirrung in mir wurde stärker. Das ungute Gefühl in meiner Magengrube wurde übermächtig. Jetzt war ich es, der unruhig umher rutschte, weil ich nicht ruhig sitzen bleiben konnte. »Ich glaube Ihnen nicht.«

»Das müssen Sie aber, sonst wird Aurora bald tot sein.« Lorenzos Stimme wurde leiser, bis sie brach. Sorge überschattete sein Gesicht und Tränen schossen ihm in die Augen. Er öffnete den Mund, als wollte er noch etwas sagen, schloss ihn jedoch wieder.

»Drohen Sie mir etwa?«, zischte ich, sprang von meinem Stuhl auf und packte ihn am Kragen seines zerknitterten Hemdes. Durch die rasche Bewegung begann der Stuhl zu wackeln und knallte auf den Boden. Lorenzo zuckte zusammen. Wut explodierte in meinem Inneren. Wie konnte er es wagen, so etwas zu sagen? Aurora war in Sicherheit und ich würde nicht zulassen, dass er auch nur in ihre Nähe kam.

»Nein, aber ich habe Esmeralda nicht umgebracht und auch Emilio, ich meine, Hudson, nicht. Aber ich weiß, wer es war.« Wieder riss Lorenzo an seinen Fesseln. So fest, dass sie sich in sein Fleisch bohrten, doch er verringerte den Druck, bevor die Haut aufplatzen konnte. Er blinzelte mehrmals, doch er wurde die Tränen nicht los.

»Reden Sie!«, forderte ich und zog stärker an seinem Kragen. Der erste Knopf gab unter der Wucht nach und sprang aus der Öse, sodass sein Hemd ein Stück offen stand und ein Teil einer Tätowierung freigelegt wurde.

»Ich war sein verdammter Butler. Ich wusste alles, was er wusste. Auch wie oft er Isabella zu sich geholt hat und manchmal, wenn er Lust darauf hatte, beobachtet zu werden, musste ich zusehen«, berichtete er und mein Magen zog sich bei seinen Worten zusammen. Ich bekam eine Gänsehaut und unterdrückte ein Würgen. Lorenzos Augen wurden leblos. Wie oft hatte er es ertragen müssen im selben Zimmer zu sein, während Francesco seiner Tochter Höllenqualen zufügte?

»Was hat das mit den Morden zu tun?« Ich ließ seinen Kragen los und trat einen Schritt zurück. Es schien, als müsste ich ihn nicht foltern, um an Antworten zu kommen. Er ließ sich zwar jedes Detail aus der Nase ziehen, doch er war nicht dumm genug, mir nicht zu antworten.

Lorenzo hustete, als hätten meine Hände nicht nur seinen Kragen, sondern auch seinen Hals zusammengedrückt. Er krächzte und holte gierig Luft, bevor er sich verschluckte und erneut husten musste. Es dauerte, bis er sich erholte und wieder den Mund öffnete, während ich ungeduldig mein Gewicht von einem Bein auf das andere verlagerte. »Der Mord an Francesco war kein Unfall oder Notwehr. Es war geplant.«

Was? Nein! Das war eine Lüge. Gerade hatte er sich noch Sorgen um sie gemacht und nun erzählte er diesen Haufen Scheiße? Sie hatte geweint, gewimmert und gestottert, während sie mir berichtete, was passiert war. Diese Nacht hatte einen Teil von ihr zerstört. »Aurora hätte nie ...«, widersprach ich, kam aber nicht dazu, den Satz zu beenden, weil Lorenzo sofort den Kopf schüttelte.

»Nicht Aurora. Isabella. Sie hat es genossen. Jedes Mal, wenn ich dabei war, hat sie sich ihrem Dad an den Hals geworfen. Sie dachte, wenn der Sex nur gut genug wäre, dann würde ihr Daddy sie aus dem Keller holen und stattdessen Aurora dort unten einsperren.« Lorenzos Adamsapfel hüpfte aufgeregt an seinem Hals auf und ab, während er sprach. Wie hypnotisiert starrte ich auf die Bewegung und versuchte zu verstehen, was er mir damit sagen wollte. Sofort hatte ich ein Bild von Isabella vor mir. Von ihrem sanften Lächeln, das sie immer aufgesetzt hatte, und den langen Haaren, mit denen sie spielte, als wäre sie ein Kleinkind.

»Das ... das ist ... Nein, unmöglich.« Richtig? Sie war es nicht. Sie war das Opfer. Isabella hatte jahrelang unter ihrem Dad gelitten. Er hatte sie missbraucht. Außerdem war sie die ganze Zeit bei Aurora ... Nein, sie war nicht die ganze Zeit bei Aurora gewesen. Dornröschen war bei mir gewesen, als die Morde passiert waren. Aber Isabella? Ich wünschte, ich hätte noch Alessios Liste oder hätte sie nicht nur überflogen. Stand Isabellas Name darauf? Ich erinnerte mich nicht. Hatte Rafael sie rüber ins andere Haus gebracht, bevor sie befragt werden konnte?

»Sie hat es genossen. Sie stand darauf, gewürgt zu werden. Anfangs habe ich Zeit gebraucht, um den Zusammenhang zu verstehen. Isabella konnte schließlich nicht wissen, dass Aurora in die Küche kommen würde. Aber dann hat Emilio mir erzählt, dass Isabella ihn gebeten hatte, zu einer bestimmten Uhrzeit Steine an Auroras Fenster zu schmeißen. Ob mit Wunde oder ohne, Aurora hätte in dieser Nacht ihr Bett verlassen und die beiden gehört.« Lorenzo stieß ein würgendes Geräusch aus und ich ging zur Sicherheit noch ein Stück zurück, damit er mich nicht ankotzte, falls der Ekel zu stark wurde. Auch ich musste mich zusammenreißen, mich nicht zu übergeben. *Sie stand darauf.* Konnte es ein Fetisch sein, vom eigenen Vater berührt zu werden? Das würde zwar erklären, warum Inzest sich so hartnäckig in der Gesellschaft hielt, doch ich hoffte, dass es nicht der Wahrheit entsprach. Oder vielleicht war es auch eine Form des Stockholm-Syndroms? Nicht, dass ich ein Heiliger war. Ich stand wahnsinnig darauf, wenn Auroras Haut sich rot verfärbte, sie vor mir kniete oder mein Schwanz so tief in ihrem Mund war, dass ich ihr die Luftröhre abdrückte. Sonst wäre ich vermutlich beim letzten Mal im Bett nicht derart hart gekommen. Aber das übertraf alles, was ich je gehört oder gesehen hatte.

Angewidert schob ich die Gedanken beiseite. Francesco lebte nicht mehr, also war es nicht die Vergangenheit, die zählte, sondern die Zukunft. Doch noch überzeugte mich Lorenzos Geschichte nicht. Andererseits hörte sie sich so abgefuckt an, dass ich nicht glaubte, irgendwer könnte sie sich ausdenken. »Wieso musste Hudson sterben?«

»Ich schätze, Isabella hat nicht gewusst, dass wir ...« Er zögerte. Ein unsicherer Blick traf mich, doch ich nickte ihm bestärkend zu. Es interessierte mich nicht, was er in seinem Schlafzimmer tat. »... dass wir miteinander schlafen. Sie dachte wohl, ihr Geheimnis würde mit ihm sterben, bevor er es jemandem erzählen konnte. Aber er hat es mir gesagt, sobald ich Francescos Leiche gefunden habe.«

»Und Esmeralda?« Ich begann auf und ab zu gehen. Am liebsten wäre ich gerannt, weil mein Verstand mir viel zu langsam arbeitete. Dabei setzte sich allmählich ein Bild zusammen. Mit jedem Wort fügte sich ein weiteres Puzzlestück an seinen Platz. Es ergab Sinn und gleichzeitig auch nicht. Ich hatte Isabella kurz kennengelernt und sie niemals verdächtigt. Auch jetzt fiel es mir schwer, mir vorzustellen, wie sie mit einem Messer auf einen Mann wie Hudson losging. Sicher, die Wunde war ausgefranst gewesen, also hatte der Mörder beim ersten Mal nicht genug Kraft aufgewandt, um ihn sofort zu töten. Esmeralda war allerdings von hinten attackiert worden, aber ... Das klang alles so abwegig.

»Keine Ahnung. Aber meine Theorie wäre, dass sie es ebenfalls gewusst hat. Dass Francesco und Isabella sich miteinander vergnügten und es Isabella gefiel. Esmeralda war für die Wäsche zuständig. Hätte Francesco seine Tochter vergewaltigt, wäre es Blut gewesen, aber stattdessen waren die Laken nur über und über mit Sperma beschmiert. Wenn Aurora davon erfahren hätte, wäre ihr schnell klar geworden, was Isabella trieb. Oder es hätte wenigstens unangenehme Fragen aufgeworfen. Außerdem muss Isabella einen Hass auf Esmeralda gehabt haben. Sie hat wöchentlich die Bettwäsche gewechselt und hatte somit sogar die Erlaubnis zu Isabella in den Keller zu gehen, doch sie half ihr nicht, weil Esmeralda selbst Todesangst hatte. Sie hätte Isabella Essen bringen, oder ihr eine Möglichkeit zeigen können, zu fliehen. Stattdessen hat sie die Wäsche geholt und war nie länger als nötig im Keller, obwohl Isabella sich so sehr nach Gesellschaft gesehnt hat.« Lorenzo hob die Schultern und ließ sie wieder sinken. Sein Blick wurde entschuldigend, als würde es ihm leidtun, dass er keine bessere Erklärung hatte. Doch wieder glaubte ich nicht, dass er alles nur erfand. Ich konnte kein Anzeichen davon erkennen, dass er log. Seine Augen waren die ganze Zeit auf mich gerichtet. Sagte er wirklich die Wahrheit? Und wenn ja, was bedeutete das? Was sollte ich Aurora sagen, wenn sich ihre Schwester, die sie so sehr liebte, plötzlich als unsere Hauptverdächtige herausstellte?

»Wieso?« Trauer stieg in mir hoch. Ich kannte Isabella kaum und sie könnte mir egal sein, doch Aurora hatte für sie jemanden umgebracht. Isabella war ihr wichtig genug gewesen, um ein Messer zu ergreifen und es ihrem Dad in den Rücken zu rammen. Sie hatten sogar Seite an Seite auf dem Küchenboden gekniet und das Blut aufgewischt. »Warum sollte Isabella ihrer eigenen Schwester das antun?«

»Eifersucht?« Lorenzo schnaubte, als liege die Antwort auf der Hand. »Obwohl sie beide seine Töchter waren, durfte die eine sich im Haus bewegen, während die andere im Keller festsaß. Aurora wurde vorgeführt und zählte als die schöne Erbin der Santis, während die wenigsten auch nur von Isabella wussten. Wäre Aurora jedoch in Ungnade gefallen, weil sie ihren Dad umgebracht hat, wäre Isabella die Nummer Eins gewesen. Und das wollte sie. Es wäre ihre Rache für all die Jahre gewesen, in denen niemand sie gesehen hat. Dabei interessierte Aurora das nicht. Sie war ebenfalls ein Opfer. Sie hatte es gehasst, wie ein Hündchen vorgezeigt zu werden.«

Ich schluckte. Ein Knoten bildete sich in meinem Magen und wurde schwer wie ein Stein. Er drückte auf meine Eingeweide und hinterließ ein unangenehmes Ziehen in meinem Bauch. »Was ist mit Davide? Er ist schließlich auch noch da.« Und er stand über Isabella. Schon allein deshalb, weil er kein Bastard war. Oder zählte er nicht mehr als Francescos Sohn, jetzt, wo er ihn enterbt hatte?

»Davide wird niemals wieder einen Clan anführen. Alle wissen das. Er steht im Testament und wird sein Dasein als Kapitän fristen, bis irgendwer Erbarmen mit ihm hat und ihm eine Kugel in den Schädel schießt.« Lorenzos Ton verbarg nicht, dass er Davide genau dieses Schicksal wünschte. Leider konnte ich ihm dabei nicht widersprechen. Auch jetzt drangen Davides aufgebrachte Schreie durch die geschlossene Tür in den Raum und hallten an den Wänden wider.

»Jeder stand im Testament, nur Isabella nicht«, hauchte ich und unbändige Angst streckte sich nach mir aus. Ihre Fäden griffen nach mir, hielten mich gefangen und wickelten mich ein. Aurora, das Personal, Davide – jeden von ihnen hatte Francesco aufgeführt und ihre Leben nach seinem Tod in verschiedene Bahnen gelenkt. Er hatte dafür gesorgt, dass das aus ihnen wurde, was er wollte. Außer bei Isabella. Der Knoten in meinem Magen wurde größer und verband sich mit der Angst, die mich überzog wie ein Kokon. »Sie wusste es. Isabella. Sie kannte das Testament, bevor Francesco starb.« Es musste so sein. Das Leben von allen stand nach Francescos Tod auf dem Spiel. Nur Isabella wäre verschont geblieben. Und dieses Wissen hatte sie genutzt, um alle loszuwerden. Danach wäre sie allein übriggeblieben und hätte den Käufer um den Finger wickeln können, um den Clan von neuem aufzubauen. Nur leider hatte ich ihre Pläne durchkreuzt, denn ich hatte sie nicht einmal eines Blickes gewürdigt. Wie auch, wenn meine Augen nur auf Aurora fixiert waren. Aurora! Sie war bei Isabella. Egal, ob Lorenzo nun die Wahrheit sagte oder nicht, ich durfte nicht zulassen, dass sie das andere Haus erreichte. Wenn es stimmte, hatte Isabella es immer noch auf sie abgesehen, oder?

»Ich gehe davon aus«, stimmte Lorenzo zu und rüttelte erneut an seinen Fesseln, als rechnete er damit, dass ich ihn nun endlich freilassen würde. Aber dazu fehlte mir die Zeit. Ohne ihn weiter zu beachten, drehte ich mich zur Tür um, riss sie auf und stürmte in die Halle. Menschen drängelten sich aneinander, machten mir jedoch sofort Platz, als sie mich erkannten.

»Rafael! Ist Alessio noch hier?«, schrie ich über die Köpfe der Anwesenden hinweg und scannte mit den Augen den Raum ab, um meinen besten Kapitän zu suchen. Es dauerte eine Weile, doch als ich seine gebrüllte Antwort vernahm, entdeckte ich ihn in einer Ecke.

»Nein, er ist mit der kleinen Santis ins Nachbarhaus gegangen.« Rafael hielt Davide gerade aufrecht gegen die Wand gepresst, der mit den Fäusten nach ihm schlug, aber keinen Erfolg hatte. Wie ein Irrer boxte und trat er nach Rafael in der Hoffnung, sich zu befreien. Unter anderen Umständen hätte ich mich zu den beiden gesellt und Davide so lange geschlagen, bis er sich nicht mehr rühren könnte, aber die Zeit hatte ich nicht. Ich musste Alessio warnen. Isabella war im Santis-Haus. Bei Alice und Lyra. Bei den Kindern! Fuck! Ihnen durfte nichts passieren.

»Ruf ihn an! Jetzt!«, befahl ich und Rafael reagierte sofort. Er zog das Knie an, rammte es in Davides Schritt, der daraufhin zusammensackte und auf den Boden fiel. Er schnappte sich sein Handy aus der Hosentasche und wählte Alessios Nummer, während er sich zu mir wandte.

»Stimmt irgendwas nicht?«, fragte er und Panik flackerte in seinem Gesicht auf. Ich wusste, dass er nur die Angst spiegelte, die sich in meinen Augen befand.

Seine Bewegungen wurden fahrig. Ungeduldig wartete er. Es klingelte. Nicht, dass ich es auf diese Entfernung hätte sehen können, aber mit jeder Sekunde, die verstrich, merkte ich, wie Rafael unruhiger wurde, bis er enttäuschte den Kopf schüttelte und mich entschuldigend ansah. »Er hebt nicht ab.«

»Scheiße!«, rief ich aus und sah mich zu allen Seiten um. Wo war Antonio, wenn Alessio im anderen Gebäude war? Ich konnte ihn nirgendwo entdecken. Aber darauf konnte ich keine Rücksicht nehmen. »Rafael, halt hier die Stellung«, forderte ich und hoffte, er würde das auch weiterhin schaukeln. Denn ich konnte nicht an zwei Orten gleichzeitig sein. Und ich musste zu Aurora. Sofort. Meine Beine bewegten sich bereits selbst Richtung Ausgang. Ich griff nach meiner Waffe und hielt sie vor meinen Körper, sodass die Menge vor mir noch schneller den Weg frei machte. Das Gewusel und die erschrockenen Rufe um mich herum, blendete ich aus. Sie interessierten mich nicht. Keiner von ihnen. Ich würde jeden opfern wie unbedeutende Bauern, wenn ich damit meine Königin schützen könnte. Und den Rest meiner Familie. Ich schlug die Augenlider nieder. Die Kinder. Sie waren in Gefahr, obwohl das das Letzte war, was ich wollte.

»Was ist mit dem Verdächtigen?« Rafaels Stimme drang wie aus weiter Ferne an mein Ohr, während ich meine Schritte beschleunigte. Ich war viel zu langsam. Jede Sekunde war kostbar. Wie lange würde Isabella brauchen, um einem meiner liebsten Menschen wehzutun? Eine Stunde oder zwei? Oder waren bereits alle tot und mich erwartete ein Blutbad? Oder machte ich mir ganz umsonst Sorgen, weil jedes Wort aus Lorenzos Mund gelogen war? Ich wusste es nicht. Das Einzige, was ich aber wusste war, dass ich noch nie zuvor in meinem Leben so eine wahnsinnige Angst verspürt hatte.

»Lass ihn nicht aus den Augen. Wenn es stimmt, was er sagt, hat der Mörder es auch auf ihn abgesehen.«

ZEHN

AURORA

»Sind sie nett zu dir?« Lächelnd lehnte ich mich neben Isabella gegen die Wand und sah zusammen mit ihr auf das friedliche Bild, das Alice und Lyra boten. Die beiden saßen auf dem Boden. Na gut, auf einer Decke, die sie auf dem Marmor ausgebreitet hatten, damit den Kindern nicht kalt wurde. Die Beine waren lang ausgestreckt und ihre Zehen berührten sich, sodass sie ein Quadrat bildeten, in dem Lynn herumkrabbelte. Tarrant stand daneben und motivierte sie, sich schneller zu bewegen oder gar aufzustehen, weil er nicht verstand, warum Lynn nicht ihre Füße benutzte, um mit ihm ein Wettrennen zu veranstalten.

»Sie sind fantastisch und die Kinder sind wahnsinnig süß.« Isabella kicherte und starrte mit einem Strahlen auf Lynn, die stehengeblieben war und zu Tarrant aufsah, als wäre er eine Süßigkeit, die sie unbedingt haben wollte. Sie streckte die Hand, die sie gerade noch im Mund gehabt hatte, nach ihrem Cousin aus, der sich zu ihr auf den Boden gleiten ließ, als ihm klar wurde, dass Lynn nicht aufstehen würde.

»Ja, das sind sie«, bestätigte ich und seufzte tief. Ich liebte diese Ruhe. Nicht, weil wir die Einzigen im Anwesen waren, sondern Alice und Lyra alles mit Bedacht zu tun schienen. Sie waren aufeinander eingespielt. Bewegte Lynn sich auf Alice zu, nahm diese sie und drehte sie so, dass sie wieder zu ihrer Mom krabbelte. Hustete Tarrant und Alice war außer Reichweite, klopfte Lyra ihm auf den Rücken. Die beiden waren die verlängerten Arme des anderen. Es brauchte kein Bitte oder Danke. Sie gehörten einfach zusammen, so wie sie ebenfalls zu ihren Männern gehörten. Und ich fragte mich automatisch, ob ich eine von ihnen werden würde, wenn ich Domenicos Antrag annahm. Würde ich dann bald neben ihnen sitzen und ein drittes Kind spielte zu unseren Füßen? Diese Vorstellung hätte mich vielleicht ängstigen sollen. Sie war zu voreilig, aber der Gedanke löste nur eines in mir aus: Frieden. Ich war angekommen. Zuhause. So fühlte es sich an. Ich lächelte und drehte mein Gesicht Isabella zu. »Würde es dir gefallen, hierzubleiben?«

»Hierbleiben? Ich dachte, du wolltest weg.« Isabella stutzte und entzog den Kindern ihre Aufmerksamkeit, um stattdessen mich anzusehen. Verblüffung war in ihrer Stimme zu hören, die viel zu hoch in meinen Ohren klang. Ich lächelte. Sie war wohl aufgeregter wegen dieser Sache als ich. Aber das wunderte mich nicht. Sie hatte alles mitbekommen. Von meinem ersten Treffen mit Dom, bis zu dem Moment, in dem ich mir eingestand, unsterblich in ihn verliebt zu sein.

Ob ich den gleichen Gesichtsausdruck zur Schau stellte, wenn ich Dom ansah, wie den, den Lyra gerade Alessio schenkte, als er sich hinter sie setzte und sie mit den Armen umschlang? Im Augenwinkel sah ich, wie er ihren Nacken küsste und sein Kinn anschließend auf ihrer Schulter abstützte, um seiner Tochter zuzusehen, wie sie Tarrants Finger mit der Hand umschlossen hielt, um sie zu ihrem Mund zu führen. Das kleine Sabbermonster war wirklich stark für ihr Alter. Sie würde irgendwann eine kleine Kriegerin werden. Da war ich mir sicher.

»Ja, aber ...« Ich brach ab. Es gab kein Aber. Ich hatte weg gewollt und nun wollte ich das nicht mehr. Dinge änderten sich. Ständig trafen wir Entscheidungen und verwarfen sie wieder. So war das Leben. Vor ein paar Tagen, als ich unbedingt raus aus Maryland und weg von allen wollte, hatte ich noch nicht gewusst, wie schmerzhaft es sein würde, auf Dom zu verzichten. Ich hatte noch nicht gewusst, dass mich der Gedanke, ihm nicht nahe zu sein oder ihn mit einer anderen zu sehen, umbringen würde. Doch nun hatte ich diese Information und ich war nicht masochistisch genug, um mich selbst zu quälen, indem ich weiterhin darauf beharrte, zu gehen. »Domenico hat mich gefragt, ob ich ihn heiraten will. Und ich würde gern Ja sagen.« Eigentlich hätte ich das sofort tun sollen. Ja sagen. Domenico hatte es nicht verdient, von mir hingehalten zu werden. Nicht, wenn er nur einen Bruchteil von dem fühlte, was ich für ihn empfand.

»Wow, das ist toll. Ich freu mich für dich, Aurora.« Das Lächeln auf Isabellas Gesicht wurde breiter.

Tränen der Freude schossen ihr in die Augen, die sofort feucht glänzten. Ihre Hand griff nach mir, blieb aber in der Luft vor mir hängen, als hätte sie es sich anders überlegt und zog sie wieder zurück, um mich stattdessen in den Arm zu nehmen. Kurz drückte sie mich an sich, bevor sie mich wieder losließ. Wärme strahlte von ihrem Körper ab und der Geruch nach ihrem Kokos-Parfüm, das ich ihr vor Jahren geschenkt hatte und sie dank Dad nie hatte verwenden dürfen, stieg mir in die Nase.

»Danke, Isabella«, hauchte ich und mein Herz machte einen Sprung. Sie verstand es. Nein, mehr noch, sie war glücklich, genau wie ich. In mehreren Jahren würden wir alle hier ruhig und friedlich miteinander leben. Etwas, worauf ich mich freute. Grinsend sah ich wieder zu der kleinen Familie am Boden. Schon bald wären wir ein Teil davon. Es war unglaublich. Dad wollte mein Leben vernichten und mir alles wegnehmen, was ich hatte. Meine Jungfräulichkeit, meine Entscheidungsfreiheit, meinen Stolz. Doch stattdessen hatte er mir ein Zuhause geschenkt, von dem ich nicht gedacht hatte, es jemals haben zu können.

Isabella nickte mir aufmunternd zu und wandte sich wieder den Kindern zu. Lynn war inzwischen dazu übergegangen, einen Teil von Tarrants Hand in ihren Mund zu stopfen, doch der Junge lachte nur darüber und zog eine Grimasse nach der anderen, um Lynn zum Lachen zu bringen.

»Alessio? Könntest du mich zur Küche begleiten? Ich würde gern etwas trinken. Möchte sonst noch jemand etwas?« Fragend sah Isabella in die Runde, doch sie erntete von mir ein Kopfschütteln. Ich brauchte überhaupt nichts. Außer Dom. Ich hoffte, dass – egal was er gerade tat – es nicht mehr lange dauern würde. Ich vermisste ihn bereits und wollte mich wieder in seine Arme verkriechen.

»Würdest du Saft für Tarrant mitbringen?«, bat Alice, während Alessio sich hinter Lyra erhob, seiner Frau zärtlich über den Nacken strich und auf Isabella zuging. Lächelnd bot er ihr seinen Arm an, was meine Schwester wieder zum Kichern brachte. Demonstrativ hakte sie sich ein und zwinkerte mir spielerisch zu.

»Sicher«, antwortete Isabella und verließ mit Alessio das Zimmer. Die Schritte der beiden hallten auf dem Marmor, verstummten jedoch, je näher sie der Küche kamen. Erst, als sie nicht mehr zu hören waren, trat ich näher auf Alice und Lyra zu. Ich kam mir vor wie ein Eindringling, als ich mich neben sie auf die Decke setzte, doch Alice machte mir sofort Platz, damit ich ebenfalls meine Beine ausstrecken konnte. Ein warmes Gefühl durchfuhr mich. Ja, genau da gehörte ich hin.

»Mommy, kann Lynn mit mir spielen? Sie möchte sicher mein Monster sehen.« Mit großen Augen entzog Tarrant Lynn seine Hand und drehte sich zu Alice um, hinter der ein Stofftier lag, das eigentlich einen Drachen darstellen sollte. Sofort griff Alice danach und holte es hinter ihrem Rücken hervor, damit Tarrant es erreichen konnte. Der Kleine tapste auf sie zu, drückte ihr einen Kuss auf die Lippen und streckte seine Hand nach dem Tierchen aus.

»Dafür ist sie noch zu klein. Sie wird ihn nass machen«, warnte Alice, aber Tarrant schien keine Bedenken zu haben. Er nahm das Stofftier seiner Mom ab und legte es zwischen Lynn und sich, woraufhin Lynn versuchte darüber zu klettern, als wäre es ein Berg, den sie erklimmen musste. Jedoch scheiterte sie. Immer wieder rutschte sie am Stoff zurück und musste erneut beginnen.

Schritte ertönten. Isabella kam wieder in Sichtweite. Sie hatte einen Becher in der Hand und ein Grinsen im Gesicht. Mit schnellen Schritten überbrückte sie die Distanz zu uns und beugte sich hinab, um Alice den Becher für ihren Sohn zu übergeben. Ihre Haare flatterten aufgrund ihrer hastigen Bewegungen und die Flüssigkeit im Becher schwappte hin und her.

»Danke, Isabella.« Alice lockte Tarrant mit einer Handbewegung wieder zu sich, setzte ihm den Becher an die Lippen und ließ ihn erst wieder zu Lynn zurückgehen, als er zwei große Schlucke getrunken hatte. Tarrant quengelte deshalb leicht und behauptete, keinen Durst zu haben, trank jedoch, um wieder spielen gehen zu dürfen.

»Wo ist Alessio?« Lyra nutzte die Zeit, in der Tarrant beschäftigt war und hob Lynn so auf das Stofftier, dass sie sich nur noch nach vorn plumpsen lassen musste. Das tat Lynn auch und erntete Beifall von Tarrant. Ich unterdrückte ein Lachen, weil Lynn verwirrt von ihrem Cousin zu dem Stofftier sah und dann zu Lyra.

»Er wollte etwas zu essen machen«, murmelte Isabella, doch im Gegensatz zu mir grinste sie nicht. Nein, ihr Blick war starr auf Lynn gerichtet. Eine Falte war über ihrer Nase zu erkennen, als würde sie über etwas nachdenken. Sie war blass. Verdammt, ich hätte sie nicht allein in die Küche gehen lassen sollen. Alessio hatte keine Ahnung, was an diesem Ort passiert war. Ob er gemerkt hatte, dass Isabella sich dort unwohl fühlte? Hatte er sie deshalb vorher zurückgeschickt und sie nicht auf ihn warten lassen? Mitleid stieg in mir auf und ich bekam das Bedürfnis, Isabella in den Arm zu nehmen.

»Hoffentlich brennt er nicht wieder die halbe Küche ab.« Lyra verdrehte die Augen, nahm eines der Feuchttücher aus der Verpackung, die neben ihr lag und wischte ihrer Tochter damit das Gesicht ab, die eine neue Aufgabe für sich gefunden hatte. So wie es aussah, war Lynns Ziel so viel wie möglich von dem Flügel des Stofftiers in ihren Mund zu stopfen. Aber auch das heiterte Isabella nicht auf, weshalb ich aufstand und ihr einen Arm auf die Schulter legte. Sofort richtete ihr Blick sich auf mich.

»Isabella? Alles in Ordnung?«, fragte ich und ihr Gesicht wurde noch blasser. War ihr schlecht? Hatte sie Flashbacks von der Nacht, in der Dad gestorben war? Ich könnte das verstehen, auch ich mied die Küche seitdem. Eigentlich hatte ich es sogar geschafft, keinen Fuß mehr hineinzusetzen.

»Ja.« Isabella nickte, überlegte es sich dann jedoch anders und schüttelte den Kopf, während Alessios Telefon, das in Lyras Nähe lag, plötzlich vibrierte. Stirnrunzelnd sah ich von dem Handy in Richtung Küche, aber noch schien Alessio beschäftigt zu sein. »Ich ...«, begann Isabella und zog damit wieder meine Aufmerksamkeit auf sich. Sie ließ die Schultern sinken und stoppte. Tränen stiegen ihr in die Augen. »Können wir ein Stück gehen, Aurora? Ich würde gern ...«, setzte sie erneut zu sprechen an und gestikulierte wild, als wüsste sie nicht, wie sie es ausdrücken sollte. »... m-mit irgendwem r-reden«, stammelte sie und ich konnte sehen, wie sie sich bemühte, die Tränen hinunterzuschlucken. Sie griff nach meiner Hand, krallte ihre Finger daran fest und nutzte mich als Anker.

»Sicher.« Ich drückte sanft ihre Hand und schob sie in Richtung des Flurs zu den überdimensionalen Bildern unserer verstorbenen Familienmitglieder. »Wir gehen ein wenig in die Galerie«, rief ich Alice und Lyra zu, neben denen wieder Alessios Handy vibrierte. Einmal, zweimal, dreimal. Lyra sah sich nach ihrem Mann um, aber er werkelte wohl immer noch in der Küche. Kurz fragte ich mich, wieso sie nicht einfach abhob, doch ich hatte einmal den Fehler gemacht und war an Davides Telefon gegangen. Er hatte es mir aus der Hand geschlagen und etwas von Clanangelegenheiten gefaselt. Und die gingen Frauen nichts an. Ich bezweifelte, dass Alessio seiner Frau böse sein oder sie so anschnauzen würde wie Davide mich, doch auch bei ihnen schienen sich Lyra und Alice aus vielem rauszuhalten.

»Solltet ihr nicht auf Alessio warten?« Lyra sah auf das Telefon hinab, nahm es in die Hand und zog eine Augenbraue nach oben. War es ein wichtiger Anruf? Vielleicht war etwas passiert. Unsicher sah ich von

Lyra zu Isabella, doch meine Schwester begann zu zittern und klammerte sich fester an mich.

»Bitte?«, hauchte sie. »Ich muss mit dir reden.« Ihr Betteln schmerzte und das aufkeimende Mitleid erreichte seinen Höhepunkt, sodass ich all meine Bedenken über Bord warf. Was sollte passieren? Wir waren hier in Sicherheit. Alessio war nicht weit weg und außer uns vier Frauen waren nur noch die Kinder im Gebäude. Alle anderen waren bei Dom in der Eingangshalle eingesperrt. Und Isabella brauchte mich jetzt. Was hatte Dom gesagt? Wir sollten ihr eine Therapie nahelegen. Sie musste sich jemandem anvertrauen, aber fürs Erste hatte sie mich als Bezugsperson ausgewählt und ich würde sie nicht im Stich lassen.

»Sagt ihm einfach, wo wir sind. Wir kommen gleich zurück«, bat ich Lyra, die tief seufzend auf Isabella starrte, dann aber schlussendlich verständnisvoll nickte und uns gehen ließ. Dankbar zog ich Isabella an der Hand von den anderen weg und an den vielen Bildern vorbei, bis wir ganz hinten in der Ecke ankamen, wo Dads Abbild hing. Seine kalten Augen, die Isabellas so ähnlich waren, sahen auf uns hinunter. Verdammt, vielleicht war das doch nicht der beste Ort gewesen, um zu reden, doch statt in Tränen auszubrechen, wurde das Beben von Isabellas Körper schwächer, während sie auf das Porträt blickte. »Geht es dir gut, Isabella?«

»Nein.« Isabella löste ihre Hand aus meiner und legte sie stattdessen auf das Bild. Langsam fuhr sie über die Farben und die raue Oberfläche. Ihr Mund klappte auf. Sie blinzelte, aber sie weinte nicht. Ihre

Miene verzog sich und verharrte dann in einer Position, als wäre sie in Stein gemeißelt.

»Vielleicht solltest du doch mit einem Psychologen reden?« Ich bemühte mich, so ruhig wie möglich zu sprechen und lächelte sanft, obwohl sie nur Augen für das Bild hatte. Um ihr zu zeigen, dass ich für sie da war, stellte ich mich nah neben sie, damit sie meine Anwesenheit spüren konnte. Doch Isabella rückte ab und drehte ihren Kopf in meine Richtung.

»Und was soll ich ihm sagen? Dass meine Schwester eine Schlampe ist und dennoch den Märchenprinz abbekommt?« Isabellas Stimme wurde eisig. So kalt, dass ich fröstelte. Eine Gänsehaut überzog meine Arme. Isabellas Mundwinkel zuckten, als würde sie gleich lachen, doch ihre Augen blieben starr. Keine Wärme war mehr darin zu erkennen. Ich schluckte. Die Ähnlichkeit zu Dad war verblüffend. Und beängstigend.

»Was?« Fassungslos riss ich den Mund auf und versuchte, mir zusammenzureimen, was ihre Worte zu bedeuten hatten. Ich hatte mich verhört. Ich musste mich verhört haben. Richtig? *Schlampe.* Als hätte sie mich geschlagen, stolperte ich einen Schritt zurück. Mein Gehirn musste mir Streiche spielen. Es gab gar keine andere Möglichkeit. So etwas würde Isabella nie sagen. Aber sie stritt es nicht ab. Stattdessen verschränkte sie die Arme vor der Brust und wiegte den Kopf hin und her, als würde sie ernsthaft über ihre eigenen Fragen nachdenken.

»Findest du es nicht ungerecht? Du hast die ganze Zeit alles bekommen, was du wolltest. Jetzt hast du

Dad auch noch umgebracht und trotzdem will Domenico Graza dich zu seiner Frau machen.« Isabella drehte ihr Gesicht in meine Richtung und stoppte, als es genau in der Mitte zwischen mir und dem Portrait von *Padre* war. Eine ihrer Locken fiel ihr über die Wange und den Mund, sodass ich nur noch ihre Augen in voller Pracht sehen konnte. Kälte und Angst breiteten sich in mir aus. Ich kannte diesen Blick. Jahrelang hatte er mich gefangen gehalten und mir gezeigt, wie wenig ich wert war. Ich dachte, das hätte ich hinter mir. Doch ich hatte mich scheinbar geirrt.

»Isabella, was soll das? Ich dachte, du freust dich für mich?« Irritiert sah ich mich um. Ich wartete darauf, dass irgendwer hervorspringen würde, der Isabella bedrohte, damit sie all das sagte. Oder dass sie anfangen würde zu lachen, weil sie mich veräppelte. Doch ihre Mimik blieb ernst. Es war kein Spaß. Schmerz breitete sich in meinem Brustkorb aus. Er fraß sich durch meine Eingeweide, mein Rückenmark und hinauf in mein Gehirn, wo er sich festbiss und blieb, bis meine Synapsen endlich verstanden, dass hier etwas ganz und gar nicht stimmte. Isabella benahm sich wie ausgewechselt. Ich kannte meine Schwester, doch der Frau vor mir war ich noch nie begegnet. Zumindest konnte ich mich nicht daran erinnern. Sie war bösartig und wollte mich verletzen.

»Mich freuen? Ich soll mich freuen, dass du die Frau des Bosses wirst und wieder einmal das perfekte Leben führen darfst, während ich so viel geopfert habe, um mich selbst an die Spitze zu setzen?« Jetzt wanderten Isabellas Mundwinkel doch nach oben. Sie grinste, doch ihre Stimme passte nicht zu dem strahlenden Gesicht, mit dem sie mich ansah. Ein aggressiver Unterton war in jedem ihrer Klänge zu vernehmen. Sie war wütend, aber ich hatte keine Ahnung, wieso. Ich hatte ihr nichts getan, oder doch? »Ist dir klar, wie oft ich Dad ficken musste, bis er mich als seine liebste Tochter bezeichnet hat? Wie viele Schläge ich ertragen musste, damit er sich befriedigt fühlt? Er war ein Sadist und liebte es, anderen Schmerz zuzufügen. Es hat ihn angemacht. Deshalb stand er wohl so auf dieses Vergewaltigungsrollenspiel, das ich vorgeschlagen habe, damit du endlich irgendeinen Fehler machst. Aber selbst das wird dir verziehen. Das ist so typisch.« Ein Lachen verließ Isabellas Mund. Es hörte sich gehässig an und erinnerte mich an Davide, wenn er ein Spiel gewonnen hatte und er seine Gegner damit abwerten wollte oder um sich über sie lächerlich zu machen. Er wollte zeigen, dass er die Überhand hatte. So wie Isabella jetzt.

»Vorgeschlagen? Ich ... Isabella, wovon sprichst du?« Verwirrung machte sich in meinem Kopf breit, doch sie hielt nur ein paar Sekunden an, bevor meine Gehirnwindungen auf Hochdruck zu arbeiten begannen und langsam alle Punkte verbanden, die Isabella mir vorwarf. Aber ich wollte es nicht glauben. Das war unmöglich. Niemals würde sie so etwas tun. Nein, ich war in der Küche dabei gewesen. Sie hatte gelitten. Dad hätte sie umgebracht. Das konnte sie nicht eingefädelt haben. Wie auch? Wenn ich nicht gekommen wäre, hätte er sie einfach erwürgt. Richtig? Aber sicher war ich mir nicht mehr. In dieser Nacht war so vieles passiert. Ich hatte Schmerzen gehabt. Adrenalin war durch meine Adern geschossen. Alles war vor meinen Augen verschwommen. Hatte das Würgen für mich gefährlicher ausgesehen, als es in Wahrheit gewesen war? Ihr Gesicht war rot gewesen. Doch meine Wangen verfärbten sich auch, wenn ich mit Dom Sex hatte. Damals dachte ich, es kam von Dads Händen, die Isabellas Hals umklammerten, aber was, wenn ich falsch lag? Unsicherheit verdrängte die Verwirrung und ließ viel zu viele Fragen in mir zurück, die ich nicht hundertprozentig beantworten konnte. Nicht allein und nicht hier. Ich musste mit Dom reden. Aber zuerst musste ich weg von Isabella. »Lass uns lieber wieder zu den anderen gehen.« Ängstlich trat ich noch einen Schritt zurück, bevor ich mich umdrehen und wieder zu Alice und Lyra zurückgehen wollte. Egal, was gerade mit Isabella los war, es war nicht gut für mich. So wütend hatte ich sie noch nie gesehen und ich wollte nicht allein bei ihr sein, wenn sie explodierte.

»Du gehst nirgendwohin«, zischte Isabella, griff hinter ihren Rücken und zog eine Pistole hervor, die sie auf meinen Kopf richtete. Ein metallisches Klicken erklang, als sie die Vorrichtung entsicherte. Ihre Bewegungen waren fließend, als hätte sie es schon hunderte Male getan und es ging so schnell, dass ich es zu spät realisierte. Mir wurde erst klar, was sie tat, als der Lauf bereits gegen meinen Hinterkopf drückte.

»Isabella, woher hast du die Waffe?«, fragte ich und konnte nicht verhindern, dass meine Stimme zitterte. So stark, dass meine Worte unnatürlich gedehnt wurden und selbst in meinen Ohren unverständlich klangen. Doch Isabella reimte es sich zusammen und schnaubte, als wäre es eine dumme Frage. Dabei fand ich sie berechtigt. Die Einzigen, die eine Waffe trugen, waren Doms Männer und seine Brüder. Hatte Isabella sie von jemandem gestohlen? Und wenn ja, warum? Hatte sie das hier geplant?

»Ist das wichtig?« Isabella presste den Lauf fester gegen meinen Kopf, sodass sie die Öffnung in meine Haut bohrte. Ein Schuss und mein Leben wäre vorbei. Ich würde Dom nie wiedersehen. Ich würde nicht mitbekommen, was aus unserem Personal wurde, oder wie Tarrant und Lynn sich entwickelten. Meine Vision von Lyra, Alice und mir, spielend mit unseren Kindern, würde sich nicht bewahrheiten. War es das? Hatte ich wirklich Dad überlebt, um jetzt durch eine Kugel in meinem Kopf, abgefeuert durch meine eigene Schwester, zu sterben?

»Ales…«, setzte ich an, um nach Hilfe zu schreien, doch Isabella rechnete damit und trat mir gegen die Kniekehlen. Meine Stimme brach ab. Ich verlor das Gleichgewicht und fiel nach vorn. Meine Knie knallten auf den Boden und die Waffe an meinem Hinterkopf ließ nicht zu, dass ich mich wieder erhob. Ein stechender Schmerz rauschte durch meine Beine.

»Das würde ich lassen. Er wird dich nicht hören und wir wollen ja nicht Alice und Lyra auf uns aufmerksam machen. Es wäre eine Schande, wenn den Kindern etwas passieren würde.« Die versteckte Warnung hallte überlaut in meinen Ohren wider und fuhr mir durch Mark und Bein. Sie war schlimmer als die Waffe, die Isabella an meinen Kopf hielt und sorgte dafür, dass ich erzitterte. Nicht die Kinder. Sie konnte alles tun und sagen, aber sie musste die Kinder in Ruhe lassen. Also schrie ich nicht. Nach niemandem.

»Was hast du mit Alessio gemacht?« Ich spürte, wie Tränen in mir aufstiegen, als ich mir Alessio vorstellte, wie er blutüberströmt in der Küche lag. Inzwischen war ich mir sicher, dass er sich nichts zu essen machte. Nein, Isabella musste ihn aus dem Weg geräumt haben. Die Frage war nur, wie. Bilder von den beiden, wie Isabella mit dem Messer auf ihn einstach, kamen mir in den Sinn. Würde sie das tun? Ich wusste, dass der Messerblock immer noch in der Küche stand. Zusammen mit den gesäuberten Messern, die wir als Mordwaffe gegen Dad verwendet hatten. Sie hatte doch nicht ...

»Gar nichts. Er wird sicher bald aufwachen. Aber dann wirst du schon tot sein. Das Betäubungsmittel wirkt nicht besonders lange.« Isabella trat gegen meinen Rücken. Nicht besonders fest, aber ich hatte nicht damit gerechnet und fiel nach vorn. Gerade rechtzeitig streckte ich die Hände aus und stützte mich ab, mit dem Ergebnis, dass meine Handgelenke schmerzhaft gegen den Boden gedrückt wurden. Ein Stich fuhr durch meine Arme bis in meine Schultern. Ich keuchte vor Schmerz, aber die Erleichterung, dass Alessio nicht tot war, überwog. Sie hatte Lynn nicht ihren Dad genommen und darüber war ich froh. Ja, er konnte mir nicht helfen und vermutlich würde ich sterben, aber wenigstens würde er aufwachen, bevor meine

Schwester jemand anderem Leid zufügen konnte. Ich musste sie nur lange genug hinhalten.

»Was soll das, Isabella?«, beschwerte ich mich und richtete meinen Oberkörper wieder Stück für Stück auf, damit ich nicht mehr auf allen vieren auf dem Boden kauerte. Verzweifelt richtete ich meinen Blick auf das Ende des Flurs. Wann würden Alice und Lyra bemerken, dass Alessio viel zu lange brauchte? Würden sie in der Küche nachsehen und ihn finden? Und wenn ja, würden sie Dom anrufen, um ... das Handy! Alessios Telefon hatte geklingelt. Es war wichtig gewesen und er war nicht drangegangen. Müsste das nicht reichen, um Dom im anderen Haus zu zeigen, dass etwas nicht stimmte? Ich hoffte es.

»Ich hasse dich. Dich und deine naive Art. Hast du es immer noch nicht verstanden? Dad hatte versprochen, dass ich den Clan bekommen würde. Also werde ich nicht zulassen, dass du ihn mir wegnimmst.« Isabella drehte die Waffe an meinem Kopf. Sie lagerte sie um, sodass sie die Pistole seitlich halten konnte. Durch die Bewegung wurde die Öffnung schmerzhaft über meine Kopfhaut gerieben und mein Haar zur Seite geschoben. Meine Strähnen fühlten sich wie eine Schutzschicht zwischen mir und der Waffe an, aber das war Blödsinn. Sie würden keine Kugel davon abhalten, in meinen Kopf einzudringen und mein Gehirn auf dem Boden zu verteilen. Ob Tarrant mich dann finden würde, weil er seiner Mom hinterherlief und sie nach mir suchte?

»Dir wegnehmen? Ich will ihn doch gar nicht.« Wirklich nicht. Der Clan war das Letzte, das mich interessierte. Ja, ich machte mir Sorgen um das Personal und die Geschäfte, die wichtig für viele Leben in Maryland waren, doch es würde mir reichen zu wissen, dass sie in guten Händen waren. Ich brauchte diese Art Macht nicht. Ich hatte sie noch nie gewollt und es war auch nicht im Gespräch gewesen. Es gab keine Frauen bei der Mafia. Zumindest nicht offiziell. Wenn, teilten sie die Aufgaben mit einem Mann. Es war vom feministischen Standpunkt aus gesehen eine Frechheit, aber machte Sinn. Ich kannte keine einzige Frau, die sich in ihrer Freizeit am liebsten mit Waffen, Gewalt und Folterung beschäftigen wollte. Na ja, bis jetzt. Isabella schien das anscheinend Spaß zu machen.

Isabella schnaubte ungläubig. Sie dachte, ich würde lügen, aber das tat ich nicht. Dennoch würde es nicht reichen, egal wie oft ich beteuerte, dass sie den Clan haben konnte. Sie hatte sich in den Kopf gesetzt, dass ich ihr etwas stehlen wollte, das weder mir noch ihr gehörte. Nein, nun war es in Doms Besitz. So wie Dad das wollte. »Du fickst also aus Spaß mit Domenico?« Isabellas Ton schoss eine Oktave in die Höhe. Nun konnte ich den Hass aus ihrer Stimme heraushören und noch etwas anderes. War das Eifersucht? Mochte sie Dom etwa?

»Ich liebe ihn«, hauchte ich und betete, sie würde das verstehen. Ich wollte nur zu ihm zurück. Tränen ließen meine Sicht verschwimmen. Gott, ich musste ihm zumindest noch sagen, dass ich bei ihm geblieben wäre, damit er sich das nicht ewig fragte. Das war alles. Einmal musste ich noch mit ihm reden, ihn in die Arme schließen und küssen. Und dann konnte ich sterben. Aber nicht jetzt. Bitte, bitte, nicht jetzt. »Bitte, Isabella! Nimm die Waffe runter!« Ich wollte an ihren Verstand appellieren und sie an die guten Zeiten erinnern, die wir gehabt hatten. Doch ich glaubte nicht, dass das helfen würde. Da war so viel Wut in ihrer Stimme und so vieles, was sie mir vorwarf, das einfach nicht stimmte. Ich hatte doch immer nur ihr Bestes gewollt.

»Du hast alles zerstört«, fauchte sie und langsam fragte ich mich, ob sie mit Absicht die Wirklichkeit verdrehte oder tatsächlich glaubte, dass ich ihr all das angetan hatte. Absichtlich. »Du hättest ihn umbringen und danach getötet werden sollen, aber zuerst hast du es nicht allein geschafft, Dad den Garaus zu machen und dann hattest du kein schlechtes Gewissen, sodass du entgegen meiner Vermutung nicht zu Davide gerannt bist, um es ihm zu sagen.« Nein, sie glaubte, was sie sagte. Sie war so überzeugt davon. Irgendwann musste sie den Verstand verloren haben. Wann das wohl gewesen war? Und wieso hatte ich es nicht gesehen? Nach Dads Tod hatten wir die Tage und Nächte miteinander verbracht und sie hatte zwar immer traurig gewirkt, aber ich hatte nie das Gefühl gehabt, dass sie mich tot sehen wollte.

»Du wolltest, dass er mich tötet?« Scharf sog ich die Luft ein, weil das ein Szenario war, das ich mir gut vorstellen konnte. Ich hätte es Davide gesagt. Ich hatte oft mit dem Gedanken gespielt. Aber es ging schließlich auch um sie und ich musste verhindern, dass Davide ihr etwas antat. Ich hatte sie vor Leid bewahren wollen. Paradox, richtig? Ich schluchzte.

»Natürlich. Dann wäre ich dich losgeworden und Hudson und Esmeralda hätten am Leben bleiben können, aber die beiden haben dir den Rücken gestärkt. Sie wollten dich beschützen. Vor mir. Dabei bin ich es, die Schutz gebraucht hätte.« Isabellas Stimme wurde lauter, bis sie beinahe schrie. Bitte, Alice und Lyra mussten sie hören. Bitte! Doch es kam niemand, der mir half. Ich war ganz allein mit dieser Verrückten. *Lauf, Mäuschen, lauf.* Ich war gelaufen. Mein ganzes Leben lang. Aber irgendwann war ich doch stehen geblieben. Ich hatte mich in Sicherheit gewiegt und gedacht, die Gefahr wäre vorbei. Doch nun drohte Dads Messer mich aufzuschlitzen. Ich dachte, Mom hätte ein richtiges Messer, eine Klinge gemeint, aber nun wurde mir klar, dass jede Waffe nur ein Hilfsmittel war. Und Dad hatte Isabella in genau das verwandelt, als er ihr eingetrichtert hatte, sie könnte irgendwann alles haben und er würde ihr die Welt schenken.

»Schutz wovor?« Sie redete von Schutz, während sie es war, die mir eine Waffe an den Kopf drückte? Das musste ein schlechter Scherz sein. Aber die Situation war zu ernst, um lustig zu sein, egal wie verdreht sie war. Angst pulsierte durch meinen Körper. Tränen liefen über mein Gesicht und ich war froh, dass ich Isabella den Rücken zugedrehte hatte, damit sie es nicht sehen konnte. Diese Genugtuung wollte ich ihr nicht auch noch gönnen.

»Vor euch allen. Ihr habt mein Leben zerstört. Ich habe Jahre in diesem verfickten Keller verbracht und keiner von euch hat jemals etwas getan.« Isabella gab ein tränenersticktes Geräusch von sich, das so viel Leid ausdrückte, dass ich glaubte, sie würde gleich zu weinen beginnen.

»Ich habe dir Essen gebracht«, protestierte ich und dachte daran, wie panisch ich immer war, wenn ich von der Küche in den Keller schlich. Ich hatte solche Angst, Dad könnte mich erwischen. Jedes verdammte Mal. So sehr, dass ich kreativ wurde und das Essen an den ungewöhnlichsten Orten versteckte. In Taschen, unter meiner Kleidung und manchmal sogar in meiner Unterwäsche. Ich hatte es riskiert, weil ich ihr helfen wollte. Und nun bekam ich die Rechnung dafür präsentiert.

»Du hättest mich rausholen müssen. Aber das hast du nicht. Stattdessen hast du dich dem Nachbarsjungen angeboten wie eine Hure. Ich hatte so gehofft, er würde dich abweisen und jetzt will er dich auch noch heiraten.« Verächtlich lachte Isabella auf. Der Ton zog sich von meinen Ohren durch meinen Körper und stach direkt in mein Herz. Sie wollte, dass Dom mich abwies? Hatte sie deshalb so darauf gedrängt, dass ich meine Unschuld noch vor dem Verkauf verlor? Sie hatte mich manipuliert. Die ganze Zeit über. Wieder schluchzte ich. Was wäre passiert, wenn Dom mich wirklich nicht gewollt hätte? Ich wollte es mir nicht einmal vorstellen. Das hätte mich umgebracht. Schneller als jede Waffe es können würde.

»Ich konnte nichts tun, Isabella. Dad war ein Monster. Er hat dich dort eingesperrt. Nicht ich.« Ich biss mir auf die Unterlippe und bemühte mich, die schluchzenden Klänge zu unterdrücken, die aus meinem Mund kamen. Doch es war schwer. Die

Tränen benetzten meine Wangen und der Schmerz in meinem Inneren wurde so schlimm, sodass er mir die Luft zum Atmen nahm. Ich hatte ihr das nicht angetan. Das hätte ich niemals. Wie in Zeitlupe drehte ich den Kopf zur Seite und besah das Bild von Dad. Noch immer starrte es auf uns herab. Ob er jetzt glücklich war? Wahrscheinlich. Er hatte bekommen, wofür er gearbeitet hatte. Er hatte die Familie zerstört. Mein Leben. Mich.

Isabella beugte sich zu mir hinunter. Plötzlich spürte ich ihren Atem an meinem Ohr, doch die Waffe war weiterhin auf meinen Kopf gerichtet. »Nein, du wolltest, dass ich dort unten bin. Dad hat mir immer wieder gesagt, dass einfach nicht genug Platz für uns beide im Haus ist«, zischte sie und ich wimmerte. Glaubte sie das wirklich? Jeder normal denkende Mensch würde erkennen, was Dad versucht hatte zu tun. Nein, getan hatte. Er hetzte sie gegen mich auf und spielte uns alle gegeneinander aus. Doch Isabella dachte nicht normal, wenn sie das nicht erkannte. Dad hatte sie eingelullt, sie geformt und sie gab nur wieder, was er ihr gesagt hatte. Immer und immer wieder. Ich sollte sie deshalb bemitleiden, oder? Aber ich konnte es nicht. Zumindest nicht, solange sie mich töten wollte.

»Er hat gelogen, Isabella.« Alles, was er gesagt hatte, war eine riesige Lüge gewesen. Er war ein bösartiger, schlechter Mensch gewesen. Doch daran glaubte Isabella nicht. Sie liebte ihn. Auf eine verschrobene, widerliche Art und Weise hatte Dad es geschafft, dass sie so abhängig von ihm war, dass sie selbst seine Schläge und den Missbrauch als Ausdruck seiner

Liebe für sie verstand. Ein kalter Schauer jagte mir über den Rücken. Sie war ein Kind. Beeinflussbar. Und unheimlich einsam. Er war ihre einzige Bezugsperson gewesen und das hatte er schamlos ausgenutzt.

»Nein, er war der Einzige, der manchmal nett zu mir war. Er hat mich geliebt. Das hat er immer wieder klargemacht. Vielleicht nicht mit Worten, aber wenn er mich berührte, wusste ich es. Du wolltest einfach das Ansehen und Geld für dich allein, deshalb hast du mir immer nur Essen gebracht, auf das ich allergisch war.« Isabellas Stimme wurde ausdruckslos, als hätte sie die Passage aus einem Buch auswendig gelernt und gab sie nur wieder. Kein Gefühl war in ihren Klängen zu hören. Ich schauderte. Was hatte Dad ihr nur angetan?

»Du hast keine Allergien, Isabella«, versuchte ich, ihr klarzumachen, was passiert war, aber sie hörte mir nicht zu. Diese Tatsache passte nicht in ihr Weltbild. Es würde die Geschichte, die Dad ihr eingetrichtert hatte, zerschellen lassen wie eine Weihnachtskugel, die vom Baum fiel. Aber es stimmte. Es gab kein Essen, das sie nicht vertrug. Außerdem hatte ich ihr immer nur Obst oder Brot gebracht und die Wahrscheinlichkeit, dass sie es nicht vertragen hatte, war gering. Es sei denn ... Dad hatte ihr extra etwas gegeben, damit sie das glaubte. Mich fröstelte bei dem Gedanken, dass es seine Absicht war, sie krank zu machen.

»Doch! Ich wurde immer schwach und musste kotzen. Dad hat gesagt ...« Isabella stampfte mit dem Fuß auf und die Pistole wackelte in ihrer Hand. Ich zuckte zusammen. Verdammt, sie würde mich noch aus Versehen erschießen, wenn ich sie weiter aufregte. Ich schluckte die Worte, die schon in meiner Kehle auf ihren Einsatz warteten, um sie noch einmal umzustimmen, hinunter und atmete tief durch. Sie brauchte Hilfe. Mehr als ich bieten konnte. Einen Arzt oder vielleicht mehrere, die sich damit auskannten, was Dad ihr angetan hatte. Im Notfall würde ich sie auch in die Psychiatrie einweisen lassen, wenn ihr das half, aber zuerst musste ich die Pistole am Kopf loswerden.

»Nimm die Waffe runter, Isabella!«, befahl ich harsch und unterdrückte damit die Angst, die jeden Millimeter meines Körpers erfüllte. Sie hatte bisher nicht geschossen. Konnte es sein, dass sie es auch nicht wollte? Dass sie tief in ihrem Herzen sehr wohl wusste, wie falsch ihr Verhalten war? Vielleicht bestand doch noch Hoffnung, dass wir das wieder hinbekommen würden.

»Du wirst mir meinen Plan nicht zerstören.« Isabellas Körper versteifte sich hinter mir. Sie stieß lautstark ihren Atem aus. Ihr Ton wurde schneidend. Ich riss die Augen auf. Das klang wie ... wie ein Abschied.

»Nein, Isabella, ich ...«, schrie ich, um sie aufzuhalten, doch ich konnte nichts tun. Mein Leben lag in ihrer Hand. Und sie wollte es beenden. Ich wartete auf das kühle Metall, das meinen Kopf, mein Gehirn und meinen Verstand durchbohren würde. Ich hörte, wie Isabella sich hinter mir bewegte. Sie richtete sich auf, übte Druck auf die Waffe aus und schoss. Na ja, sie wollte es zumindest, denn in diesem Moment ertönte ein Klicken, gefolgt von einer Stimme, die durch die Galerie donnerte.

»Beweg den Finger und es ist das Letzte, was du

tust«, brüllte Dom und kam laufend in Sichtweite. Ich sah ihn nur verschwommen, weil die Tränen immer noch alles verzerrten, doch es war unverkennbar er. Erleichtert schluchzte ich. Nicht, weil ich glaubte, deshalb nicht sterben zu müssen, sondern weil es in Ordnung war, solange er es sein würde, den ich als letztes sah. Dom stand breitbeinig einige Meter von mir entfernt – die Waffe lag erhoben in seinen Händen. Er zielte auf Isabella. Ich blinzelte hektisch gegen die Tränen und kurzzeitig klärte sich meine Sicht. Ein grimmiger Ausdruck lag auf seinem Gesicht, den ich noch nie zuvor bei ihm gesehen hatte. Er war kälter und wütender als der von Dad es jemals gewesen war. Er sah aus wie der personifizierte Tod. Obwohl der Rest seines Körpers vor Anspannung zitterte, waren seine Finger ruhig. Sein Blick ruhte immer noch auf Isabella. Er wollte sie töten, um mich zu beschützen. Für ihn zählte mein Leben mehr als das aller anderen und auch wenn mich bei diesem Gedanken ein warmes Gefühl durchströmte, wollte ich nicht, dass Isabella starb. Sie hatte nie eine wirkliche Chance auf ein Leben bekommen, die ich ihr aber geben wollte. Dad hatte sie zu seiner Waffe gemacht, doch er war tot. Jetzt war es an ihr zu entscheiden und Verantwortung für ihr Handeln zu übernehmen. Sie musste einfach die Pistole hinunternehmen und dann würden wir eine Lösung finden. Irgendeine. Vielleicht könnte sie weit weg von Maryland zur Ruhe kommen, damit wir irgendwann – in ein paar Jahren – vielleicht wieder so etwas wie Schwestern sein könnten.

»Dom, nicht!«, schrie ich und bettelte ihn mit den

Augen an, sie nicht einfach zu erschießen. Nicht meinetwegen. Esmeralda und Hudson konnte ich nicht mehr helfen, aber ich konnte weitere Morde verhindern. Und genau das wollte ich. Es war so viel Blut geflossen. Unschuldige waren in diesem Haus gefoltert und ermordet worden. Dad hatte nur den Anfang gemacht und nun ging das Blutvergießen weiter. Nein, es musste aufhören. Für immer.

»Gib mir einen Grund, warum ich es nicht tun sollte.« Doms Augen senkten sich und sahen mich kurzzeitig an, bevor sein Blick wieder zu meiner Schwester wanderte. Doch mein Gesicht und das leise Flehen auf meinen Lippen reichte, damit er innehielt. Und auch Isabella hatte den Finger wieder vom Abzug genommen. Domenicos Auftauchen zerstörte wohl mehr ihre Pläne, als ich es je gekonnt hätte. Sie hätte schießen und verschwinden können, oder weiterhin beteuern, dass sie nicht wusste, weshalb Alessio auf einmal umgefallen war und wer mich getötet hatte. Doch diese Optionen lösten sich gerade in Luft auf. Wenn sie schoss, würde sie den Sonnenuntergang heute nicht mehr erleben. Und das wusste sie genauso gut wie ich. Das verschaffte mir Zeit.

»Er hat sie manipuliert«, beteuerte ich und hoffte, dass, wenn Isabella es nur oft genug hörte, sie es glauben würde. Doch besonders überzeugend schien ich nicht zu sein. Doms Kiefer mahlte aufeinander. Sein Kopf lag leicht schief und er musterte Isabella immer noch mit Argusaugen. Seine Angriffshaltung war beängstigend, obwohl ich wusste, dass er mir niemals etwas tun würde. »Sie ist nicht böse.«

»Sie will dich umbringen«, spie er aus und zuckte genau wie ich zusammen, als ein Schuss erklang. Zu weit weg, um hier in der Galerie abgefeuert worden zu sein. Trotzdem hielt ich den Atem an. Wer hatte geschossen? Und auf wen? Panisch versuchte ich, hinter Dom vorbeizusehen, um etwas zu erkennen, aber da war nichts. Es war keiner zu sehen. Meine Unterlippe begann zu zittern. War Isabella vielleicht gar nicht allein? Sie hatte niemand anderen erwähnt, aber was, wenn sie mich nur ablenkte, während jemand anderes all die Menschen umbrachte, die mir nach Dads Tod wichtig geworden waren?

»Dom! Bitte!«, rief ich und wusste nicht einmal, worum ich ihn bat. Dass er Isabella mich erschießen ließ und stattdessen nachsah, ob jemand Hilfe brauchte? Oder dass er Isabella tötete, damit sie niemanden mehr verletzen konnte? Im Grunde war es egal, denn Dom würde nirgendwo hingehen. Er verlagerte nur sein Gewicht und balancierte die Waffe neu aus, damit sie auch sicher tötete, wenn er schoss.

»Genau, Dom, bitte! Flehst du ihn gleich an, dir den Hintern zu versohlen, weil du ein böses Mädchen bist? Hast du ihm gesagt, was für eine falsche Schlange du bist und du ihn nur ausgenutzt hast, um deine Jungfräulichkeit loszuwerden?« Isabella lachte wieder und eine Hand tätschelte plötzlich meine Schulter, als würde sie mich loben wie einen Hund. Mein Herz setzte aus. Sie machte sich lächerlich über mich. Etwas, das schwer zu ertragen war nach allem, was ich für sie getan hatte. Doch noch schlimmer war die Tatsache, dass sie es aussehen ließ, als würde ich nichts für

Dom empfinden. Denn das stimmte nicht. Ich liebte ihn. So sehr, dass ich glaubte, mein Herz wäre mit seinem verwachsen.

»So war das nicht«, schrie ich panisch und suchte Doms Blick. Doch er beachtete mich nicht. Ein Lächeln zierte seine Mundwinkel, als hätte Isabella nicht gerade versucht, ihn gegen mich aufzuhetzen. Er schüttelte langsam den Kopf und schnaubte.

»Ich weiß«, beruhigte er mich und trat einen Schritt näher. Und noch einen. Schritt für Schritt kam er auf uns zu, doch irgendwann drückte Isabella wieder die Pistole gegen meinen Kopf, bevor er zu nah war. Dom verstand die Drohung und blieb stehen. Erneut ertönte im Haus ein ohrenbetäubender Schuss. Diesmal klang er näher. Ich keuchte, doch Dom ließ sich davon nicht aufhalten. Ruhig nahm er eine Hand vom Griff seiner Pistole und hob sie entwaffnend. Ein Friedensangebot. »Isabella! Du steckst in großen Schwierigkeiten. Lass die Waffe sinken, dann überlegen wir, was wir tun können.«

Isabella beugte sich noch weiter über mich, bis ihre Haare über meine Schulter fielen. »Ihr könnt gar nichts tun! Es ist vorb …« Sie beendete ihren Satz nicht und es sollte das Letzte sein, das sie je sagen würde. Es knallte. Eine Kugel flog an Dom und mir vorbei. Sie raste mit einer unglaublichen Geschwindigkeit heran und ich ließ mich geistesgegenwärtig nach vorn auf den Boden fallen, damit sie mich nicht traf. Leider war damit die Schussbahn frei. Die Kugel landete in Isabellas Kopf. Instinktiv wälzte ich mich herum, bis ich mich umdrehen und meine Schwester ansehen konnte. Unter meinem Rücken spürte ich den harten Boden, aber es war mir egal. Es hatte keine Bedeutung. Anders als die Kugel, auf die meine Augen gerichtet waren. Das Projektil steckte in Isabellas Stirn. Ihr Blick war leer. Die Muskeln angespannt. Ihre eigene Waffe rutschte ihr aus der Hand. Blut spritzte auf die umliegenden Wände. Unter anderem auf das Bild von Dad. Es war ein grässlicher Anblick.

»Isabella?«, fragte ich und meine Tränen stockten. Der Schock ließ sie gefrieren. Mit großen Augen sah ich auf Isabellas Kopf. Es dauerte ein, zwei Sekunden, in denen ihre Mundwinkel zuckten und sie stehen blieb. Vollkommen steif. Doch dann gewann die Schwerkraft, und ihr Körper wurde nach unten gezogen. Er knallte zuerst auf den Boden. Dann folgte ihr Hinterkopf. Bewegungslos blieb sie liegen. Sie war tot. Ich wusste es, obwohl ich sie nicht berührte. Selbst wenn sie noch einen Puls hatte – was ich bezweifelte – wäre er in wenigen Augenblicken verschwunden. Ein Schrei ertönte. Es dauerte, bis mir klar wurde, dass er aus meiner Kehle kam. »Isabella!« Irritiert sah ich zu Dom, doch er hatte immer noch die Pistole erhoben. Er hatte nicht geschossen. Aber wenn er es nicht war, wer hatte dann ...

»Was zum ...?« Dom sah genauso verwirrt aus, wie ich mich fühlte. Er drehte sich um, nur um sich Aug in Aug mit meinem Bruder wiederzufinden, der eine Waffe in der Hand hielt. Mein Bruder war verschwitzt. Blaue Flecken zeichneten sich auf seinem Gesicht ab. Nass hingen ihm die Strähnen in die Stirn. Ein irrer

Ausdruck lag in seinen Augen. Rauch kam aus seinem Waffenlauf.

»Davide?«, fragte ich, doch ich brauchte keine Antwort von ihm. Er hatte geschossen. Er hatte unsere Schwester erschossen und nun senkte er die Waffe, um sie auf mich zu richten. Schritte erklangen hinter ihm. Irgendwer verfolgte ihn, war aber nicht schnell genug. Wie kam Davide überhaupt hierher? War er aus der Halle ausgebrochen? Ich dachte, alle wären dort sicher verwahrt. Ich dachte ... Ich dachte, meine Geschwister und ich würden zusammengehören. Aber ich hatte mich geirrt. Meine Schwester war tot und mein Bruder war nun schon der Zweite, der am heutigen Tag eine Waffe auf mich richtete. Wieder wandte ich mein Gesicht dem Porträt von Dad zu. *Lauf, Mäuschen, lauf.* Ob Mom das Lied auch Davide vorgesungen hatte? Wenn ja, hatte er scheinbar nicht auf sie gehört, denn er hatte sich von Dad ebenfalls zu einem kaltblütigen Mörder machen lassen. Wir waren eine Familie! Blutsverwandt! Aber für Davide bedeutete das gar nichts mehr. Ich war nicht mehr seine Schwester, genau wie er nicht mehr der Junge war, der mit mir mit Puppen gespielt hatte. Wir waren erwachsen geworden.

»Du hast Dad getötet? Ihr beide habt das?«, schrie er fragend und sah mich anklagend an. Ich hatte keine Ahnung, woher er es wusste, oder ob er es sich einfach selbst zusammengereimt hatte, aber es interessierte mich auch nicht. Es machte keinen Unterschied. Es war die Wahrheit. Ja, ich hatte ihn getötet. Für meine Schwester, die mich nur benutzt hatte, um ihrem Schicksal im Keller zu entkommen. Ich schluchzte, rappelte mich vom Boden auf und schlang meine Arme um mich. Mir war so kalt. Und ich war so müde. Ich wollte nur noch schlafen und nie wieder aufwachen. Meine Geschwister waren durchgedreht, mein Dad war ein Monster. War Irrsinn vererblich? Ich betete, dass es nicht so war, ansonsten war es wohl gut, dass von meiner Familie nichts mehr übrigblieb, wenn all das hier vorbei war. Davide würde mich erschießen und er würde dann von Dom getötet werden.

»Davide, du verstehst nicht …« Ich wollte mich entschuldigen. Dafür, dass ich Dad getötet hatte, doch davon wollte Davide gar nichts hören. Vielleicht wusste er, dass es mir nicht leidtat. Sehr wohl, dass ich Dad abgestochen hatte, aber nicht, dass er tot war. Also brachte es nicht viel, um Vergebung zu bitten, oder?

Davide grunzte abfällig. »Fick dich, Verräterin«, verabschiedete er sich und wollte abdrücken. Doch zum zweiten Mal an diesem Tag meinten die Schutzengel es gut mit mir und verschonten mein Leben. Das von Davide jedoch nicht. Es knallte. Eine Kugel bohrte sich in seinen Kopf, bevor sich ein Schuss aus der Waffe lösen konnte, die er in der Hand hielt. Sie jagte durch seinen Schädel, trat an der Vorderseite wieder aus und flog weiter, genau in das Auge des Porträts von Dad. Dort blieb sie stecken. Wie passend.

Davides Körper glitt zu Boden. Blut sammelte sich unter seinem Kopf und wuchs schnell zu einer kleinen Pfütze an, die an einen See erinnerte. Die Flüssigkeit bewegte sich und Wellen entstanden bei jedem Tropfen, der hineinfiel. Tropf, tropf, tropf. Obwohl das Geräusch fast lautlos war, übertönte es alles andere. Auch die Schritte von Alessio, der mit einem der Wachen – ich glaubte, sein Name war Rafael – weiter in die Galerie stürmte. Rafaels Augen waren gerötet und blutunterlaufen. Der Knochen seiner Nase stand hervor und sein Jochbein verfärbte sich bereits. Er musste sich stark geprügelt haben und laut den blauen Flecken im Gesicht von Davide, hatte ich sogar einen Verdacht, mit wem. Das erklärte zumindest, wie Davide aus der Halle flüchten konnte.

»Alessio, auferstanden von den Toten?«, fragte Dom und die Anspannung fiel augenblicklich von ihm ab. Er ließ die Waffe sinken und betrachtete Alessio mit einem Stirnrunzeln. Ich verstand ihn. Alessio war ungewohnt blass und seine Augenlider waren zur Hälfte geschlossen, als kämpfe er gegen die Müdigkeit an. Vermutlich tat er das auch. Ich hatte keine Ahnung von Betäubungsmitteln, doch ich glaubte nicht, dass sie dazu gedacht waren, gleich nachdem man sie bekommen hatte, durch die Gänge zu laufen und auf Menschen zu schießen. Dennoch war ich erleichtert Alessio zu sehen. Es ging ihm gut. Erst jetzt merkte ich, wie viel Angst ich davor gehabt hatte, Isabella hätte die Dosis überdosiert und ihn damit umgebracht.

»Die kleine Schlampe hat mir irgendwas ins Getränk geschüttet.« Alessio packte die Waffe weg und verschränkte die Arme vor der Brust. »Antonio ist bei Lyra und Alice. Es geht ihnen gut. Egal, was Isabella vorhatte, sie hatte es scheinbar nur auf Aurora abgesehen«, berichtete er und sagte noch jede Menge mehr, doch seine Worte zogen an mir vorbei, sobald ich hörte, dass es den anderen gut ging. Das Adrenalin, das meine Adern durchströmt hatte, flaute langsam ab. Müdigkeit und Erschöpfung traten ein. So stark, dass ich mich kaum aufrecht halten konnte. Also gab ich dem Drang meines Körpers nach und legte mich auf den Boden. Es war eigentlich ganz einfach. Ich musste gar nicht viel tun. Meine Beine knickten einfach unter mir weg. Der kühle Boden war viel zu hart, um darauf zu schlafen, doch ich spürte ihn kaum. Eigentlich fühlte ich gar nichts. Sollte ich nicht traurig sein? Oder verstört? Lag es am Schock, dass ich das Gefühl hatte, ich würde im Nichts schweben?

»*Vita mia*?« Doms Schuhe kamen in mein Blickfeld und blieben vor mir stehen. Er ging in die Knie, strich mir über den Kopf und half mir, aufzustehen. Dabei stützte er meinen Körper, der gleich wieder umfallen wollte. Ich war so müde. Eine tiefe Leere hatte sich in mir ausgebreitet. Ich spürte meine Glieder nicht, als wären sie taub. Jeder Schritt, den ich mit Doms Hilfe machte, löste in mir ein Kribbeln aus, als hätte ich es verlernt zu gehen. Ich musste wahnsinnig schwer sein, doch Dom ließ mich nicht los. Er zog mich in seine Arme und schob mich weiter, bis ich Isabella hinter mir ließ und sie nicht mehr sehen konnte.

»Sie war kein schlechter Mensch. Er hat sie zu einem gemacht, aber sie selbst konnte nichts dafür«, flüsterte ich und eine Träne tropfte von meinem Kinn auf meine Finger hinab. Ich sah auf den nassen Tropfen hinunter. Anscheinend hatten die Tränen wieder eingesetzt. Doch es kümmerte mich nicht. Domenico hatte mich schon so oft weinen gesehen und gerade jetzt hätte ich nicht gewusst, wie ich es stoppen sollte.

»Ich weiß.« Sanft drückte Doms Hand an meinem Rücken mich weiter vorwärts auf seinen Bruder zu. Alessio betrachtete mich mitleidig, während er leise Rafael irgendwelche Anweisungen gab, der daraufhin nickte und die Galerie verließ. Auch Alessio sah aus, als wäre er am liebsten gegangen, doch stattdessen lächelte er mich beruhigend an. Sein Grinsen wirkte deplatziert zwischen den Leichen, aber der Schock in meinem Inneren begann langsam nachzulassen, als mein Gehirn verstand, dass die Gefahr vorüber war.

»Ist er tot?«, fragte ich, als wir an Davides Körper vorbeigingen. Es war eine dumme Frage, immerhin befand sich mittlerweile die Hälfte seines Bluts auf dem Boden. Aber ich musste es hören, damit ich es glauben konnte, denn in mir sperrte sich alles gegen den Gedanken, dass innerhalb eines Tages meine beiden Geschwister gestorben waren.

»Ja.« Doms Stimme glich einem Raunen. Er wollte es mir nicht sagen, wollte nicht bestätigen, was ich schon wusste. Der Druck an meinem Rücken wurde fester. Er war da und würde nicht weggehen. Ich musste es mir immer wieder sagen, damit ich nicht zusammenbrach. Aber es war so schwer. »Es tut mir so leid.«

»Meine Geschwister sind tot. Meine ganze Familie ...« Ich wimmerte und blieb stehen, als mit einem Schlag alle Gefühle zurückkehrten. Der Schmerz, die Angst und die Trauer überwältigten mich. Sie zwangen mich in die Knie und Doms Hände waren alles, was mich aufrecht hielt. Ich schluchzte hemmungslos und kuschelte mich an seine Brust. Meine Hände krallten sich in sein Hemd, das schon nach wenigen Sekunden von meinen Tränen durchnässt war.

»Es wird alles gut. Ich liebe dich, Dornröschen.« Dom versuchte, mich zu trösten und küsste sanft meine Schläfe. Doch ich konnte nicht aufhören zu weinen. Sie waren tot und nichts brachte sie wieder zurück. Außerdem hätte es mich an ihrer Stelle treffen können. Nun war wohl ich es, die eine Therapie brauchte. Ich hatte den beiden vertraut. Isabella mehr als Davide, aber am Ende war sie es gewesen, die mich hinterging.

»Vielleicht solltest du sie ins Bett bringen«, schlug Alessio vor und ging bereits zu Davides Körper, um meinen Bruder auf den Rücken zu drehen. Dabei bewegte er das Blut, sodass es weiter schwappte und eine größere Fläche des Bodens einnahm. Ich beobachtete die Flüssigkeit, bis mir klar wurde, dass mit *sie* ich gemeint war, und ich konnte meine Dankbarkeit nicht in Worte fassen. Ich wollte hier weg. So weit wie möglich.

»Kümmert ihr euch um alles? Die Leichen gehören weg und das Personal kann die Eingangshalle verlassen.« Doms Stimme dröhnte in meinen Ohren und kurz befürchtete ich, Alessio würde verneinen. Aber das war Schwachsinn. Es war zwar nicht gerecht, dass er die Arbeit machen musste, doch er hatte selbst den Vorschlag gemacht, dass Dom sich um mich kümmern sollte und ich ertrug es nicht, jetzt ohne ihn zu sein. Ich wollte seinen Geruch tief in mich einatmen und ihn dazu bringen, mich nie wieder loszulassen.

»Was sollen wir ihnen sagen?« Alessio seufzte, als

er Davides Waffe aufhob und sie in alle Richtungen drehte, bevor er die Pistole sicherte, damit sie keinen Schaden mehr anrichten konnte. Dann warf er sie wieder auf die Leiche. Sie landete auf Davides Bauch und gab beim Aufprall einen dumpfen Ton von sich.

»Davide hat alle umgebracht, auch Francesco. Er wollte den Clan unbedingt, und als ihm klar wurde, dass er ihn nicht haben konnte, ist er durchgedreht«, bestimmte Dom und schrieb damit die Handlung aller Beteiligten um. Aber ich würde mich nicht darüber beschweren. Davide hatte genügend schlimme Dinge getan, damit niemand an dieser Theorie zweifeln würde. Sie rettete mich. Es war geschmacklos, das Ansehen meines Bruders weiter zu beschmutzen, doch das schien Dom nicht zu interessieren. Und mich auch nicht, wenn ich ehrlich war. Er war tot, ihm konnte es egal sein. Aber ich lebte noch.

»Alle haben gesehen, wie er aus der Halle geflohen und vor Rafael weggelaufen ist, nachdem er ihm die Waffe abgenommen hat. Sie werden es glauben«, bestätigte Alessio, griff nach Davides Hüfte und seinem Bein und zog sie in verschiedene Richtungen. Es knackste. Irgendwelche Knochen brachen. Ich zuckte unter dem Geräusch zusammen. Alessio übte noch mehr Druck aus. Wieder krachte es und dann wurde mir klar, was er tat. Er bereitete den Körper darauf vor, zerlegt zu werden, um ihn leichter verschwinden lassen zu können. Ein Zittern ging durch meinen Körper.

»Gut, dann schließen wir dieses Kapitel. Das Leben geht weiter«, beschloss Dom und ich fragte mich, ob es wirklich so einfach sein würde, all das zu vergessen, was in den letzten Stunden passiert war. Ich glaubte nicht daran. Dieser Tag würde mich noch jahrelang in meinen Träumen verfolgen.

Alessio nickte. »In Ordnung.« Und endlich brachte Dom mich weg. Von Dads Porträt. Und von den Leichen, die mich zu verhöhnen schienen.

ELF

AURORA

»Was machen wir hier?«, fragte ich und klammerte mich fester an Dom, der mich auf halbem Weg gepackt und auf seine Arme gehievt hatte, als meine Schritte immer langsamer wurden. Mein Kopf war so voller Gedanken, dass mein Gehirn es kaum schaffte, irgendwelche Befehle an meinen Körper zu senden. Bewegen, musste ich mich selbst immer wieder erinnern. Doch irgendwann reichte das auch nicht mehr. Ich blieb stehen. Mitten im Weg. Somit war ich froh, dass Dom für mich übernahm und mich die letzten Meter trug. Zumindest dachte ich, dass es nur ein paar Meter sein würden. Doch statt in mein Zimmer im Santis-Haus, brachte er mich wieder zurück in sein Anwesen und in das Bett, in dem wir uns vor wenigen Stunden geliebt hatten. Damals, als die Welt noch in Ordnung war und meine Geschwister noch nicht ... Ich schluckte. Nein, ich durfte nicht daran denken. Sie hatten bekommen, was sie verdienten. Richtig? Sie hatten versucht, mich zu töten. Alle beide. Und fast hätten sie das auch geschafft. Dennoch tat es mir leid. Für Isabella ganz besonders. Ich schluchzte, als ich an das ohrenbetäubende Geräusch der Schüsse zurückdachte. Es war so laut gewesen, dass sich der Knall in meine Ohren gebrannt hatte. Bei jedem Atemzug hörte ich ihn wieder und wieder. Und dann sah ich Isabellas schockgeweitete Augen und Davides durchlöcherte Stirn.

»Schlafen.« Sanft legte Dom mich auf dem Bett ab. Er zog mir die Schuhe aus und breitete die Decke über mir aus, bevor er selbst seine Schuhe von den Füßen trat und sich neben mich legte. Seine warmen Arme umschlangen mich. Mir war so kalt. Und er hatte recht, ich war verdammt müde. Das Schluchzen, das meinen Körper schüttelte, war anstrengend und es schmerzte, als würde mich jede Träne daran erinnern, was ich verloren hatte. Meine Schwester und meinen Bruder. Den letzten, kläglichen Rest der Familie, die mir nach Mom noch geblieben war. Wobei, das stimmte nicht. Wir waren keine Familie. Eigentlich waren wir nie eine gewesen. Wir waren nur zusammengewürfelte Menschen, die versucht hatten, unter dem Druck eines Mannes zu überleben, für den wir nicht mehr gewesen waren als ein Haufen Figuren auf einem Schachbrett. Unsere Leben gehörten zu seinem Spiel. Und Davide und Isabella hatten es verloren. Wieder bebte mein Körper.

»Du solltest deinen Brüdern helfen. Deine Familie sollte das nicht allein machen müssen«, murmelte ich und schniefte. Ich meinte es ernst. Die anderen waren bestimmt schon damit beschäftigt, aufzuräumen und die Leichen ... Leichen. Das waren Isabella und Davide jetzt. Wo sie wohl landen würden? Ich wagte zu bezweifeln, dass sie ein richtiges Begräbnis bekamen. Aber irgendwas mussten Doms Brüder mit den leblosen Körpern machen. Wahrscheinlich würde Alessio sie nach dem Zerstückeln irgendwo loswerden. In einem Graben – weit weg von hier. Vielleicht würde er sie auch verbrennen und die Asche ins Meer werfen. Wenn ich genauer darüber nachdachte, wollte ich es lieber gar nicht erst wissen. Aber das war noch nicht alles. Und auch das Blut gehörte aufgewischt, bevor es in den Boden sickerte. Ein schlechtes Gewissen überkam mich. Ich sollte das machen. Es war meine Schuld gewesen. Also sollte ich auch alles reinigen. Genau wie bei Dad. Davide und Isabella waren wegen mir durchgedreht. Sie hatten mehrere Menschen getötet oder verletzt. Und das war meine Schuld. Die Kinder waren in Gefahr gewesen. Und das hatte ich zu verantworten. Aber statt mich dem zu stellen, kuschelte ich mich näher in Doms Arme und ließ mich von ihm halten.

»Ein anderer Teil meiner Familie braucht mich jetzt«, flüsterte Dom mir ins Ohr und zog meinen Körper auf sich, sodass ich halb auf ihm lag. Die Nachricht war klar. Er würde nirgendwohin gehen und obwohl ich es gewesen war, die den Vorschlag gemacht hatte, war ich froh darüber. Ich wollte nicht allein sein. Nicht jetzt.

»Ich dachte, wir wären Freundinnen.« Wieder verließ ein Schluchzen meine Lippen. Wie konnte ich so dumm sein? Hatte es wirklich keine Warnsignale gegeben, oder hatte ich sie einfach nicht gesehen? Rückblickend betrachtet konnte ich schon sagen, dass sie da gewesen waren. Das ewige Ausweichen, wenn ich sie nach Dad gefragt hatte und die Tatsache, dass sie nie über ihn geschimpft hatte. Nicht so wie ich. Sie hatte sich über den Keller beschwert, über das wenige Essen, aber nie über ihn. Dann waren da noch die Momente, in denen sie abwesend gewirkt hatte, während ich über Dom sprach. Sicher, ich hatte angenommen, sie stellte sich ihre Zukunft vor oder träumte davon, ihren eigenen Traumprinzen zu treffen. Aber ich hatte mich geirrt. In so vielen Dingen. Zum Beispiel in Isabellas Tränen, als ich ihr gesagt hatte, ich würde gern Dom heiraten. Sie hatte sich nicht für mich gefreut. Nein, sie wollte mich schlagen. Das war ihr erster Impuls gewesen, deshalb hatte sie die Hand ausgestreckt. Doch ich hatte es nicht sehen wollen. Stattdessen hatten wir uns umarmt. Ein letztes Mal. Noch jetzt konnte ich den Duft nach Kokos vernehmen, der mir in die Nase gestiegen war. Hatte sie da schon gewusst, dass sie mich töten wollte? Oder hatte sie den Plan erst später getroffen, als ihr klar geworden war, dass ich doch nicht von selbst von der Bildfläche verschwinden würde?

»Ich weiß.« Doms Hände strichen sanft über meine Haut. Das Gefühl von ihm unter mir beruhigte mich. Es spendete mir Trost und sorgte dafür, dass ich nicht zusammenbrach. Aber ich konnte nicht aufhören zu weinen. Nicht einmal für ihn, auch wenn ich wusste, dass er der Einzige sein wollte, der mich zum Heulen brachte. Es tat so weh. Der Verrat und der Verlust. Beide Emotionen pochten in meiner Brust und ich hoffte, dass sie irgendwann einfach verschwinden würden. Bald. Am besten sofort. Aber sie blieben und nisteten sich in mir ein.

»Wie konnte sie das tun? Wieso hat sie nie gesagt, dass sie mich hasst? Ich hätte ihr doch erklären können ...« Ich wimmerte. Ja, was? Dass ich nichts dafür konnte, dass Dad mich nicht eingesperrt hatte? Denn das konnte ich nicht. Ich hatte ihn nicht darum gebeten. Es war seine Entscheidung, sein perfider Plan gewesen und er hatte funktioniert. Vielleicht schon viel früher, wenn er mich ebenfalls dazu hätte bringen können, sie zu hassen. Aber das war nicht der Fall. Ich liebte sie, weil sie meine Schwester war. Damals so wie heute. »Und jetzt ist sie tot.«

»Sie war schon tot. Sie ist in diesem Keller gestorben, Dornröschen. Er hat sie umgebracht, lange bevor er selbst getötet wurde.« Domenico küsste meine Stirn und fuhr mit den Händen meinen Rücken hinunter, um sie auf meinen Hintern zu legen, während ich meine Wange an seinem Hals rieb. Sein Geruch hüllte mich ein und verdrängte langsam den penetranten Geruch nach Kokos. Er wurde schwächer und schwächer, bis er ganz verging. Und in diesem Moment war ich mir sicher, dass es bei dem Gefühl der Trauer genauso sein würde. Es würde eine Zeit lang schmerzen, doch es würde aufhören und Platz für neue Emotionen machen. Bessere.

»Ich hab es nicht gesehen.« Ein Laut, ähnlich einem Gelächter, kam über meine Lippen, doch es klang verbittert. Ich war blind gewesen und es musste erst eine Waffe auf mich gerichtet werden, damit ich die Augen öffnete. Aber nun konnte ich alles glasklar sehen. Von der ehrwürdigen Familie Santis war nichts mehr übrig. Sie hatte sich selbst zerstört. Stück für Stück. »Und mein Bruder ...«

»Vergiss sie!«, forderte Dom viel zu laut und ließ mich zusammenzucken. Seine Muskeln spannten sich an, während er mich ein Stück höher zog, sodass unsere Wangen sich aneinanderschmiegen konnten. Sein Atem ging hektisch, ungleichmäßig und zeigte, dass er denselben Schmerz empfand wie ich. Nur mit dem Unterschied, dass ich bereits etwas verloren hatte und er noch darum kämpfte, dass ich bei ihm blieb. Er hatte Angst, ich könnte an all dem zerbrechen. Und vielleicht täte ich das auch, wenn er von mir weggehen würde.

»Wie? Sie waren alles, was ich hatte. Ich bin die letzte Santis und der Familienname ist beschmutzt.« Und das war er schon vorher. Dad hatte Geld gehortet und sich damit einen Namen gemacht, aber niemand erstarrte ehrfürchtig, wenn irgendwo die Santis erwähnt wurden. Stattdessen wurden wir belächelt. Anders als die Grazas, die sich nur ankündigen mussten, damit alle in Panik und Staunen ausbrachen. Sie hatten sich mit harter Arbeit etwas aufgebaut. Geld allein war eben nicht alles.

»Du bist keine Santis mehr. Du kannst all das hinter dir lassen«, versprach Dom und ich spürte, wie seine Muskeln sich unter mir verkrampften. Sie zogen sich zusammen und brachten ihn zum Zittern. Krampfhaft presste er mich an sich, als hätte er Angst, irgendwer würde mich gleich aus seinen Armen reißen.

»Was meinst du?« Verwirrt hob ich den Kopf, um ihn anzusehen. Domenico nahm eine Hand von meinem Hintern und legte sie auf meine Wange. Seine Augen sahen mich an wie eine Skulptur aus Glas, die gleich zu zerbrechen drohte. Nicht, weil er genervt war, dass sie kaputtgehen konnte, sondern er mit aller Macht jeden Druck von ihr nehmen wollte, damit sie so lange wie möglich heil blieb.

»Fangen wir neu an.« Doms Stimme wurde leiser. Sanft kamen die Töne über seine Zunge, als würde er sie streicheln und nicht mich. Behutsam zeichnete er Kreise auf meine Haut. »Morgen, wenn du aufwachst, wird all das Blut aus deinem Haus verschwunden sein und dein Personal wird seine Arbeit wieder aufnehmen. Du kannst dort leben und studieren, oder was immer du dir für deine Zukunft ausmalst. Und wenn du bereit bist, warte ich auf dich.« Die Art wie er *dein* sagte, machte klar, dass er keine Ansprüche an irgendwas stellte, das er gekauft hatte. Obwohl er der rechtmäßige Besitzer war, würde er mir alles zurückgeben. Das Haus, das Erbe meiner Familie und meine Selbstbestimmung. Doch die Wahrheit war, ich wollte sie nicht. Nichts davon. Nicht, wenn das bedeutete, Dom nicht haben zu können. Er bot mir an, was ich dachte zu brauchen, nur um mir darüber klar zu werden, dass es jetzt nicht mehr so war.

»Ich will nicht gehen. ich liebe dich so sehr, Dom«, flüsterte ich und traf damit eine Entscheidung. Eine endgültige. Sofort entspannte er sich. Wir gehörten zusammen. Ich zu ihm, genau wie Domenico zu mir. Ich war nicht mehr Dads Tochter oder die Erbin von irgendwas. Nein, ich war seine Frau. Jetzt musste ich nur noch danach handeln. Aber ich war so müde. Weiterhin liefen die Tränen über mein Gesicht, auch wenn ich mich anstrengte, sie loszuwerden. Bis mir klar wurde, dass ich das nicht musste. Dom würde mich nicht verurteilen. Er hielt mich, küsste mich und zeigte mir, dass ich nicht allein war. Aber ich durfte mir diesen Moment der Schwäche nehmen und ihn auskosten. Und das würde ich tun. Ich würde weinen und weinen, bis keine Tränen mehr übrig waren, damit ich danach weitermachen konnte. In dieser Nacht hatte ich vor, das Kapitel der Santis zu schließen und ein neues Buch zu beginnen.

»Ich weiß, *vita mia.*« Doms Arme drückten mich fester an sich und dort blieben sie auch, bis ich in einen unruhigen Schlaf glitt. Ich würde schlafen. Eine Nacht, vielleicht auch zwei. Ich würde schwach sein und verletzlich, doch irgendwann müsste ich mich aus dem Strudel der Trauer befreien und aufstehen. Das konnte mir niemand abnehmen. Auch Dom nicht. Aber ich schwor, dass, sobald ich dieses Bett verließ, mein neues Leben begann. Ein Leben ohne Dad, eine durchgedrehte Schwester und einen gewalttätigen Bruder. Mein Leben mit Dom.

EPILOG

DOMENICO

Ich starrte auf das Schriftstück vor mir auf dem Tisch und lächelte. Noch vor wenigen Wochen hatte ich auf ein ähnliches Dokument gesehen. Damals, als noch alles anders war. Als die Sorge um Aurora mich schier verrückt gemacht hatte und Alessio nicht mehr als ein Grinsen dafür übriggehabt hatte. Wie zu diesem Zeitpunkt stand er auch jetzt mit einem Lächeln gegenüber an die Wand gelehnt und sah mich aufmerksam an, während er auf die nächsten Schritte wartete. Doch die würden nicht kommen. Nicht heute. Ich hatte genug gearbeitet. Es reichte. Ich hatte nie auch nur einen Tag Urlaub genommen – in meiner ganzen Laufbahn bei der Mafia nicht. Aber heute war etwas anders gewesen. Das hatte ich schon beim Aufwachen bemerkt. Ich wollte das Bett nicht verlassen. Auf keinen Fall und dennoch war ich aufgestanden, um in mein Arbeitszimmer zu gehen. Das musste aufhören. Erst gestern hatten wir die restlichen Leichen vom Anwesen der Santis geschafft und noch immer war das Gebäude verwüstet. Scherben lagen auf den Gängen, Blut säumte den Boden und überall roch es nach Leid und Tod. Es dauerte länger, als ich gedacht hatte, um alles in Ordnung zu bringen. Davide hatte einfach auf alles geschossen, was in seine Reichweite gekommen war. So wie das Haus derzeit aussah, war es definitiv kein Ort, an dem ich Aurora gelassen hätte. Doch inzwischen zweifelte ich an der Entscheidung, sie zu mir ins Schlafzimmer zu holen. Sie hatte die letzten Tage aufgrund der Trauer und der Erschöpfung durchgeschlafen. Etwas, was ich begrüßt hatte. Ihr Körper brauchte die Ruhe. Aber mit jeder Stunde, die verging, fürchtete ich mich vor dem Moment, in dem sie aufwachte und erkannte, was ich getan hatte. Ich versprach ihr, sie zu beschützten, hatte ihr gesagt, ihr und Isabella würde nichts passieren und doch war ich es, der sie in Gefahr gebracht hatte. Und ihre Schwester hatte dafür mit ihrem Leben bezahlt. Genau wie ihr Bruder.

»Wie lange willst du den Zettel noch anstarren?« Alessio seufzte und stieß sich von der Wand ab. Er machte ein paar Schritte auf mich zu und stützte sich mit den Händen an der Arbeitsfläche meines Schreibtischs ab. Vor ihm stapelten sich Dokumente, die ich eigentlich durchsehen sollte. Doch ich war in den letzten Tagen so sehr mit Aurora beschäftigt gewesen, dass ich mich nicht konzentrieren und mein übliches Pensum nicht halten konnte. Dennoch war der Clan nicht in sich zusammengebrochen. Niemand hatte sich beschwert oder gesagt, ich würde schlechte Arbeit leisten. Alle waren zufrieden gewesen. Nur ich nicht.

Weil ich meine Zeit damit verschwendete, in diesem Zimmer zu sitzen, statt meine Leiste an den warmen Hintern von Aurora zu drücken und sie zu halten, während sie weinte. Dabei hatte sie mich gebeten, nicht zu gehen. Und ich war auch bei ihr geblieben. Einen Tag und noch einen. Doch ich wusste, dass es mich jetzt schon zerstören würde, wenn sie ging. Dann musste ich nicht auch noch das Gefühl von ihrem prallen Arsch an meinem Schwanz vermissen. Und sie würde gehen. Da war ich mir sicher. Ich an ihrer Stelle würde es sofort. Sie hatte so vieles verloren und Maryland würde sie für immer daran erinnern. Was sie jetzt vorhatte? Würde sie die Stadt verlassen, um nicht mehr täglich an dem Ort sein zu müssen, der ihr so viel Leid gebracht hatte?

»Bis mir klar wird, wieso ich hier bin«, hauchte ich und sah wieder auf die Todesanzeige von Davide Santis. Wir hatten es uns gespart, eine für Isabella zu schreiben. Sie würde nicht vermisst werden. Außer von Aurora. Obwohl sie nicht viel Zeit miteinander verbracht hatten, war Isabella Aurora ans Herz gewachsen. Der Verlust schmerzte sie und ich wollte mir gar nicht vorstellen, wie es wäre, auch nur einen meiner Brüder zu verlieren. Aber beide zur selben Zeit? Das wäre unerträglich.

»Das frage ich mich auch.« Alessio seufzte tief. Ein klagender Unterton mischte sich in seine Stimme und von der Belustigung, die sonst seine Züge umspielte, fehlte jede Spur. Er war einfach nur müde nach den harten Tagen, die hinter uns lagen und noch immer schien die liegengebliebene Arbeit nicht abzubrechen.

Und ich musste mir eingestehen, dass es mir genauso ging. Aurora war mein Antrieb und die Angst, sie zu verlieren, sorgte dafür, dass ich mich nicht konzentrieren konnte.

»Warum bist du denn hier?«, fragte ich und schüttelte innerlich den Kopf. Er war ein Familienvater und sollte seinen Tag nicht in einem verstaubten Büro beginnen, nachdem er betäubt worden war. Nein, er sollte mit seiner Frau im Bett feiern, dass Isabella nicht verrückt genug gewesen war, auch ihm die Kehle aufzuschneiden.

»Weil du der Boss bist.« Alessio zuckte mit den Schultern, stellte sich vor den Schreibtisch und schnappte sich die Todesanzeige. Davide Santis. Er war keine dreißig geworden und er würde als Mörder der eigenen Familie in die Geschichte eingehen. Aber das kümmerte mich nicht. Ich hätte jedem anderen Francescos Mord in die Schuhe geschoben, wenn Aurora dafür frei war.

»Es ist Sonntag. Wir sollten wieder ins Bett gehen.« Obwohl ich meine Worte ernst meinte, bewegte ich mich kein Stück, als wäre ich hinter diesem Schreibtisch festgeklebt. Jetzt war es amtlich, ich war ein Workaholic. Aber ausnahmsweise bescherte mir das Büro heute keinen Frieden. Nein, innerlich war ich aufgewühlt und ich wünschte, Aurora würde zur Tür hineinspazieren, sich um meinen Hals werfen und auf meinem Schoß sitzen, während ich die Dokumente durchsah.

»Na endlich! Lyra wollte schon dein Essen vergiften, damit sie ausschlafen kann.« Alessios Gesicht verzog sich grinsend und er legte die Todesanzeige zurück auf den Tisch. Er strich sein Hemd zurecht, das bis zur Hälfte offen stand und trat zurück, wartend, damit ich aufstand und mit ihm das Büro verließ, aber so weit war ich noch nicht. Ich sollte mir dringend noch die Bücher der Santis ansehen. Sie waren überraschend sorgfältig und lückenlos, doch wir mussten wissen, wie viel Geld wir nun zur Verfügung hatten und welche Immobilien sie besaßen. Das machte ich noch und dann würde ich wieder zu Aurora ins Bett gehen. Ganz sicher. Fuck, ich glaubte es mir ja selbst nicht.

»Das hätte ich vielleicht sogar verdient.« Ich grinste bei der Vorstellung von Lyra, die Alessio jeden Morgen ankeifte, weil er das Schlafzimmer verließ. Ich war überrascht, dass sie mir das noch nie vorgeworfen hatte. »Geh! Ich werde noch …«

»Dom! Ich lasse dich hier sicher nicht allein«, widersprach Alessio und stützte sich wieder auf den Schreibtisch. Enttäuschung zeichnete sich auf seinem Gesicht ab. Die gleiche, die ich im Innersten empfand, aber ich war nun mal, wer ich war. Das würde sich nicht ändern, egal wie sehr ich dagegen ankämpfte. Die letzte Zeit war so turbulent gewesen. Ich hatte mich verändert. Ein wenig. Aber am Ende war ich immer noch ich. Und ich mochte die Arbeit. Etwas, was Alessio nie verstehen würde. Aurora aber offensichtlich schon. Sie drängte mich nicht, weniger zu arbeiten und kürzerzutreten. Das war nie ein Thema bei uns.

»Er ist nicht allein«, rief eine Stimme hinter Alessio und sorgte dafür, dass mein Bruder und ich uns zeitgleich zur Tür umsahen. Aurora stand im Türrahmen. Sie trug eines ihrer Kleider, die ihr nur bis zu den Knien gingen, doch diesmal hatte sie auf Strümpfe verzichtet und ich fragte mich sofort, ob sie zumindest ein Höschen trug. Ihre Haare fielen ihr in großen Wellen über die Schultern. Zerzaust und gleichzeitig wunderschön, weil sie in genau die richtige Richtung abstanden. Ihre Lippen waren geschwollen von den vielen Küssen, die wir gestern ausgetauscht hatten. Wann immer sie aufgewacht war, konnte ich meine Hände einfach nicht von ihr lassen und auch jetzt wollte ich am liebsten meinen Mund auf ihren drücken. Sanft lächelte sie mich an. Von der Müdigkeit, die sie ans Bett gefesselt hatte, schien nichts mehr übrig zu sein.

»Guten Morgen, Aurora«, begrüßte Alessio sie, als ihm klar wurde, dass ich nichts sagen würde. Ich konnte einfach nicht. Sprachlos starrte ich sie an. Ihre Augen waren nicht mehr vom Weinen gerötet. Stattdessen sah sie glücklich aus. Und sie trug einen Ring an ihrem Finger, der mir nur zu bekannt vorkam. Ich hatte ihn irgendwann in die Nachttischschublade gelegt, weil ich vorbereitet sein wollte, um sie erneut zu fragen, ob sie mich heiraten würde. Doch sie schien ihn gefunden zu haben. Ob sie ihn als Abschiedsgeschenk haben wollte?

»Geh, Alessio! Gib Lynn einen Kuss von mir.« Auroras Lächeln wurde breiter, als sie sich vom Türrahmen abstieß und in den Raum trat. Kurz schlang sie ihre Arme um Alessio, flüsterte ihm etwas ins Ohr, das ich nicht hören konnte, und ließ ihn wieder los, um seinen Platz vor dem Schreibtisch einzunehmen.

»Das lass ich mir nicht zweimal sagen.« Alessio lachte, tätschelte sanft Auroras Bauch, auch wenn ich nicht verstand weshalb, und nickte mir zum Abschied zu, bevor er eilig durch die Bürotür verschwand. Ohne Erklärung, was Aurora ihm gesagt hatte. »Fickt ja nicht auf der Todesanzeige, Antonio hat sie noch nicht gesehen.« Alessios Gelächter schallte durch die Gänge und ich wartete, bis ich ihn nicht mehr hören konnte. Erst dann wandte ich mich Aurora zu, die nervös auf ihrer Unterlippe kaute und auf den Zettel vor mir starrte. Ich schluckte. Schnell nahm ich das Papier und wollte es in einer Schublade verschwinden lassen, doch Aurora griff danach und nahm es mir aus der Hand.

»Du bist wach«, murmelte ich und ignorierte den Kommentar meines Bruders. Ich hätte zwar nichts gegen Sex in meinem Büro, aber zuerst wollte ich wissen, wo wir standen. Würde sie doch gehen und alles hinter sich lassen? Auch mich? Klar war, dass ich nicht mit ihr gehen konnte. Der Clan brauchte mich. Jetzt mehr als je zuvor. Vielleicht könnte ich ihr in ein paar Monaten folgen, wenn Gras über das Desaster gewachsen war.

»Du hast einfach das Bett verlassen.« Tadel war in Auroras Stimme zu hören. Sie drehte die Todesanzeige in ihren Händen und seufzte tief, während sie auf den Namen ihres Bruders starrte. Kurz blitzte Trauer in ihren Augen auf, doch dann legte sie das Papier wieder auf den Tisch und lächelte mich an.

»Ich wusste nicht ...« Ich brach ab und hatte keine Ahnung, was ich sagen sollte. Die Worte wollten mir nicht über die Lippen kommen. In meinem Kopf flatterten die Gedanken unzusammenhängend hin und her. Sie wirbelten herum. Satzfetzen reihten sich aneinander und ergaben keinen Sinn. »Du warst so …« Wieder stoppte ich. Was sollte ich sagen? Ich hatte keine Ahnung. Nichts erschien mir gut genug. Sie hatte so viel verloren und ich wollte sie dazu drängen, wichtige, lebensverändernde Entscheidungen zu treffen, weil ich sie unbedingt bei mir behalten wollte. Ich war ein selbstsüchtiges Arschloch. »Ich war mir nicht sicher, ob du mich sehen möchtest.«

»Mein Bruder ist tot. Meine Schwester ist ebenfalls tot. Ein Teil meines Personals auch. Menschen, die ich kannte, seit ich ein Kleinkind war.« Ein freudloses Lachen kam aus Auroras Kehle. »Und ich bin dafür verantwortlich, weil ich zu unaufmerksam war und nicht damit gerechnet hatte, dass Dad noch aus dem Grab hinaus versuchen würde, mein Leben zur Hölle zu machen.«

»Es tut mir so leid«, murmelte ich und griff nach ihrer Hand, die über die Schrift auf der Todesanzeige strich. Sie war warm und stoppte sofort ihre Bewegungen. Unsere Blicke trafen sich und allein das reichte, damit die Unruhe in meinem Inneren sich legte.

»Es ist nicht deine Schuld«, hauchte sie, drehte ihre Hand, damit ihre Handfläche nach oben zeigte und verschränkte unsere Finger miteinander. Mein Atem stockte beim Anblick des Rings, der auf ihrem Finger steckte. Er war schön. Nicht so schön wie sie, aber er passte zu ihr. Genau wie ihre Augen leuchtete er in einem hellen Blau.

»Doch, wenn ich nicht so abgelenkt gewesen wäre,

hätte ich früher begriffen, dass Davide …« Erneut brach ich ab. Hatte ich in den letzten Stunden das Sprechen verlernt? Ich war dafür bekannt, immer stark zu sein und einen kühlen Kopf zu bewahren, aber diese Frau schaffte es, mich in ein einziges Gefühlschaos zu verwandeln. In ihren Händen war ich schwach und schmolz dahin. Doch es störte mich nicht einmal, weil ich wusste, dass Aurora mir wieder meine alte Stärke verleihen und mich noch stärker machen würde.

»Ein Arschloch war?«, half sie mir auf die Sprünge und umrundete den Schreibtisch, wobei unsere gefalteten Hände liegen blieben, wo sie waren. »Ja, das war er. Und ein Monster. Ich wollte es nicht sehen, aber es ist so. Er war Dad ähnlicher, als ich mir eingestanden habe. Das war ein Fehler. Er wollte mich erschießen. Und damit ist er nicht allein.« Aurora stellte sich neben mich und sah mich auffordernd an, damit ich ein Stück zurückrutschte, sodass sie auf meinem Schoß Platz nehmen konnte. Erst dann zog sie unsere Hände vom Tisch und legte sie auf meine Brust. Genau an die Stelle, unter der mein Herz schlug. Bumm, bumm, bumm. Gleichmäßig klopfte es gegen meine Rippen. Viel schneller als sonst. Ich war aufgeregt und ich hatte Angst. Ich brauchte es nicht zu leugnen. Verdammt, ich konnte sie nicht verlieren. Das durfte ich einfach nicht. Verstand sie das nicht?

»Du sagtest, dass du nicht gehen willst, aber ich kann verstehen, wenn du deine Meinung änderst. Wenn du dich entschließt zu gehen, kannst du euer Personal mitnehmen und wieder in euer altes Haus ziehen. Du musst nicht hierbleiben.« Es schmerzte, ihr das anzubieten. Aber ich hatte nicht das Recht, sie zu zwingen, ihr Leben mit mir zu verbringen. Sie war jetzt in Sicherheit. Das war alles, was zählte. Wenigstens würde sie den Ring behalten. Ich hoffte, er würde sie bei jedem ihrer Schritte an mich erinnern. Es wäre unfair, sie auf ein Versprechen festzunageln, das sie mir gegeben hatte, als sie gerade realisierte, dass ihre restliche Familie tot war. Sie hatte unter Schock gestanden und hätte vermutlich alles gesagt, damit ich sie nicht verließ. Doch inzwischen hatte sie Zeit nachzudenken. So wie ich.

Auroras Gesicht wurde starr. Ihre Miene ausdruckslos. Die Pupillen weiteten sich und dann begann sie plötzlich schallend zu lachen. Nicht wie ihr Bruder auf eine verrückte, durchgedrehte Art, sondern viel liebevoller. Ihr Ton war warm und hallte wie Engelsgesänge durch den Raum. »Und wer hilft dir dann so früh morgens bei der Bürokratie?«, fragte sie und drängte meine Bedenken in den Hintergrund. Hieß das, sie würde bleiben?

»Alessio?«, mutmaßte ich, auch wenn ich nicht glaubte, dass mein Bruder ewig Lyra den Wunsch abschlagen konnte, bei ihr im Bett zu bleiben. Schon gar nicht, wenn sie wirklich ein zweites Kind wollten. Und das wollten sie. Ich legte meinen freien Arm um Aurora, um sie zu halten. Alessio hatte Glück. Auch ich wünschte mir ein Kind und wenn Aurora und ich so weitermachten, würde es sicher nicht mehr lange dauern. Mit einem Lächeln dachte ich daran, wie mein Sperma in sie schoss. Gott, ich hatte diese Momente beim Sex geliebt.

»Ich soll also das Risiko eingehen, dass Lyra dein Essen vergiftet?« Auroras Gelächter wurde lauter. Es war wunderschön, sie so zu sehen. Fröhlich, glücklich. Und ich fragte mich, wie sie das machte. Ihre ganze Welt wurde erschüttert und ihr war nichts mehr geblieben. Dennoch saß sie auf meinem Schoß und tröstete mich. »Niemals.«

»Ich liebe dich«, flüsterte ich überwältigt von den Klängen, die aus ihrem Mund kamen. Sie waren hell und ließen mich den Gedanken, von ihr verlassen zu werden, vergessen. Ich lehnte meine Stirn an ihre und drückte ihr einen Kuss auf die Wange, woraufhin Aurora ihre Hand aus meiner zog und ihre Handflächen auf meine Wangen legte. Das Lachen stoppte, doch ein breites Lächeln blieb auf ihren Lippen.

»Ich weiß.« Sanft verschloss sie unsere Münder zu einem Kuss, den ich sofort erwiderte. Meine Geschmacksnerven explodierten, als Aurora den Mund leicht öffnete und ihre Zunge meine suchte. Sie drückte ihren Körper fester an meinen. Ihre Brüste pressten sich gegen meinen Brustkorb und meine Hände wanderten automatisch an ihren Hintern. Ich stöhnte. Mein Schwanz reagierte auf die Hitze, die sich in meinem Inneren zusammenbraute. Er versteifte sich. Aurora merkte es sofort, kicherte an meinen Lippen und zog sich von mir zurück. »Ich liebe dich auch, Dom. Daran wird sich nichts ändern. Ich bin hier zuhause. Bei dir.«

»Wir sollten wieder ins Bett gehen.« Sofort! Alessio hatte recht. Ich war ein Idiot. Die Arbeit konnte niemals wichtiger sein als Aurora. Dokumente,

Zahlen, Finanzen – Das war unwichtig, solange ich mit meinem Schwanz dachte. Motiviert drückte ich meinen Körper nach oben, bis Aurora aufstand und auch ich mich vom Stuhl erheben konnte. Doch entgegen meiner Vorstellung, blieb Aurora stehen, wandte sich zum Schreibtisch um und lehnte sich über den Stapel der Personalakten ihrer Familie, die ich noch sortieren musste. Wir würden nicht alle behalten, immerhin hatten wir selbst genug Personal. Aber die Besten könnten eine Stelle bei uns bekommen. Genau wie Lorenzo. Er hatte den Tod von Hudson überraschend gut verkraftet. Sie waren die einzigen Homosexuellen im Haus der Santis gewesen und da auch das Personal wie Gefangene gelebt hatte, waren sie wohl aus Mangel an Alternativen zusammengekommen. Für mich stellte seine Orientierung kein Problem dar und durch die Loyalität, die er gegenüber Aurora bewiesen hatte, sammelte er ein paar Pluspunkte bei mir. Er würde auf jeden Fall bleiben und laut Antonio würde das unseren Rafael besonders freuen.

»Das können wir heute Abend. Zuerst müssen wir alles abarbeiten, das die letzten Wochen liegengeblieben ist«, stellte Aurora klar und unterbrach damit meinen Gedankengang. Sie öffnete die oberste Akte, in der mehrere Dokumente lagen und ganz oben war ein Bild eines Hausmädchens abgebildet, das ich noch nie gesehen hatte.

»Wir?« Überrascht zog ich die Augenbraue in die Höhe, weil ich glaubte, mich verhört zu haben. Sie wollte noch vor Sonnenaufgang an einem Sonntag mit mir in meinem Büro bleiben? War das ihr Ernst?

Aurora machte sich nicht einmal die Mühe zu mir zu sehen. Sie sah weiter auf die Akte, schloss sie und legte sie beiseite, bevor sie die nächste aufschlug, die diesmal von einem Mann war. Sie zuckte mit den Schultern. »Denkst du wirklich, Davide war für die Bücher und Finanzen zuständig, nachdem Dad gestorben ist? Mein Bruder konnte nicht weiter als bis zehn zählen.«

»Du willst mir helfen? Willst du in die Mafia einsteigen?« Grinsend stellte ich mich hinter sie und legte eine Hand auf ihren prallen Hintern, bevor ich über ihre Schulter auf das Foto des Mannes hinuntersah. Auch diese Akte schloss Aurora, legte sie jedoch nicht auf, sondern neben die andere. Sie sortierte aus und ich war jetzt schon gespannt, wen sie behalten wollte und aus welchem Grund.

»Ich bin die Frau vom Boss. Ist das nicht meine Aufgabe?« Aurora drehte den Kopf in meine Richtung und sah mich an. Ihr Ton war normal, alltäglich, als wäre es nur eine einfache Feststellung und nicht wirklich eine Frage. Doch das Grinsen in ihrem Gesicht zeigte, dass sie genau wusste, was sie tat.

Auch ich konnte meine Freude nicht verbergen. Die Frau vom Boss. Das klang wundervoll. Aber noch war sie das nicht, oder doch? Sie trug den Ring, der perfekt an ihr aussah und sie war hier. Sollte ich das Schicksal weiter herausfordern? Aber ich beschloss, es zu riskieren. »Die Frau?«, fragte ich und verfestigte den Griff um ihren Hintern.

»Ja, Dom, deine Frau.« Auroras Augen bohrten sich in meine. Sie blinzelte nicht einmal. Das Lächeln blieb an Ort und Stelle. Die Belustigung war aus ihrem Blick verschwunden. Sie meinte ihre Worte ernst. Endlich. Sie hatte sich entschieden. Für immer. Sie liebte mich. Sie wollte meine Frau werden.

»Fuck!«, knurrte ich, drückte ihren Körper gegen die Kante des Schreibtischs, zog meine Hand von ihrem Hintern und drückte mich von hinten an sie, bis meine Mitte an ihrem Arsch rieb. Mein Schwanz war inzwischen zu seiner vollen Größe angeschwollen und wartete nur darauf, dass ich ihn in ihre wundervolle Pussy rammte.

»Was?« Wieder lachte sie. Verdammt, sie war ein böses Mädchen und dafür würde sie wirklich Bekanntschaft mit meinem Gürtel machen. Ich zuckte mit dem Becken nach vorn, sodass Aurora sich weiter über den Tisch beugen musste. Ihr Oberkörper kam auf den Akten zum Liegen. Dennoch provozierte sie mich weiter und wackelte mit dem Arsch an meinem Schritt.

»Du hast genau zwei Möglichkeiten, *vita mia*, entweder ich ficke dich gleich hier auf meinem Schreibtisch, oder du gehst wieder mit mir ins Bett«, drohte ich ihr spielerisch, während ich bereits ihr Kleid am Saum nach oben schob. Und wie bereits vermutet, trug sie wirklich kein Höschen. Mein Schwanz zuckte. Verflucht! Diese Frau – meine Frau – würde mich noch ins Grab bringen.

»Ich hoffe, du kannst dein Büro abschließen.« Aurora kicherte und spreizte die Beine, sodass ich mich zwischen ihre Schenkel stellen konnte. Ihre Haare fielen an ihrer linken Schulter herab, sodass die rechte Seite ihres Nackens frei war und ich sie küssen konnte.

»Selbst wenn die Tür sperrangelweit offen wäre, würde mich nichts davon abhalten, gleich in dir zu sein«, murmelte ich an ihrer Haut und stimmte in ihr Lachen ein. Langsam öffnete ich meine Hose. Noch war nicht alles perfekt. Wir hatten noch wahnsinnig viel Arbeit vor uns, bevor wir die Santis vollständig begraben konnten. Aber in wenigen Wochen würde alles gut sein. Und ich würde Alice sagen können, dass sie die Wette gewonnen hatte. Zum Glück. Aber davor würde ich mein Dornröschen lieben. So wie ab jetzt jeden einzelnen Tag. Ein Funken Wahrheit steckte wohl doch in jedem Märchen.

Ende

VS

DANKSAGUNG

Liebe Leseherzen!

Ich würde gerne etwas Cooles sagen, wie »jedes Ende ist auch ein Anfang«, aber die Wahrheit ist, dass ich wahnsinnig traurig bin, weil wieder eine Reihe zu Ende geht. Doch ich freue mich auf viele weitere tolle Geschichten, sodass ich in ein paar Tagen hoffentlich aufhören kann, die Stücke meines gebrochenen Herzens aufzuheben und zusammenzusetzen. Ich hoffe, ihr seid auch bei der nächsten Story mit dabei. Und damit meine ich nicht nur euch Leseherzen, denn im Hintergrund helfen mir ganz viele Engelchen meine Bücher nahezu perfekt zu machen.

Ein großes Dankeschön – das größte von allen – geht an meine Buchbetreuerin Lisa, die mir im letzten Moment zur Seite gestellt wurde und weder mich noch meine Jungs vorher kannte. Dennoch hat sie mit Eifer und unheimlich viel Engagement das Manuskript durchforstet und auch noch die dümmsten Logikfehler ausgebessert. Danke, Lisa! Wirklich!

Außerdem danke ich Allie, Bella, Daphne, Flo, Jennifer, Laura, Lexi, Laura, Liv, Lina, Mira, Sonja, Yvonne, Toni, Quynh. Wenn jemand die Bezeichnung „Engel“ verdient hat, dann jede Einzelne von euch. Ein ganzes Manuskript in unter einer Woche aufmerksam zu lesen und zu kommentieren, weil die Autorin mit dem Zeitplan hinterherhinkt? Für euch absolut kein Problem. Ich liebe euch dafür! Und ich bemühe mich, es beim nächsten Manuskript besser zu machen. Versprochen.

Danke auch an das Team vom Federherz Verlag. Corinna, Nikolina, Lucia, Kristina, Christina, Jenny und Anna – ihr seid großartig. Vom Buchsatz über die Covergestaltung ist alles einfach immer perfekt und das bei jedem verfickten Buch. DANKE! Das ist eine große Leistung und es tut mir leid, dass ich es nicht häufiger erwähne. Und natürlich auch ein großes Dankeschön an Jane. Keine Ahnung, wo ich ohne ihre Schulungen, Tipps und Tricks wäre. Ich liebe es, für ihren Verlag zu schreiben.

Außerdem gilt mein Dank Carolina, die mich mit ihren kurzen Videos immer zum Lachen bringt. Mica, die mit Abstand die netteste Kollegin ist, die man sich wünschen kann und jedem alles vergönnt – auch ein Cover, das sie ursprünglich haben wollte. Alessia und Sophie, mit denen ich immer ein paar nette Gespräche über nichts und wieder nichts führen kann. May, die inzwischen keine Kollegin mehr ist, sondern eine Freundin. Caroline, die alles von mir teilt. Und Sara, ohne die ich vermutlich immer noch am Buchtrailer meines ersten Buches feilen würde, damit er auch nur annehmbar ist. Danke, Mädels – für alles!

Und ein großes Danke auch an Anna. Nicht nur, weil sie wieder einmal in Windeseile alles korrigiert hat, sondern auch, weil sie mich noch nicht abgrundtief hasst. Es wundert mich immer wieder, dass sie gern mit mir arbeitet, obwohl ich immer erst in letzter Minute die Manuskripte abgebe.

Dankeschön auch an die Menschen, die sich mein Gejammer anhören, wenn ich alles hinschmeißen möchte und mich wieder mit freundlichen Worten aufbauen, auch wenn sie wissen, dass ich es nicht ernst meine und das Schreiben viel zu sehr liebe, um es zu lassen.

Und zuletzt gilt mein Dank selbstverständlich euch. Danke, dass ihr dieses Buch ehrlich gekauft und damit mich und die Familie Graza unterstützt habt. Wir hoffen, euch hat die Geschichte gefallen. Aber selbst wenn nicht, würden wir uns über eine Rezension oder eine Bewertung freuen. Ihr glaubt gar nicht, wie viel uns euer Feedback und eure Unterstützung bedeutet. Sie geben uns unendlich viel Motivation für weitere Geschichten und zeigen uns, was wir richtig machen.

Natürlich danke ich auch allen anderen, die Antonio, Alessio und Domenico genauso lieben wie ich.

Ich hoffe, wir lesen uns bald wieder.

Eure Liz

Weitere Bücher von May Newton

Ich bin der erstgeborene Nachfahre des Benedetti Clans.
Eine der einflussreichsten Mafiafamilien unserer Zeit.
Wir regieren die gesamte Ostküste.
Wir herrschen brutal.
Niemand entkommt uns.

Auch nicht Giuliana Parisi, die hübsche Adoptivtochter des Patrons.
Sie wurde nach dem Tod ihrer Eltern bei uns aufgenommen und hat nie jemandes Aufmerksamkeit erregt.
Bis heute.

Sie hat ein Geheimnis aufgedeckt, das niemals ans Licht hätte kommen dürfen.
Mein Vater ordnet ihre Exekution an.
Und auch wenn ihr hübsches Gesicht mir gefällt, und es in mir danach verlangt, sie zu dominieren, werde ich gehorchen.
Die Familie steht über meinem eigenen Willen.
Steht über meiner Lust.
Daran wird vor allem die kleine Giuliana niemals etwas ändern.
Oder?

Kennst du schon …

Die Saints-Reihe aus der Feder von Sara Rivers?

Shadow ist der Vice President der Fallen Saints. Niemand stellt sich ihm entgegen. Er tötet – und er genießt es. Und er wird auch deine Seele zu sich in die Dunkelheit holen …

Als die junge Storm nach einem Streit mit ihrem gewalttätigen Vater an den Falls River flieht und Augenzeugin eines brutalen Mordes wird, zerbricht ihr Traum von einem Leben in Freiheit. Noch bevor sie flüchten kann, wird sie von Shadow Cane – dem Vizepräsidenten der Fallen Saints – geschnappt. Der Outlaw-MC ist für seine Skrupellosigkeit in ganz Arizona bekannt. Shadow bekommt die klare Anweisung, Storm notfalls mit Gewalt vom Club fernzuhalten, aber es gibt einen Teil in ihm, der die schöne Studentin beschützen will. Die beiden geraten in einen Sog aus dunkler Begierde, bis Storm einen folgenschweren Fehler begeht und ihr Leben riskieren muss, um dem MC zu helfen. War es die richtige Entscheidung? Und wird Shadow rechtzeitig kommen, um sie zu retten?

Sammle Herzpunkte und sichere dir

kostenlose Wunschbücher

Du hast Lust, Feedback zu den Verlagstiteln des Federherz Verlages zu geben? Du möchtest dabei Punkte sammeln, von denen du dir in regelmäßigen Abständen Wunschbücher aussuchen kannst?

Dann mach mit beim Herzlesen. Alles, was du dafür brauchst, ist ein Konto auf unserer Federherz-Homepage. Sobald du dieses hast, kannst du direkt damit loslegen, Herzpunkte zu sammeln.

Wir freuen uns, bald mehr von dir zu lesen!

Dein Federherz Verlag

FEDERHERZ
VERLAG